听一位耄耋老人娓娓道来他所经历的故事，

故事中的你我他，仿佛就在眼前，

每一个角色都活灵活现，让人宛若置身于那个时代。

这就是生活，这就是历史，这就是我们的故事。

故事中的你我他

黄树芳 著

黄河出版传媒集团
阳光出版社

图书在版编目（CIP）数据

故事中的你我他 / 黄树芳著. -- 银川：阳光出版社, 2024.4
ISBN 978-7-5525-7281-0

Ⅰ.①故… Ⅱ.①黄… Ⅲ.①故事–作品集–中国–当代 Ⅳ.①I247.81

中国国家版本馆CIP数据核字(2024)第097094号

故事中的你我他	黄树芳　著

责任编辑　林　薇
封面设计　鸿儒文轩·末末美书
责任印制　岳建宁

黄河出版传媒集团
阳　光　出　版　社　出版发行

出 版 人　薛文斌
地　　址　宁夏银川市北京东路139号出版大厦（750001）
网　　址　http://www.ygchbs.com
网上书店　http://shop129132959.taobao.com
电子信箱　yangguangchubanshe@163.com
邮购电话　0951-5047283
经　　销　全国新华书店
印刷装订　三河市华东印刷有限公司
印刷委托书号　（宁）0029392

开　　本　880 mm×1230 mm　1/32
印　　张　9
字　　数　190千字
版　　次　2024年4月第1版
印　　次　2024年5月第1次印刷
书　　号　ISBN 978-7-5525-7281-0
定　　价　68.00元

以文养心

刘庆邦 *

　　第八次全国煤矿文学乌金奖评选，在我的建议下，首次设立了终身成就奖。这个重要而郑重的奖项，旨在奖励那些在煤矿文学创作方面成就突出、影响广泛，且年龄超过八旬仍健在的老作家。这次评选，共评出了包括梁东、成善一、孙友田、李向春等在内的七位煤矿老作家。黄树芳是获奖的老作家之一。评奖结束后，我打电话向树芳兄表达了衷心的祝贺，说先在线上向他献花。树芳兄笑得哈哈的，十分爽朗，开心。笑过之后，他向我透露，他手上还在写一点东西。我说那好那好，愿他写作顺利，大作早日完成。

---

* 　刘庆邦，系中国作家协会全委委员，北京市作家协会副主席，北京市政协委员，中国煤矿作家协会名誉主席。

我曾给《光明日报》写过一篇文章，题目是《不写干什么呢》。黄树芳看到了这篇文章，他赞成我的观点，我们每次通话，他几乎都提到不写干什么呢。他的年龄已超过了八十五岁，他说他现在很少外出，每天除了在院子里转一转，就是坐下来写点东西。转是为了活动身体，写东西是为了活动脑子。

说到上岁数的人写东西，请允许我插一小曲。2023年10月29日上午，我应邀参加了中国作家协会组织的欢迎作家朋友回家的"作家活动周"活动。当日上午活动的主题是"文学的初心与传承"，内容是，来自全国各地的45位新会员代表，与在京的4位老作家代表座谈、交流，并向老作家献花，致敬。参加活动的老作家，有92岁的束沛德先生，91岁的谢冕先生，80岁的陆天明先生，72岁的我，也有幸叨陪末座。谢冕先生一见到我，问我今年多大了？我说72。谢冕先生竟然十分欣喜地说："庆邦你太年轻了，真让人羡慕！"我回河南老家参加文学活动，已被人说成是花白头发的小老头儿，不承想，谢冕老师还羡慕我年轻。我说："比起你们几位老师，我是年轻一点。"谢冕老师还有话说："你是70后，我是90后，我比你还年轻嘞！"谢冕老师声音洪亮，燃劲十足，让人高兴。我说真好真好，谢老的心态太年轻了，哪天我们再一起喝酒。谢冕老师说："可以呀，喝酒，吃肉，都没问题。"

之所以写这个插曲，是我联想到黄树芳兄，觉得他像谢冕老师一样，一直保持着对文学的热爱，在持续写作的同时，不断收获着勤奋劳动的快乐，并修养成了超人般的良好心态。2017年夏天，我去黄树芳所供职的山西平朔露天煤矿，参加他的著作《往事札记》研讨会，记得一上来我就说了两句话：满树芳华情未尽，且看黄花晚节香。对这两句话，我暗自有些得意，以为它概括了黄树芳从事文学创作活水长流的情感动力，表达了对他如菊一样人格的敬意，还自然地嵌进了他的姓名。黄树芳似乎也赞同我对他这样的评价，在 2021 年 4 月由三晋出版社出版的新书中，他就用我所说的第一句话做了书名。我还听说，他请书法家把这两句话书写成了书法作品。

转眼到了 2023 年年底，黄树芳又一部新作大功告成。如果我没记错的话，这部《故事中的你我他》，应是他的第十四部作品。近日，我饶有兴致地拜读了这部书稿，进一步印证了我对他为人为文的判断。比如：在书稿第一辑"有些往事，不会如烟"里，我读到了一篇《老师教我写作文》的文章。文章写的是，他上小学五年级的时候，村里有个刚结婚的新娘子投井自尽了。新娘子自尽的原因，是她在娘家当姑娘时，就有了让她倾心的心上人。因心上人家境比较贫寒，在姑娘家长的强力干涉下，硬是逼迫她嫁给了一家比较富裕的后生。姑娘嫁人后，对心上人仍心心念念，二人难免有些藕断丝连。她的心思被富家后生察觉后，生性粗暴的后生，抓住机会把她打了个鼻青脸肿，惨不忍睹。新娘子不甘凌辱，一头扎进了深井。这个悲剧性的事件，使少小的黄树芳心灵受到极大震动，在写作文时就写了这件事。语文老师看到了他写的作文，把他一个人叫到办公室，肯定了他的作文，慈爱地跟他说了不少话。老师认为他的作文关注现实，从身边的事情写起，跟别的同学写得都不一样。这表明他有一定的文学天赋，写作的路子是对的，很有写作前途。从那以后，他就经常向老师请教。老师跟他说得最多的话，是让他勤读书，多写作，珍惜时光，坚持不懈。黄树芳深情地认为，是小学语文老师的谆谆教诲，给他启了蒙，并在他心里埋下了文学创作的种子。当年作为一个翩翩少年郎，黄树芳不过十来岁，七十多年过去了，黄树芳慎终如始，一直葆有对文学创作的热爱，从没有放弃写作。尽管他因从事文学创作在特殊时期受到过打击和伤害，但特殊时期一过，在繁忙的本职工作间隙，他很快又投入了只争朝夕的文学创作，接连取得了一个又一个沉甸甸的成果。

再比如：在书稿第五辑"读作家书，聊作家事"里，我读到了黄树芳回忆与王蒙先生交往的文章《青春的力量》。黄树芳和王蒙是同代人，又都是河北老乡，从读王蒙的短篇小说《组织部新来的年轻人》和长篇小说《青春万岁》开始，黄树芳对王蒙都一直心怀敬重。1999 年夏天，王蒙携夫人去大同，黄树芳很热情地陪同他们游览了大同云冈石窟、恒山悬空寺和应县木塔等景点。临别的那天晚上，王蒙为感谢黄树芳的一路陪同，悉心照顾，也是存念的意思，给树芳同志写了一幅书法作品。作品只有两个大字，哪两个大字呢？——青春。这让黄树芳十分欣喜，说大喜过望都不为过。一来黄树芳认为，王蒙一直保持着对生活的热情，旺盛的生命力，文学创作的激情，还有青春般的心态。王蒙所书写的青春，正是从他自己出发，是他自己心态的生动写照。二来黄树芳认为，王蒙赠予他"青春"，也是对他的寄语，希望他在身心两方面都保持青春状态。

别的篇章就不再多举。

总之，在我看来，黄树芳的整个写作过程，都是以文养心的过程，也是完善自我的过程。他在文章里明确表示过，他奉行三个不争，即不争名，不争利，不争高低。能达到这样超凡的境界，正是他长期以文养心的结果。老子说过："上善若水。水善利万物而不争。"老子还说过："夫唯不争，故天下莫能与之争。"黄树芳与世无争，与人无争，谁还与他争呢！

黄树芳不是修养好自己的心态就完了，读他的书，心灵得到滋养，完善，这是他长期从事文学创作的另一种功德所在。

心态和身态相辅相成，相互作用。在很大程度上，是心态决定身态，有了持久稳定、平和、健康的心态，才会有好的身态。反过来说，一个人身态好了，才能使良好的心态得到保证。

树芳仁兄的心态和身体都很好，衷心祝愿他健康长寿！

2023 年 11 月 1 日于北京光熙家园

目 录
CONTENTS

第五辑　读作家书，聊作家事

第一辑

有些往事，不会如烟

老师教我写作文

我上小学五年级的时候，村里有个刚结婚的姑娘跳井轻生了。对这事，街头巷尾都有人议论，男男女女都疯传如潮。后来我终于弄明白了：原来是因为这姑娘长得挺漂亮，清秀俊俏还挺聪慧，谁见了都想多看两眼，算得上是人见人爱吧，有不少后生都对她动过心思有过想法。本来她也有个心上人，那后生挺精干机灵，但家境有些贫寒。后来，在姑娘家长的强力干涉撮合下，就找了一个比较富裕人家的后生，但这后生有点儿憨，甚至有点儿愣。对这事，姑娘自然不满意，结婚后，自然也就夫妻不和。于是她心上那个"精干后生"便很快地插了进来……跟着祸端也就降临了。人们都没想到，"愣后生"不仅有愣主意，还有愣行动。他抓住机会就将姑娘打了个鼻青脸肿死去活来，姑娘哭了一夜，觉得再无法见人了，无法再活下去了。于是她选择了跳井。

这件事，在我们这个还不到二百户人家的村子里，引起了一场不小的舆论风波。有的唉声叹气地说，可怜呐，这么好的姑娘，小小年纪就走了；有的则恼恨解气地说，不要脸的货，都怨她自己，活该！有几个老汉凑在一起，就像做总结似的：嘻，啥也别说了，还是得记住老辈们说的话呀——奸出人命赌出贼。这话有道理，啥时也不能忘，忘了就要出事。

对这事，我当时也是稀里糊涂，不甚明白，学校老师也没人说什么。想在家里问问老人，爹妈异口同声，都很严肃地说，小孩子，问这些干啥，好好读书，不要管闲事。但这事总在我心里圪搅，觉得这个故事还是挺值得思谋，时不时就在脑海里翻腾一阵儿。过了几天，心血骤然来潮，就拿这个故事写了一篇作文，并且还当作业交给了语文老师。语文老师，姓卞，叫卞鸿慈，出生在一个书香之家，当时有五六十岁吧。中华人民共和国成立前就是个教书先生，都说他是个有学问的人，对学生态度也很好，整天笑嘻嘻的，总也不生气不变脸。可能是因为我喜欢作文，常找他问这问那，对我就更亲近一些。看了我的这篇作文没几天，他就将我叫到了办公室，跟我谈了好大一会儿。他说他也听说了那姑娘跳井的事，你能将村里发生的这个故事写成作文，这本身就很好，说明你动了脑筋，有写作文的灵感。灵感这个词，是文学创作中常说的话，以后要是搞文学创作，你就慢慢懂了。这篇作文你写得还不错，将故事的经过也都说清了。但从作文的角度看，光写过程是不够的。得动动脑子，好好思考思考，从社会背景、人物性格、家庭环境……多方面想想，特别是要从人的精神层面多挖掘挖掘，找出一个主题来，围绕主题集中一点，深刻一点写，让人看了能有点儿感悟，受点儿启发。

我很感动，也很受启发，就拿出笔记本儿来很认真地说："卞老师，今天我很受教育，想请您将刚说的重点，再重复一下，我想记点儿笔记。"卞老师笑着摇了摇头："看了你写这个故事的作文，我特别高兴。觉得这个题材本身就说明你脑子里还真有些文学细胞。但这不是几句话能说清的。今天我倒是想告诉你，我上学时，我们的老师给我们讲过的两个故事，我想，这对你学习写作是一定会有帮助。"

老师的老师，讲的那两个故事很简单很好记，过了几十年，现在我都成了耄耋老人，还记忆犹新。

一是说，当年，有人也是为写诗写作文，就去向欧阳修请教写作之道，欧阳修说："无他术，唯勤读书而多为之。"

二是说，欧阳修的好友尹洙和谢绛问他，"文章为什么写得越来越完美，怎么进步这么快？"欧阳修说："我也没什么好办法，不过是依靠'三上'罢了。"谢绛疑惑地问："什么'三上？'"欧阳修说："我这人文思不敏，写文章总是反复思考，大多是在马上、床上、厕上构思的，所以叫'三上'。"

两个故事，都这么简单，这么明了，又都那么深刻，那么形象。不但能让人记得住，而且还让人忘不了。

卞老师给我讲了这两个故事以后，看了我一阵儿，才低声地问我："你怎么理解欧阳修说的话？"我寻思这还不好理解吗？便立刻回答："要想写作，就得读书，而且得勤读多读，不能三天打鱼两天晒网。我记住了欧阳修的'三上'，绝不浪费时光，一定会抓紧时间读书、写作。我说得对吗？卞老师。"

卞老师点着头说："对，很对。不过，你现在年纪还小，功课多，明年还得考学，怎么读书，怎么写作，也都得好好想想，安排好。"

卞老师提出了一个很具体很现实的问题。我认真地想了想，很快明白了老师的意思。便说："现在，首先要在学校好好听老师讲课，把课本里的知识学到手，这我能做到，您放心吧。"卞老师笑着点了点头："好、好，我相信。"

卞老师是个很和善的好老师，对我一向挺好。所以我心里有什么话也敢对他说，便顺口告诉了他一个小秘密："我很爱看小说，有一次偷了一本家里的《红楼梦》，刚看了没几章，老爸就夺走了，还狠狠地臭骂了我一顿，说学生不能看这些闲书。卞老师，您说那些闲书我能看吗？"卞老师说："你这个小秘密，对怎么读书很有启发。学生读书，首要的是将学校的功课学好，这是绝对不能含糊的。至于你爸说的那些闲书，我也觉得现在先不要多看，以后升了学，要是选文科，有些书，像《红楼梦》那些经典名著，不但可以读，而且必须读，好好读。读书和写作不能截然分开。当然，也要看具体情况。什么时候，读什么书，得自己琢磨。"他说着说着就笑了："我看你是很爱文学，也很下功夫，那就要坚持下去。以后说不定能写出好作品来，发表在报刊上呢。"

我站起来，有点不好意思地说："谢谢老师的鼓励。我还从来没想这么远。我只是喜欢文学，爱读小说，愿意写作文。今天听了老师的话，我的心劲儿更足了，今后努力吧。"

卞老师说："我也喜欢文学，又一直教语文，今天我们谈了谈你的作文，还讲了欧阳修读书和写作的小故事，要想学写作，一定要坚持读书。别怕吃苦，别怕困难，不管遇上啥困难，也别松劲儿，一定要坚持。欧阳修那两个故事，说不定啥时候就会给我们启发和帮助，我都快六十了，一直都忘不了。"我正要站起来表态，卞老师轻轻地摆了摆手："我知道你要说什么，就别说了。我还有个建议呢，很快就要放寒假了，这期间，你能不能对你这作文《姑娘跳井的故事》里有关人和事再从多方面了解了解。开了学，我们再结合今天谈的这些，一起讨论讨论，也许会有新的收获。"

往年放寒假，是学生们最高兴最红火的时候，穿新衣吃年饭贴对联儿放鞭炮，哪一样都叫人兴高采烈。今年，卞老师给我的建议，实际上是寒假作业外的作业，而且在我心中的分量很重，真可谓是放在了大于一切重于一切的位置。没想到，当我去落实卞老师的建议时，却发现今年村里过年，红火热闹的场面并不多，常见的往往是三人一伙儿，五人一堆儿地窃窃私语，对大年里的这些境况，我有点儿难解、迷惑。

过了两天，我找了一个要好的同学，常常一起到街上转悠，貌似看热闹凑红火，实则是想听听人们都在说啥，后来还两次跟他去家里玩儿。这时才知道：这位同学他妈，正是"跳井姑娘"自己找的那个"精干后生"的姑姑。后来又相继见到了什么三姨、二婶儿、大爷、五叔，甚至还和给"愣后生"与"跳井姑娘"保媒拉纤并捞了两套新衣裳的快嘴媒婆见过面聊过天。就这么在村里转了半个月以后，发现几乎所有人心里都在为姑娘跳井的事而忧虑不安，全村人已经都知道，"精干后生"已经写信告到县里，说"愣后生"用家暴逼妻子跳井自杀；还有人说，"愣后生"家也写了信，反映"精干后生"和有夫之妻通奸，出了人命……至于买卖婚姻干涉青年自由恋爱的事，更是风传不断。而且都涉及张三李四王五赵六等具体人和事，再加上七姑八姨、仨亲俩好……这该涉及多少个家庭，牵扯到多少人呀。就在不少人都心神不定甚至惶惶不可终日的时候，又有一个更让不少人坐立不安的传言也已家喻户晓，说："县里已经组织了包括公安人员在内的工作组马上就要来村调查，这一件件一桩桩本来就够人们的大脑忙乱了。就在这期间，还有一个说不清该喜还是该忧的消息也在全村传开。说村里业余剧团演《小女婿》中男主角田喜的扮演者和女主角杨香草的扮演者已经公开恋爱了。香草正在和她的男人离婚，这在村里也轰动了，据说现在已有三四对青年男女开始自由找对象了。"

面对这一切，我脑海里乱成一团，左思谋右考虑，动了好几天脑子，也没将出个头绪来。后来又想到卞老师在分析作文时说的话，"不能光写过程，要找出事物的本质来，从人的精神层面上好好分析，给人点儿思想上的启发。"顺着这条线儿，我又将与"姑娘跳井"相关的那些事儿，反反复复地进行了分析。终于，眼前闪现了亮光，和"姑娘跳井"这个故事相连的所有事件不都是人办的吗？甚至都还是亲人呐！一家人呀！这些人怎么就办了这么多害人害己的傻事儿呢？真不可思议！可又都是摆在眼前的事实。人呀，太复杂了！看起来都是乡亲、熟人，甚至是亲人、恋人，可他（她）们头脑里想的，谁能看得清？这个"人"字就那么两道道，看起来，写起来都很简单，可实际上好多学问都在这个"人"字上。"姑娘跳井的故事"要改好，就得从"人"字上下功夫，挖掘人思想深处的东西，写出精神世界的面貌来，这个担子太重了！我能改得了吗？我能担得起吗？我是谁？我为自己打了若干问号，最后画了一个圆圆的句号，我改不了。还是去找卞老师汇报，打退堂鼓吧。

放完寒假，到学校的第二天，我就找到卞老师，把我在村里看到的、听到的甚至是想到的都一一做了汇报。后又将我对修改《姑娘跳井的故事》这篇作文的认识和想法也都实打实地说了。说完后，我就愣愣地看着卞老师的脸色，有点急切地等待着他的表态。可是卞老师脸上并没什么表情，他慢慢地站起来，走到我跟前，拍了拍我的肩膀："你将我对作文的意见和对你寒假的建议都领会透了。孩子，你一定要在写作这条路上走下去。跟你说清吧，建议你在寒假多方面了解些姑娘跳井的实际情况，就是想让你多在实际生活中磨炼磨炼——写作、读书，是离不开生活这本大书的。你能了解这么多实际情况，真是做得太好了，但这只是第一步。更重要的是要分析你了解的那么多的复杂情况，这要费更多的精力，这也是写作最重要的一步。"

听到这里我再也坐不住了，从卞老师的手拍在肩上，到听清"孩子"的称谓，还有那一句句是鼓励又是鞭策的教诲。就似一股温馨的暖流从心头到周身缓缓萦绕，韵味深长。我慢慢站起来，给卞老师的水杯加了点儿水，说："卞老师，我太激动了。心里有好多好多的话，又不知道说什么好。"卞老师喝了口水说："什么也不要说了。路很长，一边走一边想吧。"我犹豫了一阵儿，吞吞吐吐地说："我知道，我不该说这么多事儿。可又憋不住，我觉得我改不了那篇作文了，没有这个能力呀。"卞老师爽快地说："改不改，怎么改，什么时候改，这都不重要。重要的是你对写作、读书和生活的认识提高了。明年你就要升学考试，先得学好功课。只要您爱上写作，就不是一天两天的事。"

听了这些，我心里踏实了很多，就又拿出笔记本来，想记笔记。卞老师想了想，笑着说："你把本儿给我吧，我给你写两句。"我赶紧把本儿递过去。卞老师写完了，又看了看，把本还给我，微笑着说："供你参考吧。"

我双手捧着笔记本儿，打开一看，又惊又喜又激动。然后，将本儿抱在怀里，给卞老师深深地鞠了一躬。说："卞老师，我记住了，永远都不会忘。"

卞老师给我在本儿上写的是：

> 写作之路不易走，
> 苦辣酸甜全都有。
> 志坚远瞭莫回头，
> 路上别忘欧阳修。

赵路这个人

我们村的东头，有一栋坐西朝东用土坯砌成的倒也宽绰适用的住房。房前边是一人高的土墙，墙正中，有个厚厚实实的自制木门。开门往外一看，就是一片辽阔平坦的原野，再抬头远瞭，便是一条通往外村的大道。出门几百步，在大道旁边，有一块八亩大的肥田，一年四季几乎天天都见有人在这块地里忙活个不停。人勤地不懒，这地除了一年两茬庄稼总是丰收，还有些瓜果蔬菜也很喜人。人们说，这地也有良心，人对得起它，它就对得起人。常在这块地上耕作的人叫赵路。他就是住在村东头土坯房的主人。提起赵路这个人，还真是有些说头。

说起赵路来，村里人几乎无人不晓，可以说是一个很有名气很有特色的人。他生在这村，长在这村，从小到老，从没和任何人红过脸，顶过嘴。不管遇上多难的事，也不愿伤害别人。村里人说，男人一生有两件大事：一是地；二是妻。有地才有粮，有妻才有家。有了这两样，才算得上是个男人。但这两件事都办好也不容易，那时候村里有句顺口溜：有钱不买顺道地，有钱不娶活人妻。这两件事赵路都遇到了，也是因为这两件事，他在村里就出名了。

原来紧靠他那八亩地的北边，是一条人行小道，年长日久，人来车往，小道就走成了大道。赵路眼看着那人行道一天比一天宽，而他的地却一天比一天少，心里就像压了块石头，干着急又无奈，那是年长日久众人踩出来的路，找谁说理去呀？后来，他拧着辘轳浇着地，看着那弯弯的水沟，脑瓜儿一亮，就想出来一个办法。在人行路和他那地之间挖了条垄沟，让垄沟里经常有水，人们走路就不好再往地里靠了。这办法自然就给路人多少带来不便。一次一个推小平车的后生来找他闹事，气呼呼地说他破坏公路，耽误了自己赶集挣钱，要打官司。赵路不急不火，不气不恼，只是嘿嘿地憨笑，看后生的气头小了，他才说："你我都是为了生计，养家糊口，通达通达呗，我地里的这瓜，浇得勤，挺甜的，不信，你尝尝。"说着就摘了一个递到那后生手里。赵路见后生只吃不说，就拿来个篓子一边装瓜一边说："你带上一篓，集上准卖个好价钱。"那后生没再说啥，也笑呵呵地动手装起瓜来，推起小车走的时候，还轻声地说了声"谢谢了，再见吧"。每遇上这一类的事，这个忠厚实在的赵路，总会想出些灵巧的招数应付过去，保障他的那片肥地年年丰收。

赵路的婚事也有一段故事。他从小爹死妈嫁，跟姥姥姥爷长大。邻居姓王，王家的儿子王栋和赵路同岁，从小就好得像亲弟兄。24 岁那年，王栋娶了朱庄姑娘朱秋莲为妻。男女双方很般配，男的精干、挺拔、壮实；女的苗条、俊美、勤快。这桩亲事不仅男女两家都满意，甚至两个村的乡亲也都高兴，说好。

　　可是，天有不测风云，结婚不到半年，王栋出事了。

　　那年初夏，村里为吃水方便，决定要在村东头打眼水井，找了几个最棒的后生，没日没夜地忙活起来。工程进度很快，没几天就见了水。王栋和赵路都是骨干，那天王栋正在井下处理两个水眼儿出水不畅的事，突然井筒中间一处塌陷了，王栋整个身子都被压在了下面。等大家将他救出井来送到医院的时候，就只剩了一口气。经过一天一夜的抢救，才算勉强睁开了眼。这虽然让大家临时松了口气，但是，医院对伤情并不看好。

　　王栋在医院住了三个多月，上半身总算恢复了自由，但是双腿失能了，他成了瘫子。

　　王栋瘫痪了，王栋残废了。全村人都悄悄地传说着，也无奈地叹息着。受打击最大受刺激最深的还是王栋的老娘，王栋十几岁的时候，他爹王家臣突患脑溢血去世，他妈王陈氏千辛万苦度日如年，总算将孩子拉扯成人。似乎可以松口气了，但40岁刚过，因心火过大，左眼又失明，给生活增加了很多麻烦。这次王栋出事，尽管已瞒了她半个多月，但当她知道真相以后，还是立刻就倒在了炕上。

　　现在老娘在炕上躺着，儿子在轮椅上瘫着，儿媳过门才半年多，这日子该怎么熬？这光景可怎么过？这个家还能维持下去吗？家人在想，亲友在想，街坊邻居乃至全村乡亲都在想，想来想去都是想在儿媳朱秋莲身上，她还能留住吗？听说她娘家有人来过好几次，说村里有的后生已经托人活动了。让人难以捉磨的是朱秋莲本人对此事一直没有任何表态。她每天总是不言不语，默默侍奉老人，精心照顾男人，整天没说没笑不言不语，谁也猜不出她的心思来。

太阳还是每天从东边升起来，在西边落下去，日子似乎看不到什么变化。然而人们的心一会儿也没平静过，总得想个高招儿将朱秋莲留住，留住了，王栋这个家就在，留不住，这个家也就完了。为这事，乡亲们私下商量，悄悄地沟通，慢慢地就将目光集中到赵路身上，如果赵路找上朱秋莲，那也许是个出路。可赵路和朱秋莲是怎么想？更重要的是这对王栋太不公平了，谁能摸摸他们的底儿，将这层窗户纸捅破，这是件很棘手的事。眼下真还没人愿当这个角色。无奈，事情就只能这么搁着吧。

数月后，一条爆炸性新闻在全村传开。说是王栋将赵路和朱秋莲叫到一起，当面提出这事，要赵路和朱秋莲两人订婚成家，而且他摆事实讲道理，说得很坦然很诚恳很认真，让赵路和朱秋莲听起来简直就不能不答应。据说他们谈了一个多小时，赵路始终低头不语，朱秋莲面色平静没有表情。王栋见他们都没有说啥，最后便做了决定："就这么定了，什么时候办，你们俩商量。"

这时候，赵路才抬起头低声地但很坚决地说："不能，绝对不能。老娘的病，你的伤，你家的里里外外，我全包了。包一辈子，我说到就一定能做到。秋莲这人很好，但我不能和她谈婚事，绝对不能。"说完他转身就走，走了两步，又回过头来对王栋说："换个过儿，你变成我，你会答应吗？"

王栋在井下被砸以后，第一个抓住井绳下井去抢救的就是赵路。在王栋住院治疗的三个多月里，他连明带夜一直守在身旁，请医取药、喝水喂饭、搓脚擦身、洗洗涮涮……样样都是他在忙活。出院以后，他又跟着王栋回到家里，除照顾王栋外还要侍奉躺在炕上的老娘。他每天都要帮这娘儿俩按时用药，天气好还要背他们到院里晒晒太阳。安顿好家里这些事，就马不停蹄赶快去忙活田里的庄稼，一天到晚没点儿实闲的功夫。而且对这一切，他都做得踏踏实实井井有条。

　　无论是在医院，还是回家以后，赵路所做的这一切，朱秋莲几乎都在跟前。她很清楚：做这些事，自己本该是主人，应该做在前头。实际上她当的是助手，确切地说是在给赵路打下手。这个下手，她当得很情愿很应候，两个人虽然都少言寡语，却心心相印。在抢救王栋生命的过程中，他们俩的密切配合，起了至关重要的作用。

　　女人在苦难面前往往比男人更坚强，但在情感世界又常常比男人脆弱。朱秋莲曾为不幸遇难的王栋悄悄落泪，同时又为含辛茹苦的赵路感慨不已，在这段岁月的磕磕绊绊中，她情感的活水常常是风起浪涌，有时竟会心慌意乱。对这个家庭，对这两个男人，对自己的未来，她都翻来覆去地想过。想来想去，她稳住了情感的动荡不安，选择了沉默不语，就先这么走吧，走一步看一步。

　　走来走去，终于走到了王栋找她和赵路摊牌的时刻。她好像早就等着这一天，可又害怕这一天。她心情紧张，思绪杂乱，听王栋将事情说清以后，便着急地等待着赵路表态。当赵路那么坚决地表态并且扬长而去的时候，她脑海里是一团乱麻，而且又无头无尾。她好像有好多话要说，但又什么也说不出来，对自己对家庭对未来，什么都看不到了，她头也没抬，便转身离去了。

十多天后，朱秋莲对王栋说："我想回娘家看看，两个老人捎信说想我了。"王栋说："应该，这两天田里的活正多，过些天，赵路腾出身来，他来照顾我们几天，你就回吧。"

有一天，赵路将一担水倒在水缸，然后坐在炕沿问正在灶前做饭的朱秋莲："想回家呀？"

"时间长了爹妈想我。"

"是得回去看看，做小辈的不能忘了老人，得讲孝敬。"赵路一边说一边掏出一个小纸包放在锅台上："去年我卖了头猪，这两个钱你拿上，回家时不能空着手，是点儿心意。"说完，没等她说话，他就起身走了。她将钱攥在手里愣了一阵儿，才掖进了衣兜。女人一般都比较心细，赵路走后，朱秋莲心里反复思谋赵路那句"是点儿心意"的内涵，这是指自己对老人的心意，还是他对自己的心意？咋也想不透，但她又忘不了这点儿心事，就总在脑海里一直这么藏着。

秋收大忙就要过去了，今年收成不错。这天一大早赵路就跑去见王栋，他想将丰收的喜讯早早告诉他。不料进门一看，就完全惊呆了，王栋躺在炕上，一动不动，上气不接下气，睁眼看了看他，看样子想要说话，但也没说出声来，赵路赶紧跑出去请来医生。医生做了全面检查后说："已经不行了，准备后事吧。"赵路搓着双手好像问自己又像问医生，"这是咋回事啊？"医生一边分析一边说"从检查情况看，他大概是吃错药了，女人回了娘家，不在身边，晚上点灯取药又不方便。"医生说着，背起药包就往外走，出门时又回过头来说："这后事我就不帮忙了。"

办完了王栋的后事，经躺在炕上的老娘反复督促，三个月后，赵路跟朱秋莲回了娘家一趟。半路上，朱秋莲将赵路那个钱包又还给他："还是你拿上，见了我爹娘表示个心意吧。"赵路问："你上次回家没给老人？"

朱秋莲说："我等着咱俩一起给。"

"那你就拿着给吧，谁给都是咱们俩的心意。"

"我看有点儿不一样，你给更好。"

赵路嘿嘿地笑了笑，对，你说得对，我给吧。

见了朱秋莲的爹妈，赵路双手将钱包递到老汉手里，憨厚地笑着说："也不多，我和秋莲的一点儿心意，您二老好好保养身体吧。"从赵路手里接过那钱包后，两个老人脸上都堆满了笑纹，嘴里不住地念叨着，好孩子呀，你们俩好，我们就高兴。老妈赶紧对秋莲说，还愣什么，快做饭吧。

从娘家回来后，赵路和朱秋莲就住到了一起，这就是赵路的婚事，说起来这该算是一个复杂而又简单的故事。

他们结合后，对在炕上躺着的老娘伺候更精心，照顾更周到，饭菜做得总也不咸不淡，熬药喂药从不误点；有痰卡在嗓子里，他们就想办法帮着吸出来；老人体弱无力，最怕便秘难屙，有时就烦躁得不想再活，他们也都学会了耐心地劝解，帮老人坚定生活信心。像洗脸、擦身、换衣、晒被、倒尿、擦便……这些日常琐事，做得更是细心入微，让老人事事都觉得温馨舒坦，心满意足。那张受尽病魔折磨的脸竟常常呈现出微弱的笑意。于是，奇迹出现了，这位早在阎王爷跟前挂了号的老人，居然一年又一年地活下来了，又活了十多年，岁到耄耋，才驾鹤西天。

老人的丧事办得也很讲究，棺材用的是五寸五分厚的全柏木板材，棺木涂以朱漆，光洁而庄重，棺内除正常铺垫外还加有谷草，说是"落地而生，坐草而归"的意思。村里人对这些都很看重，说这图的是吉利祥和。人们走到哪夸到哪，本来这是办丧事，实际上村里人尽传了些赵路的好事。慢慢地大家也就都知道了，赵路和朱秋莲为办好这事，将这些年的积蓄全都花光了。他们说，老人吃苦受罪一辈子，王栋年轻受伤走得早，我们一定要对得起他们。

老人去世后，赵路的名字在村里叫得更响了，以前人们都知道他是一个勤快精干会过日子的好人，现在又盛传出他孝敬老人的故事，于是，他就又多了一个身份——孝子。孝敬这个词在乡亲们心里是很有分量很占地位的。特别是当老人躺在炕上失去自理能力以后，就更是晚辈尽孝的时刻。现在提到赵路，全村男女老少有谁不夸不赞呢！如果有哪家的晚辈对老人不孝，人们就会用赵路来对照比较，毫不夸张，人们的唾沫星子就能让那不孝之子喝一壶了。

时光荏苒，转眼工夫，赵路和朱秋莲也都成了五十开外的老人。当时此地还没解放，世面有些乱，有时还会有土匪等坏人来村骚扰。这天早晨，赵路出门正要去他那八亩良田，对面正走来三个穿便衣的外来汉子，一个高个子问他："你叫什么？"赵路嘿嘿地笑着："赵路，我叫赵路。"另一个小个子尖声尖气地说："我们从远路来，路费饭费都光了，看你很富态，掏两个，周济周济吧。"赵路摊开双手："我一个蹦蹦儿也没有。"对方恼怒了，大个子吼道："你这老家伙，很不老实。我们问你个问题吧，你要答不上来，就将你送到个有饭吃还有人保护的地方去。"赵路不说话。高个子问道："你说：我们是好人还是坏人？"赵路低着头，还不说话。小个子高声叫喊道："你不说，我们马上就带你走"。赵路摩挲着脸，愣了一会儿："除了种地，我什么都不知道。"大个子吼道："你这老家伙，是个滑头。"说着，伸手就响响地扇了赵路两个嘴巴，"你说，这村谁家有钱？领我们去找。今天咋说也得在你们村打捞两个再走！"赵路还是低着头："除了种地，我什么也不知道。"小个子又尖声尖气地问："这村谁家女人好？领我们去看看，这你能做到吧？"赵路低着头说："除了种地，我啥也不知道。"大个子好像真生气的样子，啥也不和他说了，把他绑上，叫他领路，两个搭手正要动手绑，大个子嘴里还在嘟嘟，"你马上领我们去一富家，马上领我们去找。"正在这时候，村里赶来十几个青年后生，有的还拿着棒子、铁锹、绳子什么。领头的后生说："不用去找，有钱的都来了。赵老汉是我村最大的好人，你们欺负他，得先问问村里人答应不？刚才你们说的做的，我们在村口都听到看到了，不用废话，现在就把你们绑起来吧。"说着，后生们果真就动手将那三个人的手先绑上了。三个外来人点头哈腰地连忙道歉："我们是过路人，没路费了。对不起，我们立刻就走人。"后生们说："本来是要把你们绑起来带回村里，让全村人每人扇你们两个嘴巴，替赵老汉报仇。看你们态度还不错，那就快滚蛋吧。以后要再来，绝没有好果子吃！"三个外来人，一再弯腰鞠躬道谢，赶紧夹起尾巴跑了。

事情过去后，村里人议论说，赵路又给村里办了件大好事，自己挨了嘴巴把坏人挡在村口，没进村里祸害乡亲们。乡亲们在赞美赵路的时候，人们还记住了这个故事里的一句话，就是赵路被困的时候反复说的"除了种地，我什么也不知道"。后来这句话就成了给村里人留下的话把儿："赵路讲话，'除了种地，我什么也不知道'。"有时有人要了解点儿什么事儿，要是不想说就会顺口将赵路的话端出来，"除了种地，我什么也不知道。"后来，这个话把儿的用处就越用越广，凡是人们不懂的问题或者不想说的问题，以致与别人调侃不想说出内心秘密的时候，都可用"除了种地，我什么都不知道"给折应过去。

村里人常说好人命长。赵路80岁那年，有一天躺在炕上睡觉时没有醒来，朱秋莲看太阳都老高了，他咋还不起？就喊他快起来吃饭，这时才发现他已经没有了生命体征。赵路这一生，不敢说绝对没有得过病，但全村人都说他从来没吃过药。离世的那天晚上，他还和朱秋莲说，明天是王栋的忌日，我们得去上个香，顺便给老娘也烧纸，那菜地也该浇了，朱秋莲说，我都记着呢，快睡吧，明天早点儿起，活儿多着呢。他果真是睡了，但再没有醒来，赵路就这么离开了人世。他走得多么平静多么安详呀。村里人说，好人哪，老天有眼。

赵路走了，但他还在全村人的心里活着，谁家的儿女不孝，人们就会说，应该叫孩子们给赵路去磕头，让赵路给说说该怎么对待老人；有人不讲良心，忘恩负义害知己，骗朋友……人们也要说，叫他去给赵路磕头，问问赵路该怎么对恩人对朋友，有人自私怕事，见了坏人不敢抬头说话，人们也会想起赵路；有的找对象不规矩，人们就要议论议论赵路找朱秋莲的故事。

赵路果真是离开了人间，离开了这个村子，但是他是走不了的。他的根已经深深地扎在了这片沃土里，他的魂已经永远地活在了人们心窝里，永远的赵路就这样永远地在这个生他养他的小小村子里活着，看样子他会永远地活下去。

小东屋的故事

　　早年间，我们家住的是一座坐北朝南的三合院。院门前是一片不到一亩大的圆场，大秋和麦秋收割回庄稼来，在这里打场，让颗粒归仓。场子西面是一堵一人高的土墙，墙中间有一个能进出牛马车的木栅栏。场院的周围有车棚、牲口棚、猪圈和碾坊，还插缝栽着些枣树、槐树……场院的东面有一栋三间大的土坯房。人们习惯叫它小东屋。这个小东屋并不显眼，但细想起来，好像有些故事都还和这小东屋有着这样那样的关系。

　　据传，这小东屋是我爷爷那一辈给秋收的人们休息准备的。最近住着一个叫耿丑牛的后生，是外村一个远房亲戚介绍的，说他们村有个光棍汉，叫耿丑牛。村里多数人都不知道他姓耿。就叫他丑牛。丑牛并不丑，挺拔的中等身材，浓眉大眼在粗犷的方脸盘上显得憨厚踏实。他从小没爹没妈，就跟着邻居长大，养成了话语不多、手脚勤快的习惯，家里家外的营生也都拿得起放得下。经这么一介绍，这后生，就住进了小东屋，任务就是收拾和看护场院，条件是管吃管住，每月再给点儿零花钱，另外还商量了一条——除了将看场护院的事情管好，他若有空儿，村里哪家有活要找帮工，他能去挣点儿外快。这年他22岁。

丑牛在小东屋一住就是两年多，这两年，他干得很好。天一黑，早早就把大院的栅栏和里院的门都关好锁好了，清晨又准时打开。里院外院什么时候都是干干净净的，牲口棚里和猪圈内外也都整整齐齐，没有异味，不见苍蝇，反正是人们推开栅栏进来一看，到哪都让人心宽敞亮。另外，不管到谁家打零工，他都不偷懒不耍滑。在田间干活，光着膀子弯下腰，一干就是半天，阳光晒得满身汗，也不打间缓气。在人们家里干营生，不管是修房垒墙还是整理院落，都是一砖一瓦不含糊，叽里旮旯儿没得挑。现在不管是男是女是老是少，也不管是在田间地头还是街头巷尾，人们说起丑牛来，都是张口夸闭口赞，在不知不觉中，他就成了全村很抢手的人。

但就在丑牛这正红火的时候，突然有一天，他走进里院找见爷爷奶奶，突如其来地提出了一个谁都没想到的问题，他不干了，坚决要求离开这村回老家。爷爷和奶奶都很奇怪，问他为什么，他只是低头不语，爷爷有点气，就答应了他："你想走就走吧，小东屋就先空着吧。"丑牛还是不说话，两只眼一个劲儿地看着脚尖儿。奶奶心细，她见丑牛含了眼泪，便说："孩子，坐下吧，有什么心事，总得说说嘛。我们也明白明白，有什么难事，商量商量就好办了。"

丑牛磨磨蹭蹭地还是不想说。爷爷火了，站起来说："不说就算了，我还有事。"他说着就要往外走。奶奶说："你发什么火？孩子可能有难处，不好张口，那就先缓缓，过两天再说吧。"

丑牛一看这阵势，不说就走不了，这才下了决心，他说："我说了，就得让我走。"奶奶说："孩子，别着急，慢慢说，说清楚。"看起来丑牛真有难处，有些话不好说。但他终于还是吭哧憋嘟地说出来了。

就在前两天，他被村最西头一家叫去，说想让他帮着整理整理小院儿。其实那也不是什么小院儿，就是房门口的一片儿不到一亩大的庄稼地。地里的玉茭长得黑绿黑绿的都快半人高了。边边角角还种了点蔬菜，丑牛还没走到门口，屋里走出来一个女人——中等个儿，白净脸儿，墨黑的齐肩发，浅灰的粗布衣……从哪儿看都很朴实，从哪儿看都很精明。她掀开门帘走出来好几步，不远不近地站在丑牛跟前，微笑着说："不用问，你就是丑牛哥了，先进屋喝口水吧。"丑牛有点儿不好意思地说；"不，不渴。有什么活，快吩咐吧。"女人说："这玉茭该锄了。锄头，在屋东边墙根儿放着。"说完，她就转身进了屋。给丑牛留下了一个轻巧甚至有点儿动人的身影。丑牛稍微愣了一会儿，就赶紧锄地去了。

快到中午的时候，丑牛将锄头放在原来的地方，然后站在门口对屋里说："锄头放回去了，我回呀。"话还没落音，那女人就出来笑嘻嘻地说："进屋吧，喝口水。"说着就掀起门帘让丑牛进屋。那样子，就没有给丑牛留下说话的余地，他只好顺势到了屋里。屋里收拾得挺整齐，炕上铺的炕席，炕头躺着一个秃顶老汉，一张洗得干干净净的棉被将脖子以下的部位都捂得严严实实。丑牛愣瞪着两眼，看着炕上的老汉，啥话也没说，就扭头看站在屋里的女人。女人也没说话，拉过一个四腿儿木凳，让他坐，又拿过来一个粗制的大碗，倒满一碗白开水，双手抵到丑牛面前，笑着说："刚烧开的，不脏。"丑牛双手接过水碗，吹了吹，喝了一口，仍然没说话。只是和女人对看着，好像是想问她什么，没想到，就在这时候，躺在炕上的老汉说话了："我是她男人，叫智强，是个瘫子，不能动弹；她是我女人，叫侯贵宝。她命苦，一点也不贵，更没什么宝。我们的全部家当，就是这两间房，还有房前那片儿地，都是她侍弄。我知道，你是个有名的大好人，她是个苦命人，太苦了。你多来帮帮她，只当是我这个病人求你，我打心眼儿里感谢你，智强说了这么几句，屋里又安静了。侯贵宝和丑牛都看着对方的脸，又都没有话，似乎只是在听对方的呼吸。

过了一阵儿，又是炕上的老汉说了话："我知道你们都在想什么，都也不好说。这样吧：今天晚上让贵宝去找你，让她把身世和苦衷都跟你说说。那时候你就有话了，你就肯帮她了。"这时丑牛着急了，他赶紧摆着手说："不行，不行。绝对不行。我没有家，我住在人家的一个小屋里。别人不能去。"侯贵宝轻轻地笑了笑："就按老汉说的吧。晚上你不要早早锁栅栏，要让我在门口等时间长了，别人见了会有闲话的。"最后这句话，她说得很平淡，但分量太重，等于是给丑牛下了命令，他只能等她，他必须等她。

听到这茬口，奶奶笑了。她说："你不要说了，我们都清楚。爷爷累了，让他休息去吧。"丑牛有点儿着急："我明天就得走，爷爷得点头呀。"奶奶说："不用他点头，这事我也能定。"爷爷走后，奶奶很认真地对丑牛说："我问你什么，你必须都说真话。

不能有一点儿假。"丑牛重重地点着头："我还能和奶奶说假话？两年多了，我是什么人，奶奶清楚。"奶奶轻轻地点了点头："我问你：自打你和贵宝见面，特别是连续两个晚上，她来找你，说过什么过头的话没有？有什么出格的事没有？"丑牛很郑重很坚定地说："没有，绝对没有。"奶奶问"你动了心没有？"丑牛说"动了，她说到过去受的苦受的罪，说到现在的孤独苦闷，对生活无望的时候，都是痛哭流涕。我心也软了，眼也酸了，眼泪就流下来了。"奶奶说："我相信你说的是真话。现在我还要问你，你对她有什么看法？有什么想法？"丑牛是个实在人，从来没说过假话。他说："贵宝是个苦命人，从小不知道爹妈是谁，两次被人拐卖，15 岁卖到妓院。"奶奶插话说："这些你不要说了，我比你清楚。我是要知道你对她的看法和想法。"

丑牛冷静了一会儿，很郑重地说："我敬重她。"

"敬重她什么？"

"她不想在妓院受折磨，让比她大 20 岁的智强从妓院把她赎了出来。智强瘫痪在炕上三年多了，她就像鸟儿钻在笼子里，整天在屋里伺候病人，还得侍弄那片儿地里的庄稼，进门是那个屋，出门是那片地，她没有地方去，也很少有人来。她的苦只能在心里诉，她的泪只能往肚里流。智强好说歹说，叫她另找一个。她说你救了我，我扔开你，那还叫人吗？一个刚二十多岁的女人，能这样想这么做，我没见过。奶奶，你是长辈，你见过吗？"说到这里，丑牛喝了口水，看了看奶奶没有什么表情，接着又说了两句："贵宝连着两天晚上壮着胆子来找我，总是想把心里的话掏给我。我体会到了，她把我当成了亲人。但她没有别的想法，更没有出格的行为。这么年轻的一个女人，能做到这一点，说明她很正派。我很尊敬她。另外，她知道我没有家室，后院起不了火。老是想让我帮帮忙，说说话。她很聪明，也很正经。她找我是认真思考过的，智强也很支持她。"

奶奶说："听起来，你对她印象不错。我想当个媒人，介绍你和她结婚。你同意吗？智强那儿，你不用担心，我想办法安排。"丑牛急了："不行，不行，那可不行，说什么也不行！"

"你看她挺好吗，为什么不行？"

"他有家庭，智强在炕上躺着，智强救过她，我怎么能那么做？那我成什么人啦！我是那样的人吗？"

奶奶微微地笑了笑："你们俩都是好孩子，所以我才想给你们保媒。"

"奶奶，怎么你也这么了解她，我看还挺心疼她。"

"智强刚把她从北京领回来，没地方住，就先住在了小东屋，我们处了半年多呀，对她的过去，对她的现在，对她的外表，对她的内心……我都摸得清清楚楚。说心里话，她真是个好孩子。我想你们俩是最合适的一对了。"

丑牛说："奶奶，你真好。可是，怎么说，我也不能和她到一起。我得先做人呐。奶奶，你可要理解我呀。"

奶奶点着头说："看来，我这大媒当不成呀。那你打算怎么办？"

"我马上得离开这儿。她明天晚上还要来，说她的苦还没诉完呢。奶奶，我不能再和她见面了，这事要传出去，人们的唾沫星子还不把我淹死！奶奶，你就答应我吧，怎么说，明天我也得走。"

奶奶无奈地叹了口气:"留不下了,看来只有走了,那就走吧。"

丑牛高兴地给奶奶鞠了个躬:"谢谢奶奶,明天我想早点儿走,早晨就不过来了。"

"一会儿我打发人给你拿过几个钱去,回老家,手里总得有两个钱呀。"话音还没落,奶奶就站起身来往外走,她大概有点儿累了。

但是,天有不测风云,事能瞬息万变。丑牛没有走,他走不成了。

那天晚上,丑牛早早就躺在了小东屋的炕头上,他想明天早早就要离开这儿了,今晚得再在小东屋好好睡一宿。但还没睡着,东墙就咚咚地响起来,像是有人在凿。他坐起来支棱着耳朵细听,好像还有女人的哭喊声。到院儿里一看,东边儿有火苗,还闻到烟味,他忘了穿外衣,便忙着攀树过墙扑到火里,凿不开门,就砸窗户,先抱出来一位大娘,又回到火里救出来一个女孩儿,这时候也先后跑来不少老乡,众人把火扑灭,又七手八脚将被救的大娘和女孩儿送到了小东屋。

被救的这位大娘,姓唐,早年守寡,靠摆糖果小摊为生,有时候就挎个糖果小篮儿走街串巷,赚点儿零花钱。乡亲们特别是女人和孩子们都和她很亲热。她是这全村女人中唯一一双大脚板,此人大大咧咧常说常笑,走到哪,哪就红火一片。全村几乎无人不晓这位高嗓门儿的"糖"大娘。她养有一女,这年15岁,也开始给她看着摊儿帮帮忙了。

她的住房，是乡亲们凑了些砖瓦木料靠着小东屋的后墙搭盖起来的。每年的庄稼秸秆等柴火都是堆在窗外，以备过冬做饭取暖。没想到今年失了火，将她的这间小房子给烧掉了。她们娘儿俩被众人抢救出来，就近安顿到小东屋，人们看当时问题不大，就先后回家休息了。刚走，有的人建议丑牛明天得领她们去镇上叫西医检查一下。丑牛点头答应："应该，应该。我想办法吧。"

丑牛离开小东屋的时候，告诉受伤的娘儿俩："炕上有一套铺盖，你们先凑合着盖吧。我就在隔壁车棚里，有事就喊我。""糖"大娘说："就在一起挤着吧，有啥怕的？"丑牛一边说一边往外走："那怎么能行！有事喊我，马上就来。"

那晚，丑牛就穿着衣服在牛车上睡了一宿。

第二天，丑牛套上牛车，拉上"糖"大娘娘儿俩，到八里外的镇上去看西医。经全面检查，关键部位都无大碍，主要是些皮肤烧伤。医生提示了一些注意事项后，又开了些常用药，要他们到药房去取。在取药交钱的时候，"糖"大娘高声喊："哎呀，我们家都烧光了，一分钱也没有哇，这可怎么办哪？"她这么一喊，医生也来了，问清了情况后，便说："看病的钱，我们可以不收了，但药钱得交。""糖"大娘一听，就放声哭起来。丑牛这时候突然想起来，昨天晚上，奶奶叫人给他送来回家带的钱，还在兜儿里没动，就赶紧掏出钱包，把钱交了。然后又赶着车拉她们娘儿俩找了个小饭摊吃了口饭，天黑的时候，才回到了小东屋。

就在这天下午，侯贵宝搿挟着个包袱来找奶奶。奶奶见到贵宝，很高兴，问："今天怎么太阳打西边出来了，想起来看看我。"贵宝说："我每天都想来，你们家的小东屋，住着个丑牛，我敢来吗？"

奶奶满脸笑容："你还能说不敢来？悄悄地到小东屋去了两次，别以为我不知道。"

"奶奶，那都是商量请他帮工的事。您可别误解我们呀。我们半句出格的话可都没说过。"没等贵宝说完，奶奶哈哈地笑出了声："傻孩子啊，你们要是真有出格的话，奶奶就高兴了，我是真想把你们凑到一块儿呀！可是呢，那傻小子不答应。"贵宝说："我也不会答应。我一定要把智强伺候好。丑牛想的对，他是个很正经的人，我就看中了他那股傻劲儿。"奶奶说："我摸透了你们俩的心思，我心里明镜似的。不说这了，今天来找我有什么事？"

贵宝一边说一边把带来的包袱打开，将一条被子拿到奶奶面前："他把小东屋让出来，那不能总穿着衣服在牛车上睡吧，我给他拿来条被子。"奶奶说："你的消息挺快呀！"

"一百多户的小村子，东头喊话，西头就能答应。失火的事还能瞒住，他又是个名人儿，昨天晚上全村就都知道了。"

"不让我保媒，这点儿小忙，我就帮了，肯定把被子交给他。我告诉你，从今天晚上，我就想让他到里院来住，这事儿就用不着我们的贵宝操心了。"

"奶奶您又要笑我了。"贵宝一边撒娇地说着，一边上前搂住奶奶的脖子，亲了亲脸："我得赶紧走呀，路上，怕碰上别人。"奶奶笑着说："来的时候就不怕碰上人？"贵宝说："贵宝不傻，我早就想好了，全村人都知道，奶奶的亲人们都不在跟前。我说是给奶奶拆洗条被子，谁能说不对！"奶奶高兴地笑着赞许说：

"你可真是个精灵鬼呀。"

"不能再说了，我走呀。"贵宝说着，果真轻快地转身走了。奶奶看着她俊俏的背影，打心眼儿里高兴，满脸都是开心的笑纹。

那天晚上，奶奶告诉丑牛到里院来住。丑牛想了想，说："我不去，那多不方便。我就住车棚吧，挺好的，照顾她们娘俩儿也方便。奶奶心疼我，我知道。"

奶奶说："还有人比我更心疼你，把被都给你送来了。"

"她怎么也知道了？

"我活了这么大年纪，现在才明白，什么叫心连着心呀！那好吧，你想在哪就在哪儿吧，那被就在里屋，你抱上，盖上这被就不冷了。"

丑牛又住在了车棚，白天，他忙活着护场护家，还得里里外外地照顾着那娘儿俩生活。担水、劈柴、吃药、抹药，甚至连关窗、插门、扇灯他都琢磨得很周到，安排得很妥帖。这也许就是他的本性。帮人就真心实意地帮，帮到人家的心上。晚上，他很惬意地躺在车棚的大车上，盖上贵宝送来的那被，他感到很温暖很温馨甚至还有一股温情在周身涌动。

半年后的一天，"糖"大娘在小东屋当着她女儿的面对丑牛说："我想了又想，定了，我要把女儿许配给你，我女儿也同意。她年龄有点小，过两年再办么，不妨事。你光棍儿一条，也不用和谁商量，就定了吧。啊！"这个问题来得太突然了！丑牛愣了好大一阵儿，才果断地回答说："你想到哪儿去了？不能，不能！赶快扔掉这想法，你要再提这事，我就再不进小东屋了！"

说完，他转身就出了门。

丑牛回到车棚，躺在车上细细一想："糖"大娘的嘴，根本没有把门的，此事要是嚷嚷出去，那可就糟了，这麻烦事咋这么多！丑牛越想越不对劲儿。想着想着就躺不住了，便马上起身，去找奶奶商量。

奶奶见了丑牛就笑了，"糖"大娘刚走，我都知道了。她还叫我明天就把你们叫到一起，先订了婚。我劝了她半天，让她先回去了。

丑牛又急又气："奶奶，你知道，我救她们，是因为她们在火里，那是救命呀；我帮她们，是因为她们没人照顾，需要人帮。可现在闹成啥了？奶奶要是也没办法，我马上就得离开这儿。"

奶奶叹了口气："正因为你是这样的人。'糖'老娘就要选你当女婿，她也没选错。当下她转不过弯儿来，我也没个好办法。"奶奶又想了想，说："要不你先回老家待几天吧，上次也没回成，我再给你几个钱，多住几天。看情况吧，尽早回来。"

"每次都是奶奶救我，这次可真的得走了，这一辈子我也忘不了奶奶。"他说着说着，眼泪就要掉下来，便赶紧弯下腰，给奶奶深深地鞠了个躬。出门的时候，又回过头来："奶奶，我走了。"这时，他终于哭出声来了。奶奶放高声音："孩子，别哭了，在外边会着风的。"

丑牛回到车棚，把他的东西收拾了一下，特别精心地叠好包紧那条被子，背起来就离开了车棚。走了几步又回头看了看小东屋，便悄声地离去了。

寒来暑往，秋收冬藏。一转眼，丑牛离开小东屋已经四年多了。这么长的时间，他连一点儿音信也没有。刚开始那两个月，好几次去人到他老家打听，人们说他回来三天，给养他的邻居丢下两个钱就又走了。大家以为他又回了小东屋，其实根本没回，丑牛丢了，丑牛跑了，还有人说他在天津跳海了。说法很多，但都是猜测，都是瞎传。时间一长，慢慢地就被新发生的一些惹眼事冲淡了，丑牛的事，也就没人再提。

在这段时间里，村里发生过两件引人注意的事：第一是"糖"大娘将女儿嫁给了外村一个合适的人家，她名正言顺地由"糖"大娘变成岳母娘迁居新家。在离开小东屋的时候，她对奶奶说她对不起丑牛。要是还能见到这孩子，要奶奶代她认个错。第二是病卧在炕多年的智强无声无息地离开了这个世界，年轻的侯贵宝成了名副其实的寡妇。村里人常说，寡妇门前是非多。其实，寡妇背后闲话也多。现在，人们对这个孤身守寡的侯贵宝自然就会有越来越多地说道。

正在这时候，一件天大的喜事使这个小小的村庄，发生了天翻地覆的变化，这里解放了！人们敲锣打鼓放鞭炮，又是扭又是唱，全村上下一片红火。

在这一片红火当中，侯贵宝的脑海里心窝里始终都在听着也唱着一首歌，那首歌里开头的两句，连做梦都在她耳畔回荡。"解放区的天，是明朗的天，解放区的人民好欢喜……"千真万确呀，天变地变人也变，变得人人高兴人人欢喜。我侯贵宝比别人更高兴，比别人更欢喜。从现在起，我就要从一个苦命人变成一个和别人一样的人，成了真正的人。有时候她激动得控制不住自己，就在屋里唱：解放区的天，是明朗的天。

侯贵宝在高兴地唱着这首歌的日子里，总觉得有一个人，一直和她在一起高兴，一起唱歌，一起欢天喜地地迎接新生。这个人就是耿丑牛，很多人都不知道丑牛姓耿，但贵宝一直记得很清楚。他总觉得这个耿姓很好。耿，当然就是耿直就是正直就是正确。这理解对不对，她也没有什么根据，只是一种直觉，或者说是一种感觉，这种感觉实际上是一种感情，因为这就是她对丑牛这个人的认识、评价和深爱。

现在丑牛在哪儿？当时人们的说法有那么多，甚至有人以为他已经死了，也早把他忘了。但是贵宝连一天都没忘过他。她认定总有一天会见到他，现在是解放区的天，是人人都高兴都欢喜的时代，见到他的这一天该到了。她一定要找到他见到他！

那天早晨，天刚蒙蒙亮，她肩上挎了一个小小的包裹独自步行踏上了寻人之路，这个人在哪儿，眼前还是茫然一片。她只知道他叫耿丑牛，只能是边走边问吧。第一站她要去北京，因为在那里她待过两年多。

这时候，她在北京的那些姐妹们，经过整顿和学习，大部分已经分配了工作，而且工作岗位分布很广。贵宝联系了一个又一个，很快就有不少人串联起来共同为她寻找这个耿丑牛。终于，有一天一个姐妹托人在京郊门头沟一座煤矿查到了耿丑牛这个名字。贵宝当天就跑到了这座煤矿。经过在矿上反复查证对照，确认这里的耿丑牛就是她要找的人。这时候，耿丑牛已经成了这个矿的掘进小队队长。这些天他上夜班，白天应该在宿舍休息。经过七寻八绕，她还真来到了她要找的门牌号码。一个人在门前站了一会儿，让那颗蹦蹦乱跳的心稍微平静了一下，才轻轻地敲了两下门。没有回音。她又敲了三下。才传来回话："等会儿——来呀。"

但来的不是耿丑牛，是另一位矿工。她一下惊住了，忙问，这是耿丑牛的宿舍吗？我没走错吧。那人答，没走错。但他不在这儿了前三天就回老家了。啊哦——贵宝轻轻地说了谢谢，便转身走了。

侯贵宝回到北京，赶紧找来几个姐妹说清了情况，又背起她那个小小的包裹马上就要回村。众姐妹劝她休息一天，明天从永定门买回老家的火车票，两个小时就到你们家了。有人说，明天再买怕误了，现在就去买票吧，我们现在兜儿里都有钱，一个姐妹拉了另一个，边说着就转身跑去买票了。

贵宝挎着她的小兜回到村里，正是上午十点半钟，她哪儿也没去，谁也没问，就快步直奔了那个"小东屋"。她站在门口，喘了口气，用劲儿凿了两下门。接着是清脆的喊声：开门，快开门。

来了，来了！门开了。耿丑牛跑出来用粗壮的双手将侯贵宝紧紧地抱在了怀里。贵宝用劲儿地推着他，快，先进屋、先进屋。他们相拥着进了门，什么也没说，贵宝只是用双手捶他："就是你，你这个死丑牛！这好几年，你死到哪儿去了？把人家都急死了，气死了！"丑牛这时睁大眼睛，愣了好大一阵儿，才惊讶地憋出来一句话，我也在整天想你找你啊这不，我离开岗位跑回村又到小东屋来，还不是为找你呀？"然后，两个人就都没话了，他们站着、看着、愣着，先是女人哇的一声哭起来，而且哭声不断，滴滴答答的眼泪不断地流着，这时，男的也掉了泪。他本想抬手为她擦擦泪，但他的手却抬不起伸不出，也就呜呜地哭出了声。现在他们都有好多好多的话要说，但这时候，又觉得没话可说。他们的苦、他们的甜、他们的情、他们的爱、他们的艰难岁月、他们的困苦挣扎，从哪儿说呀？能说清吗？那就哭吧。哭，也许是最好的诉说。哭累了才会笑，笑的时候，才能将积压在心窝里早想说早该说的话，推心置腹地说出来，那时候的话才甜美才舒坦才有味道，说的日子多着呢，但现在好像还不是时候。丑牛想了想，抬起手给贵宝轻轻地擦了擦泪，就和她商量：我看咱们俩得先去看看奶奶，昨天我去过，老爷子这几天去北京了，奶奶挺精神，还说你肯定会来小东屋找我。贵宝擦了把脸说，那就快走吧，说不定老人家正等咱们呢。

奶奶见他们进了屋，高兴得不得了，我估摸你们该来了。贵宝一下就抱住了奶奶亲起来，左亲右亲也亲不够，贴心的话也说不完；丑牛站在旁边一个劲儿地憨笑。奶奶拍着贵宝的肩问他们：你们还走吗？丑牛说，我反复想过，不想走了；贵宝说，我都不用想，从来也没想过离开小东屋。奶奶笑着说，我也是这么想的，不要走了，就在这儿过吧。明天搬进里院来住吧。里院的房宽敞豁亮些。两个年轻人几乎是同时出口：不，可不用，我们就在小东屋吧。今天我们俩就住在那儿呀，那儿住着舒坦。奶奶笑了笑，那也好，你们俩愿意，那就在那儿住吧。

丑牛对贵宝说，咱们俩给奶奶磕头吧，奶奶，您早就要给我们俩做媒，又是我们的长辈，您老在上，我们俩给您磕头了，祝您长寿。今天就是我们的喜日子，现在就算拜天地了，小东屋就是我们的家。奶奶放声地笑着说：好哇，好哇，快起来吧。奶奶早就想给你们办这件大喜事，今天总算是办了呀，你们要把小东屋收拾一下，屋里屋外都扫扫，也贴上个喜字，里屋的柜子里还有张新被没用，你们今天拿过去正好用上。丑牛说，以前贵宝给我的那条被，我一直带着，还新着呢。奶奶说，新婚之夜，两条新被那就更喜庆了。你们俩今天办喜事，说不定等会儿村里还会有人来，总是要欢庆欢庆红火红火的，快回去忙吧，小东屋今天要像个样子，过会儿我还要过去看看，咱们喜得喜出个样子来。小东屋一直都在人们的心上啊，今天就更不一样了。

一个干事的干事

我想回家

1956 年 4 月，我和同班同学王致和应招到大同矿务局干部处报到。干部处一位负责人高兴地对我们说，你们来得正好，我们刚学了上级关于扫盲工作的文件，要建设社会主义强国，得赶紧组织全国 70% 多的文盲学文化。这件工作很重要，你们两个就当文化教员吧，然后就给我们开了介绍信。我被分派到土建公司二工区，王致和去了一工区。

大同煤矿是全国有名的煤炭基地。当时的十几座煤矿主要分布在两个山沟里，一个是口泉沟，人们常说的一、二、三、四矿都在这个沟里。另一个是云冈沟，这里有几座新矿正在建设中。在口泉沟的三矿（同家梁矿）和六矿（白洞矿）之间，紧靠公路旁边有四栋石砌的平房，这就是我要去的土建二工区。报到的那天，刮着我从来没见过的大风，两座高山之间的整个天空被狂风裹卷的尘沙连成灰蒙蒙的一片。尽管人们都得低着头眯着眼，但还是会有密集的沙尘毫不留情地袭来。耳朵里除了狂风的怒吼和火车偶尔的尖叫以外，很难听到其他声音。我背着不大点儿的铺盖卷儿，下了矿务局大巴车，在风沙弥漫中的石子路上半眯着眼转了两圈后，找到了工区的办公室。一个姓高的高个儿老头热情接待了我，他解释说："这地势一到春天就刮风，过几天会好的。"他让一个被称为小李的青年领我先找个住处，然后去见工会何主席。你的工作先和何主席商量，慢慢就正规了，到时候再具体研究。我跟着那个青年先在后一排房一个单间放下行李，就到前一排的办公室去见何主席。

真是无巧不成书。在我们正要进何主席办公室门的时候，在大风中不知怎么又旋转着跑出来一个小小的旋风，这个旋风围着我转了一圈儿，就跑到别处去了。它跑走了，却将一颗沙粒留在我的右眼里。眼睛被圪搅得满是眼泪，我用手揉了揉，沙粒没出来，眼泪却越流越多，弄得满脸脏兮兮一片。领我的小李说："先进屋吧，外边风大。要再刮进点儿什么进去，就更麻烦了。"

"对，先进屋，先进屋。"听到这声音，我便抬起头挤了挤满是泪花的眼睛，模糊地看到一个高个子男人走到我们跟前，他边走边说："快，进屋、进屋。"说着，就同小李一起扶我进了何主席办公室。到了办公室，大个子先用手将我捂着右眼的手推开，然后用他的手将我右眼掰开，便低下头用嘴轻轻地吹了两下。没想到那沙粒不但没吹出来，反倒在眼里又轻轻地刺了两下，我不由得哎呀了一声。大个子赶紧抬起头："不行，不行，我手大，太笨。小李，你先帮他洗洗脸。我去去就来。"说着，他就推开门出去了。这时何主席也赶过来，和小李一起帮我洗脸。刚把脸擦净，大个子就推门又进来了，他手里拿着些棉签儿、药碾还有个药盒，然后，三个人细心地配合着下手，才将那个小小的沙粒取了出来。这时候，小李才为我们三个人一一做了介绍。

何主席叫何德遂，是这个工区的一位领导。支部书记在外学习，他还临时负责党支部的工作。那个一见面就给我留下深刻印象的大个子，叫聂仕达。有人说他是党支部干事，也有人说他是办事员。小李有些话好像还没说完，何主席就对我说："除了工会的工作，我都是临时负责。这几天我们正忙着准备一个劳模大会。杂事太多，你先帮着忙几天这工作。开完会，咱们再研究扫盲的事儿。"

从何主席办公室出来，风没有停下来。小李对我说："行政办公室老高那儿，杂事儿挺多。我得回他那儿看看。你自己去后边大食堂办个入伙手续吧，今后就在那儿吃饭。"我点点头说："谢谢了，你去忙吧。"他和我握了握手就走了。我看着他远去的背影，听着嗖嗖的风声，心里有点儿寒意，眼中似乎也有点儿恍惚，不由得打了一个寒战。这时，大个子聂仕达在背后说："走吧，我领你去食堂。"说着，他一只大手就搂住我的肩膀往前走。

我以为他早就走了，回转头来惊讶地说："你还没回呀？要忙就不要送我了。"他说："你新来，不熟，走吧。"说着，我们就一起去了大食堂。

食堂管理员姓赵，他和聂仕达很熟。我们很快就办了入伙手续。然后就到卖饭票窗口，站在这个窗口，我一下就愣了，从老家起身的时候，我满打满算带了30多块钱。路上已经花了不少，现在兜儿里钱不多了，我在窗口大约犹豫地站了十来秒钟，窗口里一个清脆但有点儿急躁的女高音传出来："买不买？说话呀！"我还没有张口，聂仕达将我推在一边，对着窗口问："小王，一个人一个月一般得买多少饭票？"小王惊讶地问："哎呀，是大聂？你是给别人买吧？我看你先买上十来块钱的，吃着看吧。"大聂顺手将一沓钱塞到窗口："就按你说的买吧。"他从窗口里接过饭票，又塞到我兜里说："你先吃着，现在你什么也别说。再过些天，等你开了支。有的话，那时再说。现在天也黑了，你到大食堂排队买饭去吧。我也该回家了。"他没等我张口说话，就迈开大步走了。我直愣愣地站在刺耳的风沙中，看着大个子聂仕达远去的背影，心里杂乱无章又空白一片，说不清是甜，还是酸，是暖还是寒……冷静下来细想，小李介绍说他就是个党支部干事，也有人说他是个办事员。干事、办事员，想着这两个常听又常说的名称，思忖着今天和大个子聂仕达的相遇与相处，乱糟糟的心情就慢慢静下来了，脑海也慢慢地清醒了，顺着这条线，我想了很久，今天这风，今天这人，今天这事都是我报到这天的所见、所闻、所遇。也是我有生以来第一次的亲身经历和感悟。这大概会成为我一生中一个泯灭不掉的人生符号。

报到第二天，按照何主席的安排，我到工会帮助筹备劳模大会。给我的任务是抄写大会报告。那时候工区没有打字机，要求抄写清楚，让报告人看得清能念顺。所以，这个任务也很重要。下午下班前，我将抄好的讲稿，双手交给何主席。何主席戴上花镜很认真地看了一遍，高兴得不得了，连声说："好、好。又清楚又整齐，太好了。"他一边说一边就打电话，将大聂也叫了过来。

大聂刚进门，何主席就将讲话稿递给他："你看看这个讲话稿，还有修改的地方没有。这是小黄抄的，抄的真好。不愧是老师啊。"大聂看了看讲稿，又点头又咂嘴："是好、漂亮。"何主席又对我说："我整天瞎忙，也没顾上照顾你，都安排好了吗？有什么难处，就和我们俩说。"我真有些话想说，又很犹豫，但终于还是吞吞吐吐地说了："也没什么，大聂对我帮助很大。只是这地势的饭，我实在吃不惯，那叫什么？哦，块垒，在嘴里嚼半天也咽不下，昨天晚饭，我就吃了半碗，真不好意思，人家工人都爱吃。"大聂仰起头笑了："噢，噢，我明白了，怨我，怨我，还有什么？都说出来。"我想，干脆都说了吧："宿舍的后窗玻璃可能是搬走的人没顾上说，有两块碎了，跑风，晚上挺冷。"我停下后，大聂又催："还有什么？别不好意思。"我低声地说："这也够麻烦了。"大聂将讲话稿递给何主席，站起来说："你们还都忙大会的事，小黄的事儿我去办。"他一边往外走，一边说："昨天没想周到这点事儿好办。"

大约一个小时以后，何主席告诉我："大聂打电话叫你去食堂办公室。快去吧。"

食堂办公室的门没有关，我就直接进去了。屋里除管理员老赵和大聂以外，还有两个青年。大聂说，都来了。咱们说具体事儿吧，老赵，你是管理员又是面案大师傅，这三个青年都是刚调来的，他指着我们一个一个地说：小周，从长沙来的，技术员；小边，从南通来的，记录员；小黄，从河北来的，文化教员。可能还有刚从哪里来的，我没掌握。一会儿叫他们都说说自己的口味。你们对大多数人做莜面、做块垒……很受当地人欢迎。今天得想想怎么让外地人来了，也能吃得顺口？说到这里，我们三个都高兴地谈了自己的口味和想法。赵师傅一边笑着一边点头。嘴里一劲儿地说，好、好，我们想办法，尽量让大家满意。大聂笑着打断老赵的话："赵师傅，这不是尽量的事，吃饭的事儿，对每个人都是最具体的事儿，也是最大的事儿，咱们一点儿都不能含糊，得实实在在地办好。"赵师傅也站起身来："大聂的事儿，我什么时候含糊过。"大聂说："不是我的事儿，是职工群众的事儿。你可别忘了你还是这里的党小组组长。服务这个话，可不是光喊呀。"老赵说："哈哈，给我上纲了。行了，我现在就去研究呀，一定要把这群众的大事办好。"

中午，大食堂就多了一个卖饭的窗口，旁边贴了一个纸条，写着几个字：零吃小卖。这里有大米饭、白面馍、包子、花卷儿……菜谱就更多一些。我们正在排队买饭，赵师傅走出来笑盈盈地说，这是第一步，有什么意见，我们再改进。这时，大聂也从后面走过来插了嘴，今天这事办得好，办得快，老赵，你可不能骄傲呀，给群众服务的事儿，得不断改进。老赵接过话茬儿，大家想吃什么随时提出来，我们尽量办好。大聂高声地笑着说：你这个老赵呀，怎么老说尽量啊？就不敢说个保证办好，大家都跟着笑了。

吃完中午饭，回到宿舍刚进门，就有两个工人师傅跟进来。他们说，我们是小修组的工人，来修窗户玻璃的。我赶紧让座，给他们倒水。他们一边拿工具动手修窗，一边说，大聂告诉我们，从午休时开始，不能再叫风吹进来。我们得赶紧动手。果真，没用十分钟，他们就把玻璃装好了。完了，还帮我擦了擦玻璃，扫了扫地。我一再感谢他们，他们说，这都是大聂安顿的，他说这几天风大，没玻璃，屋里肯定脏。我感动得没话说，只是请他们喝水。

下午，在帮着何主席忙活劳模大会的准备工作时，顺便就拉呱起大聂这个人来。何主席说，他是转业军人，来这儿就当了个支部干事，这个职务放在他身上最合适了。每天办的都是些个具体事儿。他也不嫌烦，什么事都认真。这些天书记不在，说是让我临时负责，实际上，具体事还都是他办。这时，我也插话说了几句：何主席，我得和您汇报：我来这两天，他给我办的事儿太多太好了。有时我感动得都想哭。你们领导得表扬表扬他吧。何主席嘿嘿地笑了，那倒也应该，实际也用不着，表扬不表扬都一样，他就是那么个人。

这几天有点儿累，晚上就想早点儿睡，还没躺下，有人敲门，是大聂。他给我一个大信封，说："这里边有两本杂志，几张报纸。上面有中央关于扫盲的决定，还有国家成立扫盲协会的报道，你抽时间看看。我和何主席商量了，开完劳模大会，咱就得开课扫盲了。"他看了看刚安好的玻璃，还摸了摸我的被子，说："早点儿睡吧。累了。"

我还没有睡下，电话室让我接电话。电话，是我的同学王致和从一工区打来的。他说他实在受不了啦，每天都是风沙，眼也睁不开，饭也咽不下，话也听不懂，还扫别人的盲，在这儿待下去，自己也成盲人了。我准备回家呀，和家里也打了电话，家人都很心疼，叫我快回。你回不回，要回就一起走。要不回，我过两天就走呀。

听着他这个电话，我才突然发现了自己一个重大失误——来了十几天了，怎么也没和他通个话，老想给家里写封信，一直也没写。他这个电话，一下让我愣住了。电话里王致和高声喊我，你怎么不说话？我说我不知道说什么，让我想一想。他很不高兴，这还想什么？难道你和我的情况不一样？我嚅了嚅嘴，轻声说："听说过些天，风就小了。"他有点火了："你难道没听过，一年两场风，从春刮到冬，出了矿井要回家，半路得吃二两沙。嗐！不和你啰唆了，给我个痛快话，你回不回吧？明天我就准备买票呀！"我觉得自己很难堪，不好意思地回答他："我也想回，可又犹豫，你让我想一想，明天我回答你吧。"

这天晚上，一夜没睡。翻来覆去，拿不定主意。细想，王致和说得都对，那滋味我都尝过了。家里人要知道这情况，肯定心疼、着急。往远处想，在这里扫盲能有个啥结果？要不就回吧，反正还年轻，回家也不愁找个工作。可是，反过来一想，这里的人都不错，很实在很热情。特别是大聂，待我是真好，把我的难事都想到了，也都替我解决了，有几次我感动得眼泪都要流出来，但这长久得了吗？说不定哪天就调开了。正想着，忽然又听到了外面吼叫的风声，似乎又有沙粒吹到了玻璃上，我盖的还是家里带来的一条薄被，不由得打了个寒战，自己掩了掩被，不知怎么就想起了家乡那春暖花开充满诗意的四月，真的是如人们所说所唱的那样：桃花红，梨花白，菜花黄，莺儿啼，雁儿舞，蝶儿忙……林徽因也说"最美的日子是人间四月天"。是啊，家乡的四月，真美。可这里的四月呢？除了风沙还有什么？我终于下了决心：回家。明天就告诉王致和，我们一起回家。

次日一早，我还没离开宿舍，大聂就拾挟着一个毛毯进来了。他说："昨天我看你的被子太薄，在这儿不比你们老家，肯定冷。去年评了我个劳模，奖了块毯子。我们家就住在北山坡，风小，用不着。"说着，就顺手把毯子扔在了床上。他这么一扔，就像捅了一下我的心窝，将正想和他说要回家的话，又咽下去了。他说："何主席让咱们商量劳模大会的议程，还得把奖品按单位分开，事儿挺多，快走吧。"我想，这时候再不说我心里那桩事，过会儿人多了，就没机会说了。壮了壮胆子，铁了铁心，就把昨天王致和电话上说的和我晚上想的都一股脑儿和大聂说了。大聂听了非常吃惊，他愣了好大一阵儿，才疑惑地问我："定了？"我说："今天给他回电话，想一块儿回。"大聂一边摇头一边喊嘴："你硬是要走，我也不能拦你。但这事定得太匆忙，能不能让你同学先走。你还是再想一想，到时候要走，我帮你买票，送你上车。你看行不行？"我低着头，没有说话，似乎也没话可说。大聂说："这事咱们俩也定不了，现在我们先去何主席那儿吧。"我仍然没说话就默默地跟着他去何主席那儿了。

大聂将何主席叫到另一个办公室，我们三个又商量了老半天，何主席态度很明确，风沙怕什么？我土生土长，在这生活了大半辈子了，不是也活得很好吗？大聂也是你们河北的，那个县属石家庄管，比你们家还靠南。他的家也搬来这儿了。有什么怕的？今天会议的事很多，走吧，咱们先忙去吧。大聂看我一直没说话，就拍了拍我的肩膀："再考虑考虑，过几天再定，也不晚，打个电话，让王致和一个人先回吧。"我仍然没说话，但心里七上八下一直很不安定，除了反复考虑他们说的那些话，不知怎么总还想到欠大聂的那十块饭票钱，要是拍拍屁股一走，这笔饥荒怎么还？况且回家的路费也没着落……现在我真的是无话可说，于是便顺着大聂的话音点了点头，大聂也没再说啥，搂住我的肩膀就一起准备会议去了。

第一堂课

　　开完劳模大会的第二天，大聂到宿舍给我送来一本"扫盲通讯"。大聂说："我前两天给你的报纸杂志还有今天的这本通讯，都有这方面的报道。从这些情况看，我们就不难理解国家对扫盲工作的重视，也能体会到扫盲工作的重要性。所以说你搞的这件工作是很重要很光荣也很艰巨的工作，要搞好也不容易，得下些功夫呢。"

　　我没有说什么，但心里明白了自己肩上担子的重量。我似乎有点儿惭愧，又有点儿高兴。便有点儿羞涩地说："看来扫盲工作真还挺重要，我没搞过，怕搞不好。"

　　大聂高兴地说："怕搞不好，就说明你想搞好。你放心，我们大家一起搞，一定能搞好。"这时我才知道，他和何主席已经商量过，并通过基层工会去摸底，先将一个字不识的睁眼瞎发动起来，还把能够参加学习的职工都排了排队，算是组织准备吧。他告诉我："你现在要准备的是好好看看有关资料，把上课的内容安排安排。特别是第一课，得根据咱们这儿的情况，听课的对象，思谋思谋讲点儿什么，怎么讲，一定要讲好这一课，得把学员的积极性调动起来，给我们的扫盲工作开个好头，以后有些事就好办了。你现在就安下心来做准备吧。我得和何主席去大会议室看看，黑板呀粉笔呀还有桌子凳子什么的，都得落实了。"他一边说一边就推开门出去了。他没再留给我说话的机会，可能是真的忙他说的那些事去了。我掩上门，细细一想，他留给我的是一片广阔的思考天地，现在说不说话已不是很重要，关键是自己的认识要到位，工作要到位，重中之重是要把第一课讲好。

以前，我都是坐在下边听课，现在是准备要在台上讲课，这也许是我一生中的一次重要转折，也是走上工作岗位的第一次亮相，对工作、对学员、对自己都至关重要，丝毫也不能含糊。现在我还很年轻、有精力，可以白天加黑夜连轴转；环境也很好，有人帮助，无人打扰，可以专心致志地看书读报查资料。我真的就这样连明带夜地干开了，我也没记清就这么度过了多少天，大概是在一个礼拜后的星期天，早上八点钟，我拿着备好的讲课资料，迈着稍微有点儿紧张但也还算是坦然的步子，走上了看起来很平常但对我又有特殊意义的讲台。台下，黑压压的一片，坐满了穿着工装或便装的工人师傅，看上去大都是三四十岁的样子。何主席和大聂等几个我熟悉的人也都很郑重地坐在了最前排。他们都以坦然的面色和鼓励的眼神给我传来了信任和力量。

我站在讲台中间，先做了自我介绍。然后，我就为什么要开展扫除扫盲工作、我们工人为什么要学文化这些问题与大家进行了说明。

今天是扫盲班的第一课，学文化的内容，就先学两个字：工人。工人这两个字学起来很简单——两个字一共才五画。但工人却很伟大。在企业里工人是主人，是脊梁骨，是顶梁柱。所以，这两个字我们一定要记住，一定要学会。说着，我就一笔一画地将这两个字写在了黑板上。然后就问大家能不能记住。大家异口同声："能！"而且声音豪放坚定，充满信心和力量。我很受教育，也很受鼓舞。顺势向大家鞠了一躬，说了声谢谢。

大聂站起来说，大家不要走，何主席有话说。何主席站起来面对大家说："我今天来参加扫盲学习班非常高兴，受教育很深呀。我认几个字，但文化也不高。我自己觉得大概算半个文盲吧。听了这堂课，认识提高多了。我今天也算正式报名，当个学员，得学呀——要不就落后了，搞现代化，这个化那个化，没文化什么也化不了。"哈哈……大聂也对大家说："我们在部队学文化也是一笔一道儿地写，一个字一个字地记。不要怕难，不能怕累。就像我们盖楼房，那砖得一块块地砌呀，我们办什么具体事，总得一件一件地办呐！扫盲这件事一定要办好，我们绝不再当睁眼瞎！"他又提高了声音："有信心没有？"大家也同声高呼："有！"

第一堂课后，真有不少人提高了对扫盲的认识，坚定了学文化的信心。当天晚上，就有四个人到我宿舍来，他们都是不会写自己名字，今天听过课的工人学员，来找我的想法很简单，就是要在这天晚上学会写自己的姓名。我先问他们"工人"那两个字记住没有。他们都拿出笔记本儿让我看，果真都写得不错。我也很受鼓舞很受教育。马上就一个人一个人，一个字一个字，一笔一画地帮助他们学写自己的名字。他们四个人，正好坐在一张桌子的四边，低下头弯着腰趴在桌子上，一双双粗大的手吃力地握着细小的笔杆儿，慢慢地在本本上写着、写着，好长时间连头都不抬，有的额上不知什么时候还冒出了细微的汗珠，但他们仍然不放笔，仍然没抬头。我赶紧拿过毛巾，放在桌子上。

我站在他们跟前，静静地看着、想着，这就是我第一次和工人的直接交往，这就是我在课本上不止一次读到过的"工人"，这就是我白天在黑板上一笔一画写出的"工人"。此时此刻，我似乎感到，现在不是我在教他们认字，而是他们在教我认人。啊哦，工人，这就是工人，我看着看着就觉得有一种暖意而温馨的感觉在周身蠕动，好像沉浸在被幸福笼罩的氛围里了。

这时候，大聂推门进屋。他一见这场面，高兴地喊道："好样的，好样的。扫除文盲这件大好事，我们工人一定能办好。"再告诉你们一件好事："上级决定给我们派一名广播员来，这几天正在安机器修线路，要装两个高音喇叭，宿舍里也得有小喇叭，表扬好人好事，唱革命歌曲，还得帮助我们学文化。等广播员来了，先表扬你们这几个学文化积极分子。但是有一条，你们都得自己写广播稿啊！"他问一个敦敦实实的后生："王七斤，你们四个，数你年轻，能保证吗？"王七斤说："绝对保证，你们放心吧！"

哈哈哈，宿舍里一片笑声。

调来一个广播员

大聂说的那个广播员来了——今天，她来报到。何主席、大聂还把我叫上去接她。他们两个代表的是两个部门，怎么也叫我去呢？倒也是，得有个扛行李提包包的呀，干这点营生，我倒还合适。

　　还是我坐过的那辆矿务局内用大巴车，上下车的人挺多，刚停，大聂便一步跨上车去，问："哪位是新来的广播员？"一个正弯着腰往外拖行李的女同志赶紧抬起头来举了举手："我。"大聂伸过手提起她的行李："我们来接你——走吧。"何主席和我一直伸着脖子往里看，还没挤上车。这时候，我才跨上车门去接大聂手里的行李，他没给我，就挤下车了。我们下车站稳以后，广播员非常爽朗地自我介绍：我叫卢玉珍，一个极平常的名字，很好记，平常就叫我小卢吧。接着何主席和大聂也都做了自我介绍，只有我低着头，没有说话，我也没打算说话，便转身到大聂身旁取行李了。大聂介绍说："他是文化教员，姓黄，也刚来，是当老师做扫盲工作的。"这时候我才说了一句："也算不上什么老师，跟大家学习呗。"广播员的嘴果真是快："太好了，我到哪儿都想和老师打交道，有机会学习呀！今后可得多帮我呀。"我说："互相帮助吧，今天少见的好天气，一点儿风都没有，说明这天气也和我们一样高兴，都欢迎你呀。"说着，我就扛起铺盖卷儿来。大聂顺手夺过去，指着手提箱，你去提那。我看着大聂扛着行李的背影，心里好像有一股难以言表的滋味。啊，现在，我好像还不太了解大聂这个人。

　　广播站就设在工会旁边的一间办公室。实际上是一室两用，靠正面窗户的桌子上，放的是一套广播设备，麦克风、录音机……都已摆好，这显然是播音员的工作岗位。紧靠背面窗户放了一张单人床，有两个兼放文件、书籍和衣物共用的立柜，把床挡得很严实，这就是卧室，这地方的办公室有不少都这样放着一张床，工作、休息都方便，习惯了倒也温馨。我们进屋后，帮卢玉珍将东西放好，何主席对她说，条件是差了点儿，你从上级来，可能开始不方便。将就点儿吧。接你前，大聂给收拾了一下，不一定合你的心意，哪儿不顺心，你再整理吧。大聂说，暖壶的水还热着，脸盆里也有水，你先洗一洗，休息一会儿，我们再来商量工作和生活上的具体事儿。卢玉珍站在屋地当中，满脸的喜悦和兴奋，她以真诚的微笑主动伸出手来和我们三人逐一握手，并送到门外摆手致意。

从接她下汽车开始，到离开广播站，我们和新来的这个广播员一直在一起，而且还都说了不少话，但我一直没有正面地看看她的形象。原来我想，要调来的这个广播员，该是二十上下刚从学校出来的女学生。而见到的这个卢玉珍大约已有二十五六岁的样子，是一个很成熟练达、开朗精明的女性。看外表，她比印象中的模样更漂亮一些：乌黑的头发松散地飘洒着，给人一些不拘一格的样子；高高的个头，丰盈的体态，加上她轻快的步伐，亮丽的声音都让人感到清新和欢快。这些也许是刚认识一个人的第一感觉。大聂几次提到，今后有些工作得与她合作，今后会是什么样子，我心中没底。

我正在宿舍遐想，大聂推门进来。他说，你先领小卢去办入伙手续，我和何主席有些事要商量一下。有时间也可能去找你们。

我领卢玉珍到食堂办公室找到赵师傅办理了入伙手续，然后到窗口买饭票，窗口里那个女高音问："买多少？"小卢问："一个月一般都得买多少？"女高音说："看你怎么吃了。"小卢毫不犹豫地说："按好点儿说吧。"根据窗口内的提示，她爽快地将十五元钱送到了窗口里。在这个小小的过程中，我看到了两点：

一、她爽快；二、她有钱。然后，我们到大食堂"零吃小卖"的窗口买饭。她抢先一步站在了我前面，张口就问："你这儿什么菜最好？"里面回答后，她顺口说先要两个，然后回过头来问我吃什么主食？我将她挤到一边："我来买。"这时候大聂的胳膊将我拨拉到一边："我来买。"就这样，我们三个端着大聂买的饭菜，找了一个小小的餐桌，吃了一顿算是欢迎卢玉珍的便餐。

三个人吃着便饭，海阔天空随便聊，东南西北任意扯，心情很愉悦，气氛很随和。大聂说，你们都是初来乍到，有很多不便，我比你们早来几年，都惯了，有什么心里话，就和我说，有什么为难事，就找我办，别的本事没有，办具体事儿，我会尽力办到。卢玉珍紧接他的话茬儿，用清脆甚至是有点儿甜美的声音说："我从北京到大同，从大同到矿务局，又从局机关到了这个山沟的土建工区，算是到最基层了吧！我真没想到，这儿会让我感到特别愉快，特别高兴，甚至有些振奋。"我点着头插嘴说："同感、同感。"广播员的嘴啥时也不会拉空，她马上接着说："这是为什么呀？从你们到车站接我，我就想，这里的人真好。特别是大聂。"大聂马上插嘴挡住她："不说这些，不说这些。"他从兜里掏出两张写满字的十六开纸放在桌子上，这是我和何主席初步商量的广播站节目安排，我们是想要把广播站办成宣传阵地，主要得把咱们工地上的好人好事随时表扬出去，还得有点儿文艺节目，山西棒子、二人台什么的都得有点儿。这两张纸上写的只是个粗杠杠，主要还得靠你们两个商量，拿出具体安排。我说："小卢干这是内行，主要靠她了。"大聂说："她受过专业训练，写稿编稿是内行，叫你们俩一起办，就是要你向她学习写稿。到工地了解好人好事，就得两人一起跑。还可以和扫盲结合起来，每天有个学认字的节目，你们商量好了，咱们再和何主席一块儿研究研究。"

吃完便饭，小卢对我们笑了笑，说："我活了二十多年，这是最香最甜最美的一次聚餐，我真想今后多有几次这样的机会。大聂呀，你们俩可别忘了这顿饭呀"她出声地笑了，很灿烂。大聂说："我就是个办具体事的人，广播站的事是咱们这儿的一件大事，我能忘了吗？"三个人都开心地笑了。

大聂挑了个好天气，领小卢和我去工地了解情况。那天风不太大，只是有拉煤的大卡车跑来跑去，使山沟里本来就不太平坦的公路还是灰蒙蒙的不好走。我们三人骑着两辆自行车。大聂车的后座上带着我走在前，小卢骑车紧跟在后。大聂不断地喊："小卢，骑稳点儿，别着急，有事就喊我们。"小卢也喊："放心吧，我有把握。"

在公路的一个拐弯处，大聂下了车，对我说："我们等等小卢，靠里点儿有个山坳，先缓一缓吧。"正说着，小卢已经赶上来，她气喘吁吁满头大汗，下了车就掏手绢擦汗。大聂顺手从他的一个绿色小挎包里掏出一块羊肚手巾递给她，然后又拿出个军用小水壶，递给我。他说："水还不凉，咱们都喝两口，润润嗓子，缓口气。"我对大聂说："你想得可真周到。"大聂说："办具体事，就得想的具体一点儿。"我还是将水壶先递给小卢。她也不客气，扬起脖子咕咚咕咚地喝了好几口，说："真痛快！哎呀，我是不是喝多了？你们还够吗？"大聂说："先紧你，得保护你的嗓子呀。"我们喝完水，擦擦汗，先在背风的地方坐一会儿，缓一缓，再赶路，离工地也不远了，骑慢点儿，再有半小时就到了。

我们到工地还没站稳脚，正赶上矿上的食堂送来班中餐。送餐人说，食堂赵师傅早早就给我打电话，叫多送三份。我说："建筑工人正为我们盖单身大楼，多送三十份我也保证送到。你们告诉赵师傅，我可完成任务了。"大聂说："你放心吧，我一定告诉他。"正说着，工人们也都先后赶来了，大聂和他们很熟，到了一块儿都亲热的不得了。大家一边吃饭，大聂一边说："今天我给你们介绍两个新人。"于是他就将小卢和我给大家做了介绍。一个年轻工人端着饭碗对我们说："我早就学会写我的名字了，前几天还给老婆写了一封八十多字的信，老婆高兴的当天就回电话，祝贺我成了有文化的工人。"小卢高兴地说："我们回去就表扬你，你叫什么名字？"我说："他叫王七斤，去我宿舍学习过。"王七斤往前迈了一步："我不是要表扬，我想听你唱个歌。"大家也都放下饭碗鼓起掌来，小卢扭头看大聂。大聂说："咱们一起唱《咱们工人有力量》，行吗？"于是我们三人就一起唱起来了。没想到不少工人也都会这个歌，便也跟着唱起来："咱们工人有力量，每天每日工作忙……盖起了高楼大厦，修起了铁路煤矿……"唱完了，大家鼓掌叫好，可是还不过瘾，硬是点名叫小卢唱段《刘巧儿》。那两年新凤霞主演的评剧《刘巧儿》誉满全国各地，刚好这年又拍成了电影，到处能听到新凤霞的优美唱段。大聂用眼睛问小卢，小卢说："那就试试吧。"于是她巧妙地用她的清脆嗓音，并带一些动作和表情唱了刘巧儿与马专员叙说真情的那一段：……我爱他身强力壮能劳动，下地生产真是

055 ● ● ○

有本领；我爱他能写会画他的文化好，回家来能给我做先生……
唱完以后，大家的掌声，可想而知了。很多人还要求再唱，大聂
摆摆手将大家拦住说："今天就到这儿了。"请大家记住："唱了，
可不能白唱，要好好思谋思谋里边的两句话，劳动好，有本领；
能学习，有文化。要和自己联系起来，以后小卢他们还会经常找
你们了解情况，你们就将劳动好、学文化这方面的好事，都告诉
他们，有没有问题。"大家高兴地回答："没问题。"王七斤来到
我跟前："黄老师，我写了点儿学习体会，你给改改吧。"说着他
把两张写着字的稿纸塞到我手里。

晚饭后，我和小卢在回宿舍的路上商量，晚上我将王七斤的
体会改成广播稿，明天就播出。小卢说："这没问题，我是在想，
我们得搞一个有分量的稿子，将聂干事这个人下功夫写一写。"
我马上站住了："哎呀，你真是个了不起的宣传家，我整天受他
的帮助受他的教育受他的感动！可我就一直没想到这一点。我一
定配合你好好下功夫写写他。写了就广播，工人们肯定欢迎。"
小卢轻轻地摇了摇头："你说的不行，咱们不能播，他也不让播，
闹不好会给他帮倒忙。下功夫把稿子写好，往外寄。局、市广播
站，广播电台咱们也能寄呀。还有报纸杂志，用了更好，不用也
算是反映个情况嘛。"我说："就怕大聂不同意。"小卢说："他肯
定不同意，可能还会生气，但他没办法，通讯自由嘛。"

这个大我六七岁的广播员，不愧是受过训练的宣传行家，她
眼光敏锐，思路清晰，考虑周全，事理通达。我真高兴结识了这
么一个专家，这么一个老师。我心服口服地要和她一起将大聂这
篇文章写好。

　　我们俩在不影响工作的情况下，经过十多天的写写改改删删补补，终于写成了一篇名曰《聂干事办实事的故事》的通讯。我高兴地问她："能发了吗？"她长长地缓了口气，说："先放三天，我们都想三天，然后再改一遍，看没什么问题了，再发。"

　　三天以后，她问我："你想了些什么？"我说："我没想出什么问题，觉得还不错，我看发吧。"她摇了摇头说："我们写了好多他细心认真办好事办实事的细节，也很生动，很感人。但是主题还不突出，思想高度不够。他的力量是从哪儿来的？他为什么能把那么多的具体事都办得那么认真那么周到？这一点我们交代得不清楚。所以还得改。"她这么一说，我的心又豁然亮了许多，并不由得第一次叫了她一声"卢姐，我应该喊你老师呀！"她说："你早该叫我卢姐，我觉得亲切多了。可是不能叫我老师，你才是老师呀。现在咱们就继续改吧，怕麻烦吗？"我说："这么好的学习机会，叫我遇到了，高兴还来不及呢。"

　　我们俩边讨论边修改，又鼓捣了一个多礼拜，就按小卢考虑的那些，突出了大聂是党支部的干事，又是一名转业军人这两条线，并下功夫将其和那些办具体事的细节融合到一起。使稿子的思想性和可读性又提高了一步。这时，我俩都认为可以发稿了。

　　但是还没有发，小卢说："真人真事的稿件，得有单位盖章。应该盖党支部的章，大聂肯定不给盖。"没办法，我们就去找何主席，并将我们的想法和稿件内容，都详细地说了一遍。何主席很高兴，他说："你们俩干得很好，我也早有这想法，但我找大聂，他也不会盖章。你们把稿子给我，我看看，就盖工会的章吧。"

稿子发出去了！三天后，局广播站就全文给播了。第二天，市里也播了。我和小卢就在放广播机的桌子前，聚精会神地听着那清脆入耳的广播，简直都听迷了。播音员最后说，这篇通讯明天这个时间还要重播，请广大职工家属到时注意收听。这时，我们俩都激动地站起来拍手叫好。小卢又蹦又跳地还给了我两拳，然后伸出手来，看样子是要拥抱，我还没有遇到过这场面，赶紧将她的手推开，忙说："这可不行。"她说："怕什么，我们成功了！我高兴，我激动！我要把我按捺不住的心情表达出来，她眼里好像还有了泪花。"

激动之后，就是平静。我俩商量，还有一件大事难事得赶快办，不知道大聂听了广播没有，应该马上给他汇报去。怎么说呢？我说："这得想好。"她说："实事求是，去了再看。"我们正要起身，大聂推门进来了，我俩都愣了。大聂气呼呼地说："你们真是瞎干、盲干、乱弹琴！怎么能写这样的稿子？办这样的糊涂事！"他怒气冲冲，声调很高，出气很粗，脸色都变了，过去那种待人热情温和、亲切友好的影子一点儿都没有了。我心里咚咚直跳，低下了头；小卢的脸由白变黄，又由黄变白，她大概是实在憋不住了，就和大聂顶撞起来："我们怎么是瞎干、怎么是盲干，我们一点儿都不糊涂，我们的稿子光明正大，没虚没假，实事求是，我们宣传的是好人好事，是优秀的党支部干事。我们办了一件我们应该办的大好事，你不该批评我们，该表扬我们。"大聂没想到小卢说话这么厉害。他的怒气小了一些。但也不示弱："怎么说也不该表扬我！还不告诉我。"小卢的话跟得很紧："告诉你，你会同意吗？这件事就办不成了。"这时，我插了一句话：

"我们和何主席汇报了，他支持我们，审了稿，盖了章，还说写得好。"大聂缓了口气，愣了一会儿，他像自言自语，又像对我们说："反正这事有些不妥。"小卢还不肯放松，她肯定是要把心里话都掏出来："大聂，你说怎么不妥？你为别人为职工群众办了那么多好事、实事，那是你的初心、你的理念、你的追求。我们理解你、敬佩你。可我们也有我们的爱心、有我们的理想、有我们的事业，我们宣传你的好心好事好作风，让更多的人都来那么做，这是我们宣传工作的责任。你知道，光矿务局就有三十多万职工家属，哪怕就是有三分之一的人向你学习，比你一个人的力量也要大千倍、万倍，这更应该是你的初心、你的理想……大聂呀，原谅我有话直说，在这个问题上，不能光想自己，该想宽点儿，看远点儿。

大聂低下头想了一阵儿，终于说了句："我刚才说话有点儿急。这事是我不对。"小卢扑哧一声笑了，她的脸上也呈现出开心的笑容。大聂说："我这才知道广播员的厉害了。"我又插了一嘴："不是厉害，是有水平，我是真心的服了。"大聂说："我也服了，今后咱们互相帮助吧。"小卢鼓着掌："大聂呀，您可真是个好大聂。处处都是我们的好榜样！"大聂则连声说："向你们学习，互相学习，互相帮助。"就这样，我们三人都不约而同地伸出双手，紧紧握在了一起。

开支以后

那天下午刚上班，办公室小李通知我去开支。我去办公室一看，老高和一位女会计都在，和我一起在食堂见过面的技术员小周，刚点完钱掖起来。我把手章递过去，女会计看了看，便很熟练地点完钱递给我，说："三十三元，数一数。"我接过钱转身就要走。坐在旁边的老高笑着问我："你是第一次开支，怎么也不数也不问就走。"我说："给多少就是多少呗，还问什么？"老高嘿嘿笑了笑，我得告诉你："刚才小周也是头一次开支，他开了三十九元，大学毕业，技术员，上边说先开三十九，你先开三十三，以后怎么变，过几个月再通知。"我说了声谢谢，就转身出了门。

第一次开支，三十三元，数字不大，装在兜兜里也没啥重量。在路上走着走着，感到那钱慢慢地就有了分量。因为这时候，我脑子里忽然想起来一件大事，刚来那天，大聂领我去食堂办入伙手续，在买饭票的时候，女售票员说买十元吧。但我兜里那时已经钱不多了，便犹豫了一下。在刹那间的难堪犹豫中，是大聂眼疾手快将十元钱抵到窗口里，非常及时地给我解除了尴尬，让我顺当地下了台，就从那时候起，此事就在我脑海里成了扎下根的记忆，而且心中还不断地萌生着暖暖情谊。也许正是因为这笔情谊，在同学王致和打电话约我回家时，我才在犹豫中下了决心，留在了这风沙不断的山沟，没有回家。

现在我开支了，必须立马去找永远忘不了的恩人大聂还账，这不仅是十元钱的欠账，更是深深的感情账啊。

我一边敲门一边就进了大聂的办公室，他正低着头看文件，见我进来，便抬起头笑嘻嘻地说，快来快来，刚才我找你没找见。我知道你要来找我，开支了吧？说着，他拉过来一把木椅，让我坐下，说说想法吧。

"我得还账呀，那天买饭票的事，我永远都忘不了。"说着我就掏出钱来点票。他按住我的手："那不是借账，是同志的友谊，是相互帮助。所以今天你就不能说还账。知道你今天开支，我替你想了一下，首先你得给家里寄，寄多少你自己定。"我说："首先得还你这十元。第二才是给家寄，也寄十元。"

他一边摇头一边给我倒了杯水："你这想法不妥。你得好好计划计划。老人们常说，吃不穷，穿不穷，计划不到就受穷。我替你初步算了一下，你一共开了三十三元，按你说的，你还剩下十三元，那还能干什么？"

我还没细想，走到哪儿说哪儿吧。反正得先还你这十块。

黄老师，他叫了我声老师，然后说："今年你周岁还不到18，对你，我不仅是个干事，还是你兄长，你的事，我就是得想周到，刨去你最低的伙食钱，剩下三五元钱，你的日子还怎么过？你的鞋还是老家穿来的，六月份，这里天气就大热了，你还总穿着身上这套衣服吗？洗漱用具呢？那也该换了吧！还常听你念叨要订什么《文艺报》，还有《火花》……这都是要钱的呀，哪一样也不白给。"

他说着，我听着，一直没说话，他说得都对，我好像没话可说。憋了半天才说，那要不就不给家寄了，反正是要还你那账的。那事对我教育太深了，不还了你的账，我心里总难受，自己不能做个无情无义的人。

我说了半天，就是要你给家寄，不要还我。第一次开支给家寄钱，对你、对工作都很重要。家里收到钱，一定很高兴，一定会鼓励你好好工作。我也有过第一次开支，这些事我都经历过。我是个干事，干什么事，都得想周到，认真办。你的事，也是我的事，而且这些事都直接或间接地关系到工作。这事咱们一定要办好。说到这里，不知他是生气还是着急，就提高了声音说："所以你必须先给家寄。想通了吗？没想通就再想想。"我没有吱声。

大聂喝了口水接着说："还有件事我得跟你说说，你和小卢写的那稿子，好几个单位都寄来了稿费，有局广播站和报社，还有省、市报纸和电台。稿费也不多，加起来总共是二十五块。这钱寄到了办公室，何主席让我找你和小卢商量，其实这事也不用商量，我看你们俩一分为二，各得一半儿就是了。正好，刚才我碰上了小卢，就和她说了。她毫不含糊地说，我一分一厘都不要，全部给黄老师。我说两个人的钱都给一个人不合适吧。你猜她说什么？"我低声问了一句："她说什么？"她说平时看你花钱手头很紧，总想支持你两个，可又怕伤了你的面子，不敢张嘴。

听了这些话，我好像真的挺没面子。低下头说："我手头是紧，但也没感觉太难，就一个人，也还过得去。稿费我一分钱也不能多要，刚才听了你介绍小卢的那些话，我挺不好意思，别闹得是让人们在可怜我。"大聂说："不会有人这么想，大家都是好意，互相帮助么。"

正在这时候，门被推开了，小卢进来说："我没敲门就进了屋，有点儿失礼了，可我觉得有两句话就得马上进来说。你们刚才的话，我听清了，也明白了。我是和大聂说过，稿费我一分都不要。现在看，我需要对这话解释清楚。一、我绝没有自己炫富的意思。我的本意是和黄老师处得很好，一起工作很舒心，几块钱的稿费不值得也不应该那么认真地去分甚至去数，那样做我觉得有损于我们的形象；二、我平时看到黄老师手头有点儿紧，他自己也有时这么说。在这种情况下，我提出来将稿费都给黄老师，这在情理当中，虽然钱不多，但这绝对是一种加强团结增进友谊的好事。我们处在一起得有感情得互相关心互相帮助嘛。我们都说大聂是我们的好榜样，他在很多很多的事情上帮助了很多很多的人，其中包括我小卢，也包括黄老师。"说到这里，大聂赶紧插话："小卢，别提我，别提我，这不是一码事，别跑题。"

小卢紧接着说："说到这儿，就得说大聂，这正是现在该说的话题。大聂，你也先不要插话，让我把话说完。我们宣传大聂，向大聂学习，首要的一点就是要理解他为什么那么实心实意地帮助人，事事为别人想，处处为别人办实事办好事，根本的根本是他的心能和别人的心连在一起。有连着的心就有连着的情，有了连着的情，就有了友谊和帮助，就有了团结和力量，归结到一句话，就能把工作做好。所以我们向大聂学习的重中之重，叫我看应该是讲友谊，讲团结，互相关心，共同进步。我们工作在一起的同志就更需要理解这一点。为了这几块钱的稿费，大聂和我们商量，开始我理解得有点儿简单，说话可能有点儿太直，这会儿又说了这些我认为需要说的话，这首先是对我自己说的，我相信大聂能理解我，黄老师也会理解的，如果别人知道了这事，大概也会理解吧。"

大聂说："我想大家都会理解的，但有一条我得提出来，你说什么都不要将我扯进去，我就是个干事，干事干事就是干事的。今后不要说什么学习我这样的话。今天话题就先到这儿吧。小卢呀，你进来以前我和黄老师商量，他今天开支了，我和他计划了一下，正催他赶快给家里寄钱，他还没有去，我看黄老师你还是先去邮局吧，晚了怕人家下班。你还没去过邮局，先到白洞矿街上一问就找到了。"小卢立刻插嘴说："我和黄老师去吧，正好前几天我去过。"她也没等别人说话，推开门就往外走。我现在思想有些乱，可这时又觉得无话可说。大聂插话说："去吧，今天快把这点儿事办了。"

在路上，小卢的嘴还是不实闲，她说我猜你今天找大聂是去还账的，你说过他主动帮你买过饭票，今天他不收你的钱，让你先给家寄。家里收到钱一定会高兴，肯定就要鼓励你好好工作，这就是大聂的所想所做。我说得对吗？"我重重地点了点头，我真服你了。她紧接着说："不是服我，是我们都该服大聂。"

从邮局回来，我们就一起去了食堂。快到食堂门口的时候，小卢轻声对我说："我也学习大聂，帮你计划花钱的事，今天你就该买饭票了。你现在兜里还有钱，本来该买十块，可是现在你拿不定主意，因为还在想欠大聂的账，我说得对吧？"我低着头说："你把大聂的本事都学到了，我现在真的是正在想这事。"她爽快地笑了笑说："我比你大几岁，姐真心地对你说，花钱的事不要总想什么你的我的，别遇上什么事总是脸皮热爱面子，把自己搞得畏畏缩缩的直不起腰来。我还是要说，花钱的事不要抠得太紧，姐能帮你。这里边我们都没有私心，只有友谊、团结和互相帮助。这就是搞好工作的基础，也是大聂的一贯思想。有了这一条，那几块钱的稿费还算个问题吗？"前面就到食堂了，这时我还要多说一句："你该买多少饭票就买多少，信得过我吗？"

我停了脚步，直起腰，卢姐，你放心吧，今天你在大聂办公室和这路上说的话，让我明白了好多事也明白了好多理。现在好像才认识到，自己太年轻太幼稚了。今后你就拿我当个小弟弟多帮助吧。

小卢又赶紧说："我们都得靠大聂帮助。我们都得学习大聂。"

回到宿舍，没来得及洗漱，就躺在了床上。感到脑子里总是抓耳挠腮，怎么也静不下来。看来真的像大聂常说的那样：遇事要好好想一想。今天要想的事太多了，要想的话也太多了。首先想到大聂这个人。他果真就是个干事，大事小事似乎办得都很认真和周到，这可能正是他考虑的工作，想的是别人。记得中学语文老师常给我们讲过的一句话，叫"毫不利己，专门利人"。听说毛主席讲过这样的话。细细一想，大聂应该算是这种人吧。正想着，大聂推门进来了。我赶紧坐起来，他笑着说："我又想了想，我和小卢下午说话都有点急，可能是恨铁不成钢吧。我理解你的感情，有些事没感情不行，有些事不能感情用事。我也有这毛病，咱们都注意吧。小卢也是个直性子，说话也很犀利，不过她说的也值得我们考虑。你大概也想了想吧，能说说吗？"

我边思谋边说："我就是感情用事了。"那次买饭票，你帮了我这么大的忙，不还账，总觉得感情上过不去。大聂又插了话："那点事儿不算个事儿，考虑问题的着眼点是工作、是大局，这也是我们办好任何事情的出发点。"这时候，我好像才真正明白了他帮我计划花钱的目的。觉得有好多话要说，但又不知道说什么，有句话早在心里憋着，一直不敢说，现在终于憋不住了，便低下头说："大聂，我想叫你声大哥，你同意吗？"大聂高兴地说："那好啊，好！"我很认真地说："大哥，今后还得多帮助我呀。"他搂住我肩膀："我就是个干事的干事，咱们互相帮助吧，还有小卢，她心直口快看问题深刻，在一起工作都要互相帮助。互相帮助，就能把事都办好，对吧？"我们都笑了，笑的声音不高，但很自然，很真诚。

他站起来说："你该休息了。"说着，便转身往外走。我也站起来："大哥，我送送你。"他说："今后在工作中还是喊大聂。"

我点点头，明白。

回到宿舍，我没有休息，大聂好像还在眼前笑嘻嘻地和我拉呱，"我就是个干事的干事"他这句话说得很平常，甚至很平淡，可是品咂起来却很深沉很丰厚很有味道，干事，好像不是什么职称，更不是什么官位，听起来既让人感到亲切又容易接近，办起事来更实际更随和也更让人心悦诚服，大聂就是这么一个整天为大家干事的干事。

我躺在床上翻来覆去地想，干事这个称谓真好。大聂，这个干事干得真好。

第二辑

领导身边的故事

小案板的故事

　　那一年，我在金华煤矿宣传部工作。有一天，党委书记王求发找我谈话，他说，小黄啊，给你个新任务，党办于主任要去省委党校学习一年，党委研究了，要你到党办室临时负责。他走你来，工作你也熟悉，不必细说了。明天就来吧，他也没问问我的意见，就那么干脆。我也简单："啊，来吧。"

　　那时候矿政治处数我年轻，还不到 30 岁，人们都叫我小黄。各部门有什么难写的材料，或有杂事儿，也常把我招呼上，习惯了。我想这或许也是让我去党办的原因吧。

　　王求发来矿当党委书记，还不到两年，他的家属没跟着来矿区，仍然在矿务局工作。来矿后，他就住在单身宿舍。其实，有不少时间他都是在井下生产第一线，有时候在井口调度室的床上睡一觉，就又跑到井下去了。吃饭也往往是在井口食堂和工人一起吃，有的工人出了井想喝二两暖暖身，也常把他招呼上。他也不客气，喝起来总是有滋有味儿，说说笑笑还挺红火。这倒也帮他了解了不少情况，接连不断地解决了矿工们最关心的几个大问题。像远路工人上下班的接送车问题，井下工人班中餐问题，洗澡堂洗脸池不够用，工人们洗头洗脸和下身一起洗的问题，解决每一个问题，都得到了工人们的真心赞扬，工作的干劲儿在赞扬声中也提高了不少。一年后，就扭转了以前好几年欠下的十万多吨亏产，工人好几年来第一次拿到了年终奖。

我们搞宣传工作的也很高兴，对外宣传能抬起头，有说的；通讯报道的笔头也硬了，有写的。说心里话，我打心眼儿里很敬重他。所以，让到党办工作，我很高兴，这是多好的学习机会呀！

不知从什么时候开始，人们就不习惯喊他王书记了，从干部到工人，从年长到年轻，甚至有的家属也都喊他求发书记。我想，这大概是一种亲切感，或许也有不少尊敬的内涵。我们在他身边工作的人也都这么称呼他，习惯了，都感到挺好。

在办公室工作不到一个月，机要员给我拿来一封匿名信。他说，不知道是谁塞进门缝的。我打开一看，很简单，告的是采煤一队老劳模王茂山偷矿上木料的事。求发书记阅后批示：树芳负责查清此事。

第二天，我和干事张宇就到了采煤一队，先找到支部书记和队长，问他们知道这事不。队长说知道，老王拿的不是什么木料，也就是半米长的一个木圪墩，给顶板支柱时锯下来的，没用了。王茂山在井下干了30年，50岁了，家属一直在农村，年纪大了，胃不好，老婆才来矿上伺候他。工友们帮助他，在山上起石头盖了间房住下了。可家里没有块案板，擀面、切菜都不方便，矿上的小商店儿，还真买不到这东西。去市里买又太远，老婆说我见有人胳挟着木圪墩回家，你就不能也胳挟个木圪墩儿回来，做个案板？

老工人王茂山就知道在井下干活，年年都被评为矿上的劳模，从来没有拿过矿上的一点儿东西。在井下看到锯下木圪墩儿，他犹豫了半天也不敢拿。

却说这一天，老婆发了火，你要再不解决案板的事，明天可就吃不上饭了，那可怨不得我。这一天老王咬了咬牙，下决心，抱起来扔在古塘的一个木圪墩儿，找到了正在井下装煤的大队长，吭哧憋嘟地说了半天，才说清了他要这个木圪墩儿的用意。队长听了很同情，很痛快：没问题，拿吧，我同意。

我听完了这情况的介绍，觉得这封匿名信的事已经调查清了，便请队长将他介绍的情况都清清楚楚地写出来，队长是个痛快人，他马上就给写了。我看完后又给党支部书记看了看，并请他们俩都签了字，就高兴地回机关交给了求发书记。

第二天一上班，求发书记到我办公室，将调查的情况又交给我。他问我这事算完了没有。我说可以了结了吧。他没说什么，却让我现在就通知木工组，做一块家用小案板。他说着掏出来二十块钱给我，下午你把案板取上，将钱交了，送到王茂山自建的小屋去。他问我听清了没有，我说听清了，我现在就通知木工组，叫他们下午就做成。求发书记说，好，就那么办吧。说着，他就出门了。我立刻拿起电话通知了木工组，并一再告诉他们，下午三点我要取案板。这是求发书记安排的。接电话的人很高兴，说没问题，这点儿营生，我们两小时就能保质保量地完成。

下午三点钟，我准时赶到木工组，一看这案板做得真不错，不大不小，不厚不薄，做得实惠也很精致。我立马掏钱递给组长，这是二十块，你收下。组长很惊讶：你这是干什么？看不起我们木工组？我说：这是求发书记的钱，你们不收，就等于我没完成任务，好几个工人都喊："求发书记处处想着我们工人，他的钱，我们更不能要。"我说你们不能为难我，不要也得要。说完，就把钱扔到工作台上，圪挟上案板跑出了木工组。

我圪挟上小案板，爬上一个小山坡，又拐了个弯儿，就找到了王茂山的家。敲了敲门，一个四十多岁的女人开门探出头来，你找谁？我问这是王茂山的家吗？她说就是——我是王茂山家里的，叫臧桂枝。我说明了来意，并将案板递给她。她接过案板抱着一个劲儿地用手摩挲，还举起来亲了两口。这时，她才想起来让我进屋。一边解释，我们也没个能给客人坐的椅子，就坐炕沿吧。这时我才发现炕里边还坐着一个女人，看样子也就是二十五六岁。见我进来，忙下炕穿鞋，和臧桂芝说了句："姨，我走呀。"

那女人出门以后，臧桂芝才说："我们村的一个远方姨亲——到工人村看舅妈了，她没事常跑我这儿来。"我没问那女人的事，便给她介绍了这块小案板的来历。我说这是求发书记让矿上给做的。以前我们不了解你们家没案板用，知道这情况的当天，书记就打发我办这件事。臧桂芝激动得不得了，她说我听说过求发书记这个人，都说那可是个好人。哎呀，你说我们可咋谢谢他呀？我说，臧姨呀，有了案板，您更要好好做饭，每天多做两个好菜，让王师傅吃好，工作好，老劳模的旗帜永不倒，这就都有了。臧姨笑着说："你们当领导的可真会说呀，放心吧，我一定伺候好老汉，不让他倒。"这时，她又抱起小案板，这么好的东西，得值多少钱呐？你得告诉我个价儿，老汉的钱，都我拿着呢，我这就给你取。我赶紧拦住她，不用，不用，书记已经交了。她转过身来："那可不行，这钱得我们花，老汉在井下干活，我们有钱。"我说那也不能收你的钱，我转身就往门外走。她拦住我："你说那个木圪墩儿咋办呀？老汉刚借来工具，还没锯呢，你要不拿回去吧。"

这个问题，我还真没想到。思谋了一阵儿说："臧姨，您先放着，不要再锯了，王师傅回来咱们再商量吧。"

我回到办公室，立马向求发书记汇报了送案板的情况。听完后他又问我："你说这事算完了吗？"我说就剩木圪墩儿的事了，我看让王茂山自己送回去吧。求发书记轻轻摇了摇头："找个人将木圪墩儿拿到办公室来吧。你问一下矿上别的领导这两天有什么安排没有，如果没有，我想明天下午开个各总支和支部书记会。你准备准备。"在会上将王茂山拿木疙墩儿的情况介绍一下。完了，我要讲一讲，主要是想谈谈关心群众生活和做思想工作的关系，你去安排吧。

我和矿领导一个个商量后，就做了具体安排，并立即下了通知。会议就按时召开了。主持人先让我介绍了那封匿名信和王茂山拿木圪墩儿的情况。接着就是求发书记讲话。他说："我们整天喊加强思想政治工作，从入党那天起就喊为人民服务。为老百姓做好事做实事。像王茂山这样的老工人老劳模被生活逼得没办法，往家拿木圪墩儿的事，你那个支部的人有没有这样的情况？回去先讨论讨论，怎么认识王茂山拿木圪墩儿的事儿？我们当干部的有什么责任？每个队一百多号人，回去摸摸底，还有多少人，家里没有案板？把名单列出来，交材料科，材料科看看还能找多少木疙墩儿，能不能每家给做一块小案板，如果不够，就用点料也可以。看看财务科和工会有没有什么路子出点钱，如果没有，我们各级各位书记能不能掏腰包集点儿资呀？"这时，会场里有几个年轻的书记，就高声答应："能够，没问题！"

书记说："这件事办完，你们下点儿功夫，一定要摸清楚，你这个队有多少长期户，多少临时户，家里都是什么情况？有几口人，有什么困难需要帮助解决？老人的事，孩子的事，男人的事，女人的事，就连锅碗瓢勺的事都要了解，需要帮忙的，就实实在在地去帮助。你们解决不了的就往矿上汇报，咱们共同解决。"

按照原来的安排，书记讲到这时，办公室两个干事，将那个木疙墩儿放在了台上。书记说："我们把它放在这儿，是让大家亲眼看看它，记住它给我们的启发，给我们的教育。多为群众办好事办实事，说起来很简单，但得一件一件地去办，不能光空喊。"

会后大约十多天，各区队就先后把摸底情况分别报到了党办和材料科。据统计，家里缺案板的共有三十二户。这已经由材料科木工组做去了。据汇报，木疙墩儿够用，不必再下料。材料科已通知各区队，十天后派人取案板。然后按会议安排各支部书记亲自送到职工家里。

求发书记听了汇报后，让我们将其他问题："像临时户孩子上学问题，住在山里工人看病难问题，工人休息日去市里购物要求派车接送问题……都整理出来，以便矿务会研究。"

将这些问题安排处理后，我又将一个顺便听来的问题向求发书记个别做了汇报。在汇报各队摸底情况的时候，采煤三队支部书记赵凯跟我说："那个写匿名信的人我知道了，是我们队的张二愣。然后他就给我介绍了事情的大概过程。"

张二愣从农村招来当工人，也有十多年了。别的方面也说不上有啥毛病，就一个字：懒——一个月上半个月的班，够他吃喝就行了，一人吃饱全家不饿。他来矿的前一年，在一场瓢泼大雨中，他家的小土房倒塌了，18岁的他逃了出来，两个老人没有救活。现在他就光棍儿一条。下了班，不是大饭店，就是小酒馆儿，吃得饱饱的，喝得足足的，倒也清闲。他不会赌，说那没意思。但周围村里有的女人都摸清了矿上开支的日子。到时总要来矿找单身矿工混上两次，捞上些钱就走。下月再来，二愣有没有给这样的女人花过钱，有人说也有过，可也没准，影响也不大。但前几个月，他们老家那个县也来了一个叫三花的女人，才二十六七岁，没结婚，还是个黄花姑娘。他们认识了，也好上了。别的女人他也不理了。据说，他们还有意结婚。

我听到这里，就插了一句："那要成了也好嘛，说不定能改变他的生活。"

可事情没那么简单，这姑娘在矿上有个远方姨姨。他的姨夫，不是别人，正是王茂山。王茂山听说三花和张二愣好上了，气不打一处来。常言说，好事不出门，坏事传万家。张二愣这些年由于他那种自由消闲的生活，在井下的工人中，也小有名气。王茂山也早就听过三队的张二愣，一个月只上半个月的班，是个旷工大王，现在竟和三花勾搭在一起，咋说也接受不了这个事实，他鼻子不是鼻子脸不是脸，又吹胡子又瞪眼，硬逼着三花说不是，可三花就是低着头不吱声。这时候王茂山一切都明白了。他坐在炕沿上，有气无力地说："你走吧，去工人村找你舅妈去吧，再别来我这儿了。"

原来，三花是秋后家里没啥事，来矿上舅妈家闲住些天。于是就有了和张二愣这桩事。舅舅、舅妈都年事已高，有个表哥是在外矿上班，家里也就没人过问三花的事。三花从王茂山家出来，马上找到张二愣，说以后再不和他来往。当二愣闹清楚这都是王茂山的缘由。他又气又急，很快就想起前两天三花跟他说过，王茂山将木圪墩儿拿回家的事，当天就写了那封匿名信。可是当他知道了因为王茂山那木圪墩儿，矿上还开了支部书记大会。他觉得这事闹大了，他也不知会议的具体内容，自己竟有些心虚有些害怕。就向支部书记赵凯把实际情况都说了。而且在那以后一直还没旷工。

那天，我和求发书记汇报完各区队摸底情况以后，顺便也把这个故事说了一遍。求发书记听得很认真，有时候还插话问两句。听完后，他说了两点意见：一是告诉三队支部书记赵凯，继续了解掌握张二愣的思想变化，多做工作，帮助他进步；二是让我找上工会女工部长详细了解三花的情况，还要到王茂山家、三花的舅妈家访问访问，根据情况做些工作。

我很快把书记的意见转告给了赵凯，又找到工会女工部白玫部长，而且立刻研究了情况，开始了工作。

过了十多天，我突然听到一个很意外又惊讶的故事，是赵凯给我讲的。

　　说的是求发书记那天在井下劳动完，和工人们一起到井口食堂吃饭，正遇到了张二愣。张二愣正和一个叫侯全有的小队长，在一个靠窗户的餐桌对饮。侯全有突然站起来喊："求发书记来这儿吧。"原来他和书记已经在这儿一起喝过两次酒了。求发书记毫不犹豫地就端着饭碗过去了。侯全有忙站起来拉过一个凳子，又用纸巾擦了擦桌子，让书记坐下。然后就介绍张二愣。张二愣忙端起碗要走。侯全有说："你怕什么，书记常和我们一块儿喝。"二愣又犹犹豫豫地坐下了。求发书记先举杯对着二愣："来，二愣，今天认识你这个新朋友很高兴，干了吧。"接着侯全有又举起了杯，三人碰杯后，又鼓励二愣："敬书记一杯。"二愣哆哆嗦嗦举着杯站起来吞吞吐吐地说："书记，我，我不是个好工人，旷过工……"侯全有说："这个月没矿，二愣进步了。"求发书记举起杯："为二愣的进步咱们共同干了吧。"二愣放下酒杯居然掉下了眼泪，说："我不能再喝了，心里难受，我好像醉了。"嘴里咕咕叨叨地说："小案板，案板……不，不是木料，是，是，是木疙墩儿……"侯全有说："胡说啥？——你常喝，酒量挺大嘛！怎么今天就醉了？"书记摆了摆手："他可能是真难受，给他点水喝吧。"

　　二愣喝了水，平静了一些。求发书记又亲切地说："全有、二愣，今天我们就成了朋友，改天我请你们俩，找个合适的地方，再痛痛快快地喝一次，到时候你们可都得去呀。全有，你送他回去休息吧。"

　　那天，侯全有陪二愣回家后，就找他们三队支部书记赵凯汇报了他们喝酒的全过程。当晚，赵凯就找到我，十分高兴地和我详细地叙述了他了解的一切。而且还商量了怎么从不同角度趁热打铁，做好二愣的工作。

我和女工部白部长到三花的舅妈家访问。我们先拉呱了一会儿家常，女工部长做妇女工作还真有一套特殊本事，三言两语就让三花说了真话。"我们是一个县的老乡，他年轻，人样儿也好，见过两次面，就有了好感。有一次在他宿舍，他就要动手脚，我紧说，别、别，双手还挡着他，可挡不住。"听到这里，白部长就不让三花说了。直接问她："你真喜欢他吗？我姨夫（指王茂山）说他旷工，不好好劳动，我也没主意。你们能帮我出个主意吗？"白部长是痛快人，过些天，我们一定来帮你出主意。

从三花那儿出来，我们直接就到王茂山家，和他们老两口，该问的问了，该说的也说了。气氛很融洽，王茂山说，因为我们这块儿小案板，给领导给矿上添了那么多麻烦，想起来我的心就痛。臧桂芝说："这都是我做的孽，整天逼着老王要案板、要案板。"我们详细地给他们解释了做案板的来龙去脉，让他们认识到这是好事，千万不要背包袱，对三花和二愣的事也都说了说看法。老两口最后都有了笑容。

就在我们家访的时候，听说求发书记也和侯全有、二愣他们俩又喝了一次。具体事宜都是侯全有操办，地点是这个矿区最火的九红饭店，酒是山西老白汾，先上了两瓶。一瓶喝完，对这三个人不算多，但酒劲儿已经发挥作用，很显然话都多起来了，二愣先入主题："王书记你相信我吗？我保证打今天起，一天工也不旷。二愣我不愣，说话算数。"书记先举起杯，三个人又碰了一下。侯全有又给大家都满上。书记说这杯先不要干，我说两句：
"二愣你一米七八的个子，二十七八的岁数，干起活来不比别人
差，走起路来不比别人慢，到哪儿都是堂堂正正的一个小伙子，
怎么就不能上全班？怎么就老是旷工？我说呀，就因为你是光棍
儿一条，一人饱了全家都饱，认为多上班也没用。你这想法，就
是认为人只是生存。其实呢，人不是光生存，还得有点儿精神追
求，才叫生活。生活谁都离不了国家，离不了社会。所以我们还
得想到为矿上为国家作点儿贡献吧。往小里看，也不能总打光棍
儿吧？像你这样的后生，就甘心一辈子打光棍儿呀？"

　　侯全有插话说："二愣有个相好，叫三花。"二愣赶紧解释：
"还不成呢，她姨夫不同意。说我是旷工大王。"侯全有说："她
姨夫就是王茂山。"

　　书记紧接着说："那好呀，你要不旷工，将来再当上劳模，
这不就可以成亲了吗？"三个人都哈哈地笑了，举起杯来又干了。
侯全有又拿起杯要倒酒，书记摆摆手，今天不喝了，我等着喝二
愣的喜酒呢，就看二愣给喝不给喝吧？二愣："给喝、给喝，我
保证给喝。"

　　求发书记掏出钱来，递给侯全有，算账去吧。侯全有怎么也
不要，今天是我主办当然是我花钱，扭头就走。书记对二愣说：
"你把他拦住。前几天我就说了，我要请你们喝酒，你要算了账，
不是逼着我说假话吗？"二愣也说："我姨收了小案板，好说歹
说要给钱，办公室主任都不敢要，说是书记花的钱，要了钱回去
交代不了。"你快别啰唆了。侯全有这才拿了书记的钱去结账。
书记对二愣说："你结婚的时候，我还做块儿小案板给你祝贺。"

侯全有结完账回来正听到这句话，他就接着说："二愣呀，你可千万千万不能放空炮呀！"书记说："我们相信他。"

又过了半年多，张二愣整整一年没旷工了，而且还利用节假日义务了三次。全队都为他高兴，一队老劳模王茂山也笑着说："这后生变了。"到这份上，侯全有和几个工友就为他和三花忙乱着举办了婚礼。婚礼仍然在九红饭店举行。我和女工部白部长也应邀参加，并带去了求发书记的礼品，一块小案板。我还说了两句话："求发书记原来是要喝二愣喜酒的，可不巧，今天正在局里开会，就让我带着礼品，替他来祝贺，别看案板小，可意义不小，看见它就得记住，干部要关心工人，多办好事，实事，工人之间更要互相关心、互相帮助。"王茂山还插话说："小案板对我教育很大，现在才明白，做人呐，得互爱、互帮。人是会变的，我们都会越变越好，我们的生产，我们的生活都会越来越好。"

侯全有举起杯来："喝酒吧，祝贺二愣大喜，祝贺我们的矿山越来越好，祝贺我们的国家越来越好。"

说错了一句话

那天是国庆节，很多单位都放假了，而我们煤矿不行，招待所住满了买煤的客人，特别是电厂和钢厂，要得更急。所以我们不但不能放假，而且除了调度室值班的领导外，所有机关干部都到井下参加劳动。求发书记让我留在党委办公室作为机关唯一一个值班人。我觉得担子很重，将十几位矿领导都在哪个采煤队列在一张表上，以便有事联系。我还专门通知电话室，今天无论是外来电话还是我这儿给井下打的电话，尽量不要耽搁。

果真，八点半左右，接了一个局党委办公室电话，说局党委武副书记，还有一位副总工程师和生产处长，到你们矿慰问坚持生产的工人去了。怎么活动，到了以后，你们再商量。

十点左右，局里三位领导就到了，我忙着到门口迎接他们。之后，请他们到接待室坐下休息、喝茶。

武副书记问："求发书记在哪儿？"

我说："他到采煤一队参加劳动去了。需要找他，我可以打电话。"

武副书记说先不要打扰他，又问："其他领导谁在？"

我说："除了负责生产的矿长在调度室值班，其他领导都到井下了。"

武副书记放下茶杯，看了看一起来的两位领导，然后说："这儿没有人，我们去调度室吧。"

我几乎是没加思考地紧接他的话茬儿说：不，武副书记，这儿有人，我是党办负责人，我在这儿值班。有什么要求请指示，我去办。需要找人，我立马就找，不会误事。

啊哦，说错了，说错了，对不起，对不起，我是说我们到调度室，那儿人多，矿领导也在，有事好商量。武副书记又赶紧接了我的话茬儿，忙做解释。

我也赶紧又做解释："不，武副书记，我是怕您在调度室说这儿没人，让求发书记听到说这儿没人，那我不是失职了吗？要挨批评的。"

武副书记紧接着说："没事儿，没事儿。"那句话是我说错了，我不会再错了。谢谢你了，谢谢。说着，他握住我的手，像是道歉又像是认错，这时候我好像倒有点儿不好意思了。

送客人走了，我心里七上八下，觉得有一股说不清道不明的难受，在门口直直地站了好大一阵儿，领导的那句话，本意不会是说这里没人，大概是说这儿没领导。我紧跟的那句话，是怕别人认为我值班不在岗。可是这两句话都被理解成另一种意思，闹得说话的人自己都挺不好意思。现在我看着几位领导远去的背影，心里真是百感交集，甚至有些自怨自艾。

那天，武副书记他们在下午三点，下井劳动的矿领导出井后，先开了一个小范围的座谈会。四点半又在井口大会议室开了全矿区队长和机关科长以及工人代表参加的会议，会议不长，也就是半个小时吧。内容只有两个：一是武副书记代表矿务局党政工团慰问大家，而且表扬了今天取得优异成绩的队组和个人；第二点，好像是他的即席发言，内容大家都没想到，而且很吸引人，会场鸦雀无声，人们都支棱起耳朵细听武副书记就上午在党办室说错的那句话做自我检查。他说："领导和群众的关系，党的群众路线，中华人民共和国成立前，我就反反复复地学习过。而我在你们党办室负责人热情接待了我们之后，当着人家的面，竟大言不惭地说这里没有人，我们去调度室吧。"不管怎么解释，这绝对是反映了我思想深处的脏点，反映出我对领导和群众乃至对职别认识上的污斑，理所当然地我应当在这里向党办值班的负责人道歉，也应当向全矿的工人群众道歉。今后我希望能得到更多群众的帮助和监督，和大家一起反复学习唯物史观。时时处处尊重群众学习群众，不要再犯像今天在党办室那样的错误。"

他讲完以后，还站起来向大家很郑重地鞠了一个躬。奇怪的是，会场到这时还是寂静一片，大约过了有半分钟，还是由求发书记领头响起了热烈的长时间的掌声。

主持会议的求发书记最后的结束语是："今天会议不仅是上级领导对我们的慰问，同时我们还受到了一次深刻的唯物史观教育和具体生动的群众路线教育。我看这也是慰问我们的一项很好的内容。下去后以支部为单位要联系实际认真讨论领会精神，不能认为这么大的领导，说错了一句话，值得这么严肃认真对待吗？这绝对不是小题大做，只要和我们的理论学习，改进干部作风紧密结合起来，就很有必要，而且大有文章可做，一定会有很好的效果。"

我虽然坐在会场的最后排，但对台上的讲话也都听得清清楚楚，怎么也没想到，今天的会竟是这样的内容。这使我一直以高度紧张的心情聚精会神地听着，几乎一句话都不敢错过。而上面的每句话，又都让我惶惶不安。我想到武副书记的那句话，又想到我紧跟的那句话，认定是自己惹了大祸，不仅害了自己，还损害了矿上的荣誉。我怎么向领导交代？怎么面向同志和工友？这时候，我的脑海几乎是一片空白，我不敢想会议的结果，更不敢面对未来，只觉得心在疼、脸在烧。散了会，我赶紧低着头跑出了会场。

回到宿舍，又是一场激烈的口舌之战，我和好友陈锐住一个宿舍，不仅在这儿同住，而且往往就在这儿同吃，陈锐和我同龄又是同学，但做饭的技术比我强得多，他又是常上大班，并且对做饭很有兴趣，所以我们俩的吃，主要靠的是他。有一样，是他的优点也是缺点，嘴太厉害，经常骂我懒骂我笨。可也怪，好几年了，我们越来越亲，有什么知心话，两个人总是先通通气，有什么为难事，也总得商量商量。我给他介绍了个对象，是矿上的广播员。姑娘口齿伶俐，声色洪亮，有什么批判辩论一类的活动绝对是一把好手。他们已经处了两年多，只剩下办手续了。她也经常来这宿舍一起吃喝，都处得到了直来直去无话不说的地步。

今天武副书记在干部会上的讲话，他们两个都已听说。而且两个人一起都憋了很多气，憋了很多话，就在宿舍等着我开炮哩。

见我一进门，他们立刻都火冒三丈。就像连珠炮一样，争先恐后地向我射来。陈锐说："看你人模人样，像个有文化的干部。谁会想到你刚到党办室就给在局领导面前不假思索地胡言乱语捅下这么大的篓子，你还以为人家那么大的领导，真的做什么自我检查呀！人家是有身份的人，总得说两句有身份的话。处理你的日子在后头呢！"广播员的嘴更厉害："开始她还有点儿声情并茂，好像只是批评帮助，后来越说越气，简直就是声嘶力竭了，人们还以为你是个年轻有为的干部，这回好看了，你刚上来，就在局领导面前摔了个大跟头。疼不疼？你自己知道，全矿上下都知道，你可出了大名了！"刚才我和陈锐商量了："看你摔倒了，还能爬起来吗？我们商量了，现在是关键一招，你马上去找求发书记检讨认错，这场戏唱好了，我们还能消消气，回来给你做点好吃的，唱砸了，你就先饿一宿吧，快去，马上就八点了，快去吧，机不可失，时不再来。"

他们这么一说，我连缓口气的机会都没有，便完全按他们的说法，马上就出门，去找求发书记认错。

晚上八点钟，我怀着十分不安的心情，迈着沉重的脚步，在并不算明亮的路灯照耀下，找到求发书记的宿舍。见面后，没等他说话，我就含着既后悔又自责，还有些害怕的口气，将我和武副书记那两句对话的过程以及在大会期间自己那杂乱害怕的心情，都一股脑儿抖搂出来了。虽然很可能说得不太顺当，甚至会有些颠三倒四，但总算将我思想上的沉重包袱在书记面前打开了。

说完，我就规矩地站在屋地上等着批评和责备，甚至想听听将要给我什么处分。

书记说："你先坐下，先坐下。"他拉过来一把椅子，我坐下后，他提高声音说："你们俩那两句对话，我在调度室就清楚了。他说错了话，与你有什么关系？我怎么也没想到，根本没你的事儿，你怎么会有这么多活思想？还背了那么沉重的思想包袱，嗐，小黄呀，小黄，还是年轻呀。在这个问题上，你一点问题也没有，更不用说是什么错误。武副书记和我还夸奖了你两句，说你挺热情，会接待，也挺精干。"

听了书记的话，心里一酸，眼里就涌出了泪花。但我控制着没让泪水流下来。我简直有点儿怀疑自己的耳朵，还是有点儿忐忑不安地："我认为我给矿上惹祸了，人家这么大的领导，怎么能在这么大的会上做检查。"没等我说完，书记就插了嘴："他应该检查，越是领导越要时刻把群众放在心上，我们基层干部整天和群众打交道，更是时刻都不能忘了群众。所以我们都要认真讨论讨论这次会议精神。接下来你和宣传部还要安排一下下一步干部的理论学习，要集中学习一段关于群众路线的理论。争取在我们矿各级干部中，不要再出现当着人的面说没有人在这样的问题。"

求发书记年纪也不小了，对我们下级说话很随便，也没什么讲究。他看了看表，笑着说："我再说一遍：领导那句错话，和你根本没有一点儿关系，马上扔掉包袱，塌下心来，明天一上班就通知矿中心组学习，好好讨论武副书记在干部会上的讲话。再找点正确看待群众和对待群众的资料。去吧，睡个好觉，做个好梦。明天把工作干好。

　　我离开求发书记的宿舍，精神果真是轻松多了，走起路来也不像来时候的步子那么沉重了。实在说，和武副书记这样高层的老干部直接打交道，我还是第一次，开始，我总觉得他在干部会上的检查，不像是真心话，加上回家来陈锐和广播员那几句严肃犀利的指责和批评，让我确实感到一种不祥的预兆，真觉得有可能会背个什么处分。求发书记说他在调度室就清楚了我们对话的过程，这说明这两位老干部，已经统一了认识，果真是他说错了话，与我确实没有什么关系。这让我相信了老干部的觉悟的确比我要高得多。我不仅仅是年龄，更重要的是思想认识还太幼稚太狭隘。想到这里，似乎路灯也亮了，脚上也有劲儿了，走得也更快了。

　　回到宿舍，陈锐他们问我："唱砸了吗？"我说："彻底砸了，我也没脸吃饭了，你们也不用做了，睡着睡不着，咱们都睡吧。"广播员说："你砸你就砸吧，我们气我们急都没用。我们对你彻底失望了！你爱吃不吃，我们得吃呀，要不，做的好几个好菜，就浪费了。"我高兴地说："看你们那点儿小心眼儿！告诉你们吧，不但没砸，而且演得很好很圆满，把你们的好菜快端上来吧。"

　　第二天下午一上班，矿中心组学习的人就都到了。求发书记开门见山地说："今天学习就一个内容，讨论昨天武副书记在干部会上的检查，结合实际学习有关群众路线的理论。有人认为，不就是说错了一句话嘛，有必要总这么开会呀、学习呀、检查呀、讨论呀，这不是小题大做吗？说到这里，求发书记又加强语气："我在这里必须讲清楚，这是我和武副书记的共同意见，这涉及的是我们头脑里对群众的认识，反映的是我们对群众的态度，直接影响着我们在工作中能不能相信群众依靠群众。所以我们不能光看那么一句话，主要是看它的本质。"武副书记跟我说："明明那里有值班的，人家还问有什么要办的？需要找谁？可我就是没听进去，当着人家的面说这里没人，我们去调度室吧"。这说明我脑子里只有领导，没考虑旁边的人听了我的话，是什么感觉。求发呀，看来你我这样的人，脑子里的脏东西还不少哩，不洗洗不行啊。我们打仗靠战士、靠老百姓，搞煤矿更得靠工人、靠老百姓。

求发书记说到这里，还又联系自己说了几句话。他说："工作中学了点儿文化，也够不上啥水平，吹拉弹唱都不行。听了有用的东西，我就用脑子硬记下来。我从广播匣子里听过几句话，觉得不赖，就记住了两句，大概意思是说，我们都是来自老百姓，更是为了老百姓，老百姓是地是天，我们永远都不能忘了老百姓。"

这两句大家好好思谋里面的含义，很有味道呀，和咱们今天学习内容结合起来，好好讨论吧。党办和宣传部还从理论方面准备了些资料。一起学吧，如果时间不够，下礼拜学习日再接着学。

其实，这次学习讨论只是一两个礼拜，大家学习进去，讨论起来很有劲头，有的竟争论的脸红脖子粗，实际上这次学习讨论，竟延续了一个多月，效果也不错。有的采煤区队成立了工人、干部、技术人员三结合的管理小组；有的成立了老工人安全监督组。工人们说，这次学习讨论真把我们的地位提高了，真的是当家作主了。

半年以后，矿工报社来了两位记者，专门儿采访这事。求发书记说："要写这篇稿子，一定要写清，这事是由领导干部说错了一句话引起的，这大概就叫坏事变好事吧。具体情况，你们找基层干部和工人去采访吧。"

换　房

　　今早刚上班，行政办公室负责信访工作的孙楠来找求发书记，我说书记今天上早班，现在已经到了采煤一队工作面。孙楠说，那我就和你说一说，书记回来，你再汇报吧。

　　事情是这样的，昨天下午，住在工人村的王寡妇，哭哭啼啼地来找他，说房产早就定了：这次新盖的三千平方米住宅，要分给她一套双间新房。现在这房建成了，又听说把分给我的房子给勾了。我儿子两年前就订了婚，已经等了两年，今年再没有新房，人家女方就要散了，另找。你说我这寡妇失业的，给儿子找个媳妇容易吗？她哭闹了半天，非是要找书记。我又是倒水又是让座，好劝歹劝，把嗓子都说干了，答应她，一定把她的情况向书记汇报，才算把老人劝走了。书记经常不在办公室，我不容易找到，你可一定帮我把这事汇报给书记。

　　我一听这事挺复杂，没有答应他的要求。告诉他，书记下了早班，估计下午五点钟可能会回办公室。你还是亲自来一趟吧，我说不清楚。孙楠没办法，只好说，那下午我再来吧，你可得帮助我说呀。我说，那倒可以。

　　下午五点钟，书记果真回到了办公室。看样子有点儿乏，坐在椅子上，眯着眼就休息了。我轻轻地推开门，轻轻地倒了杯水。他睁开眼问："有什么事吗？"我说孙楠在门外等着，他有事要汇报。书记说："我还要找他呢。"我赶紧将孙楠叫进屋来。书记见孙楠进来，好像立刻就不累了，也有了精神。他问孙楠："什么事？你说吧。"于是孙楠就又将上午和我说的那些事从头开始说起来，听了几句，书记就问他："分配给王寡妇的房是不是勾掉了？谁给勾掉的？是什么原因？王寡妇的儿子叫什么？在哪个队上班？王寡妇的丈夫叫什么，哪年殉职的？在什么情况下殉职的。"孙楠结结巴巴地说："哎呀，这些我倒都没问。我主要是想把她挡住，别让她来找您添麻烦，影响您办公。"书记挡住孙楠的话，解释说："你们在机关办公室工作，不知道办公室是干什么的？我办公是干什么？这一切都是要为群众解决问题。不给群众解决问题，要我们这些人干什么？就说这个王寡妇，她丈夫早年就在井下殉职了，她把儿子养大，儿子又回到采煤队。今年二十六了要结婚，又将他的分房给勾掉了，这样问题不解决说得过去吗？可是不问清情况怎么解决？我在井下还能听到一些情况，怎么你们什么都不了解，关于你怎么挡住王寡妇的事，就不用说了。你的任务不是挡住她别见我，是了解情况帮她解决问题。现在回去，你们两个找上女工部长，房产主任，不！房产主任不合适，我们现在还闹不清是谁把她分房的名字勾了。找上行政科长吧，你们四个人，算一个小组，行政科长是组长，要把这些有关的问题，都彻底调查清楚。再拿出个初步解决问题的意见来，然后再来找我研究。"

我和孙楠从书记办公室出来，立马找到行政科长和女工部长，几乎是一字不落地传达了书记的安排。决定明天一早就找房产主任了解这次分房的基本情况。这个房产办公室归行政科管，是副科级单位。

房产主任是个40岁出头看上去挺精干聪明的中年干部。他姓胡，人称胡主任。见我们四人来找他这阵势，立刻就明白了我们的来意。他首先对行政科长说："柴科长，这次分房的大盘子我都向你汇报过，还调查什么？你请讲。"会说不如会听，他这话语和口气分明含着对柴科长乃至对我们这个小组的不满情绪。柴科长也不含糊，明确告诉他："我们想了解一下这次分房的基本原则和进行的初步情况。胡主任脑子很灵活，嘴头也很利索，这三千平方米新建住房，有三十套是双套间，剩下的全是单间。单间是按各单位在册人数的比例分，双间考虑单位能给一套，剩下三、五套矿上考虑给个别用户解决。"

我问了一句："个别用户怎么理解？"

他回答得很顺畅："比如矿领导，比如三辈人挤在一间房的，比如……"白部长这时问了一句："工人村有个王寡妇，你们了解吗？"

了解，她丈夫是工亡，她儿子是采煤工，26岁，今年要结婚，需要分房。

这种情况该怎么考虑？

原来考虑给双套间，因为是工亡户。后来考虑不行，儿子结婚就住双间，不合适。我们和基层队组商量过。把她分双间的名字勾掉了，改分单间。

那不就剩出来一套双间吗？

必须说下去吗？

说说吧。

那我就说了："这套房是准备给书记的。听说他夫人下月要来住些天。去年来就是在单身宿舍凑合了一个多月。书记已经调来一年半，还没分房。这问题，就是让全矿工人讨论都能通过，你们看吧。"

孙楠这时也说了话："王寡妇前两天在我办公室哭了半天，这一改，改出了许多麻烦。"

胡主任滴水不漏："哭，不是分房的条件，如果哭就能给房，现在会有几十名上百名妇女到办公室来哭。"

如此这般，我们在胡主任面前问了半天，算是把基本情况都问了，不能说没收获，但是也只能说是了解了点儿基本情况。

回到我的办公室，四个人都没有马上说话。我给倒了四杯水，柴科长端起水杯说："胡主任对我领头调查分房情况，可能想不通。以后我找机会解释一下吧。他挺能干，也挺能说。今天的话头可能都比较紧。他就是这么个人。我们不要多想这些，研究研究下一步怎么办吧。"白部长说："胡主任太聪明了，他把王寡妇的分房这个大难题推给了我们，而且还将书记住房问题提到了桌面上。"柴科长说："具体怎么分房，我们不说意见，这不是我们的事。下一步白部长和孙楠到王寡妇家详细了解各方面情况。我和树芳到她儿子的队组去几天，尽力把底摸清。我们的任务是要把有关的情况尽量全面详细地调查清楚，然后提出个对王寡妇分房的初步建议。"

经过了十几天的认真调查，我们研究汇总后，便找到求发书记汇报。柴科长先说了几句："王寡妇的儿子叫张小孩，现在是采煤一队三小队队长，连续三年荣获劳模，口碑不错。"白部长说："王寡妇的本名叫王鲜花。当过多年街道主任，这两年不当了。她的未婚儿媳杨小娟，在配电盘工作，确实说过，要不上新房就不结婚。"说到这里人们就停了几分钟。这时，求发书记说："我还是很关心我后来打电话告诉你们要认真调查的那些事。"

有一次书记在小饭店儿和工人一起吃饭，遇上一个已经退休的老工人。那个老工人姓董，原来和王寡妇的丈夫张全海在一个队。书记说："我们正想了解张全海这个人哩。"老董师傅告诉书记："这个张全海比大庆那个王铁人还铁，他动过三次大手术，小手术记不清了。要想了解这些事，原来咱们医院的刘大夫最清楚，可是他退休了，回村里了。说起来，他住的那个村离咱们矿不远也不近。和咱们住的就隔一个小山梁，但是汽车进不去，走起来也不近。还有个办法，到医院查查那几年的病历。但这很麻烦，医院不愿给查。"书记了解到这些情况后，立刻打电话给我们，要我们认真将这些事情了解清楚。

是我和柴科长到农村找刘大夫的。柴科长就将我们了解的情况说了一遍。

张全海孩童时代就在煤窑背煤。中华人民共和国成立后他成了矿上的主人，十多年过去，他得的奖状整整装了一提包。后来，他当了采煤队长。当时张全海采煤队在全局都是排在前几名的。但是，他的身体也渐渐出现了问题。大手术就有过三次，这都是刘大夫处理的。第一次是煤砸的，右胸三根肋骨骨折；第二次是左胸两根肋骨骨折；第三次是胃出血，切除了三分之二。领导要把他调到井上工作，他说我在井下干了三十多年，啥时到了退休年龄，啥时才算到头。老婆知道她胃小了，就给她做了个布兜兜，下井前装些饼干什么的。在井下饿了就吃点儿。后来，他的胃又一次出血，领导和家人硬是逼他住了院。他在病床上嘱咐老婆：孩子长大了，要送他到井下。没有煤咋发电，咋炼钢，咋送暖。

求发书记听到这里问大家："情况都调查清了，你们得说个意见，王寡妇这双间房，是勾掉还是留下？"

说到这个问题，又没人发言了。三五分钟过去了，有两个会抽烟的人用劲儿地吸起烟来。

书记又问一句："这是怎么回事？老柴，你说。"

柴科长将烟掐灭，咂了两下嘴："这事说起来也简单。房产室胡主任他们的意思，意思是要将那套双间儿留给您，您也调来一年半了，一直没分房。去年夫人来了一个多月，就一直在单身宿舍凑合着……近万人的一座国有大矿第一把手调来一年多，竟没有房住，房产室总觉得工作没做好，对内对外都说不过去。他们说要将这套房分给您，叫全矿讨论都不会有意见。"书记听完没有出声地笑了笑："看你们有话吞吞吐吐不说，还以为有什么难题，原来问题在我这儿。现在我明确告诉你们，无论是小范围研究还是全矿大讨论，这套房都不会分给我。因为我根本就没条件要房，我的家属到现在还没有调来。我们矿的房子现在这么紧张，你们谁敢站在群众面前，去说要将一套新房分给一个家属还没调来的人。在房产室搞工作，包括所有机关办公室的人，看问

题的着眼点必须是向下看，看工人，想采煤第一线那些艰苦劳动
的人，不能光往上看。成千上万的工人群众，不去看不去想，光
往上看往上想，想来想去就想到了我，这就叫方向错了。方向错
了，工作还能做好吗？办公室的工作，就是办公。办公，办公，
就是要想事公道，办事公正，步子走正了，影子还能歪吗？

建议你们回去先讨论讨论这房子到底该怎么分；其次是将你
们调查的王寡妇家父辈矿工的材料详细系统地整理出来，我们全
矿职工都要向他们学习。至于他们家的房子到底怎么分，你们和
房产室去研究，先拿出个初步意见来，需要在什么范围讨论，就
在什么范围讨论。这不要含糊。

那天，我们调查组的四个人还有房产室胡主任等三人，正在
一起研究王寡妇的分房问题。谁也没想到，正在这时候，王寡妇
领着她的儿子张小孩和没过门的儿媳杨小娟敲门进屋。这下突然
使事情又出现了人们都没预料到的新内容，更说不清这事往下该
怎么发展。

王寡妇这次态度庄重，没有哭，没有泪，说话平静，条理顺
当，竟使在座的人都聚精会神地听她句句在理头头是道的叙述
来。她说："昨天晚上，我家三口人（今天都来了），开了个家
庭会。专门讨论研究了我们家的分房问题。认为勾掉我们家双套
间的房是完全正确的。青年人刚结婚咋能要双间呢？原来小孩工
作太忙，就没多想这事。小娟是听别人撺掇了几句，说了错话。"
小娟这时也插话："我瞎说哩，错了，现在都明白了。"这时王寡
妇站起来一边说一边就往外走，我们还要找求发书记去，听说他
调来一年半了，还没分房。可是对我们家的分房挺关心的。我们

得去见见他，说说我们的心里话，别让他惦记着。我们家张全海，是个老模范，张小孩是个小模范，我们得发扬传统，决不给矿上分房出难题。决不能办不能见人的龌龊事，丢人现眼的，张全海要是知道了，在地下也会骂我们。现在我们全家都同意，这房呀，你们该怎么分就怎么分吧，怎么分我们都没意见。我们还得找求发书记，说说明白，叫他放心。她一边说一边往外走。现在大家都没来得及想该和她说什么，我赶紧站起来告诉她："求发书记下井了不在办公室。"她说："啊，等他出了井再说吧。"

故事发展到这一步，应该说是到了拐点。但是怎么拐，连续研究了两次，也没有定下来。房产室胡主任等认为，王寡妇的家庭会已经明确表态，张小孩结婚分单间是正确的。他们全家都没意见，更重要的是这符合分房原则和具体规定，完全可以这么定了。我们四人关于王寡妇家的调查已经写完。也念了两遍，大家很受感动。觉得给他个双间也应该，这里边含着奖励的意思，最后还是定不下来。

又过了三天，矿办室通知明天要开矿务会议，主要内容是研究分房问题。矿务会议是行政管理方面的最高会议。一般情况下，党政领导都要参加。这次会议很重要，实际上就是要在今天必须把分房的初步意见拿出来。经过大家认真研究讨论，最后还是根据分房原则和多数人的意见，分给王寡妇的儿子张小孩单间。

那时候，矿上的住房，还是由矿上买地建房给职工分配的办法。所以管房的部门是人们眼中很有权的部门，分房的工作是人们都很关注的工作。对分房的会议自然都很认真。在讨论到王寡妇的儿子张小孩的分房时。大家对他们的家庭会和三口人到房产室集体表态，都给予了高度赞扬。这时，求发书记又让我们四人调查小组的报告也给大家念了一遍。人们都说这个报告很好，再加上她们为分房开家庭会议的内容，这个报告的分量就更重了。并决定由矿劳动竞赛委员会的名誉按程序授予"模范矿工之家"和"模范矿工父子"的称号。然后发动全矿职工开展向他们学习的活动。

会议开到这里，本来就要圆满结束了。忽然间，主持会议的矿长又提出一个重要议题。他说：求发书记调我们矿已经一年半多了，这么大年纪，每天不是在井上开会，就是在井下劳动，始终没个合适的地方休息，家属来了还得住单身吃食堂。工人们见了都心疼。我知道过去有一条规定，家属没调来，不给分房。今天我提出来求发这儿，我们打破这个规定吧，大家看行不行？大家异口同声：行，早该给老汉个房子了，工人们绝对没意见。正好，原来想给张小孩的那套双人房还空着。

求发书记站起来，很严肃很认真地说："不行，绝对不行。矿长，我们不能破这个例。我们定的制度，我们自己为什么不遵守？我现在住单身，吃食堂，碰上工人们还能喝二两，很滋润。你们的意见是好心，可是那效果不好，那叫帮倒忙呀！伙计们，千万不能帮倒忙呀。谢谢大家。矿长，你要没别的事，我就代你宣布散会吧。谁也不要再说了。"

这时候，工会主席赵国瑞插话说："这会先别散，我们劳动竞赛委员会这些天也研究了两次张小孩的事，我们的意见是这套双间房要是给求发书记，大家都举双手同意。如果求发书记不要，我们还有第二个方案，我现在给大家汇报一下，和张小孩在一个采煤区的检修工李官前年结婚，没分给他妈双间房，他自己在北王庄租房已经住了两年多，这村离井口才一里多路，骑车子上班从没迟到过。李官主动提出来，要把今年分给他家的双间房先让给张小孩。他们的区队领导也都表态支持，不少工人也都同意，还说，早该对张小孩这样的劳模多给些奖励。我们劳动竞赛委员会建议在这个会上讨论一下，看李官这个方案能不能采纳。"

会议经过反复讨论，一致同意这个办法。要求各有关部门一定要认真负责地把各自分管的工作做好，还要求宣传部门和工会用多种形式宣传宣传李官这个人。同时，会议决定将原定分给书记的房，由房产室拿出意见另行分配。

在故事中读人

　　那天我们正在开党委会，研究干部问题。正研究到王海的提拔任用时，门底缝里塞进来一个信封，我作为党办主任立刻弯腰捡起来，抽出信纸尽快扫了一眼，立马递到求发书记手里，书记看了看，又将信纸塞进信封里。面无表情地说："研究下一个吧，王海的事，先放一放。"组织部长接着念出来下一个名字。

　　散会后，求发书记让纪委书记卞瑞和我留下来，然后将那封信递给老卞，老卞看完后说："我们纪委去调查吧。"书记说："王海负责行政科工作好几年了，代理科长也一年多了，组织部的考察和群众推荐等手续也都齐备，就剩了今天的会上讨论了。这不，塞进来这么一封信。我的意见，老卞你亲自出动吧，叫树芳抽空配合你，尽快调查清楚。"老卞说："好，这事我去办。"他问我："树芳，下午咱们就行动吧。"我点了点头："那好吧。"

　　其实，事情并不复杂，据人们已经了解的情况，王海的父母都是离休干部，父亲叫王文，曾经当过矿上的领导，前两年办了离休手续。两位老人住了不到百米的两间平房。但这地势距离商业中心比较远，老人腿脚也都有些不便，有的人就帮着出主意，辛苦了一辈子，年纪大了，该享享福了。雇个保姆或请上个帮工吧。过了几天，就有人找上门来说愿意来给老人帮忙。商量了两次，双方就都同意了。帮工叫王美玉，40岁出头，身体很好。每天上午来给老人清理清理房屋，有时还上街买点儿蔬菜什么的。这都是他们私下口头商定，没有正式合同，也没有什么中介人。现在已经干了一年多，双方都还挺满意。王海对这些并不十分清楚，他只知道，老人雇了个帮工，问老人需要钱不，老人说，我们的离休金还用不了呢。他也就不再多问。

告状信说，王海的爹妈离休后，矿上的环卫队就给派了一名环卫工人去给家里做帮工，已经一年多了，环卫队每月正常给开支。告状信的署名是革命群众。

老卞和我商量，调查这事必须从环卫队开始。第一步找的是队长徐丽，是个中年女性，一个矿工的妻子，初中文化，精干利索，反应敏捷，谈吐清楚。

老卞搞这样的调查很有经验，他笑着对徐丽说："我们有点事儿，要麻烦你一下。"

"不麻烦您说。"

"你们队有没有给离退休老干部家派过工人当帮工？"

"派过，这人叫王美玉，现在还继续干呢。"

"派到谁家？"

"离休老干部王文家。老两口都老了，腿脚不方便，帮着买买菜，收拾收拾家。"

"王美玉怎么开支？"

"还和过去正常上班一样，每月队里按时开支。王美玉说她不影响队里的工作，每天该扫几个楼道还一点儿不含糊地扫几个。我们检查过，她确实干得不错。我们给她开支，没什么错吧？"

"谁告诉你要给王文家派帮工？"

"没人告诉过我，是我自己定的。给两个离休老干部，派个人帮帮忙，有什么错吗？科里也常有人来我们这里闲聊的时候扯到过这事，如果错了，我们马上改。如果追查责任，那都是我的错；如果要给予处分，那就处理我吧。"

"我们只是想把情况问清楚，没有别的意思，并不是认为你有什么错，更不要影响你的工作。"

老卞和我反复分析，虽然徐丽都说得精准无误，而且点滴不漏，头头是道。其实，事情没这么简单，第一，徐丽怎么会平白无故地想起要给王文家派帮工，背后肯定有文章；第二，王美玉怎么会既当帮工又不影响本职工作，环卫队如果只给她一份工资，她能白尽义务吗？第三，王海到底对他爹妈请帮工的情况知道多少？他参与过这事没有？这些事哪一件不了解清楚，对这封看起来很简单的告状信，就写不出结论来。党委对王海的事也就不会有结果。老卞叹了口气，对我说："看来，我们还得跑几天哪！"我说："这是党委给的任务，况且，我们也得对王海负责。"

第二步我们找了王美玉，没个合适的地方，是把她叫到老卞办公室谈的。这人大约四十五六岁，面色微黑，身体挺好。她进了办公室不敢坐，说："我还没来过你们这办公室，心里突突直跳。"老卞又是让座又是倒水,一个劲儿地解释,不让她紧张。她坐下缓了口气才说:"我觉得我没啥事呀,不知道你们叫我来做啥?"

"有点儿小事,想问一下情况。"

"我一个扫地的临时工,能知道个啥。"

"你在环卫队干了几年了?"

"六七年了吧。"

"一直在环卫队?没干过别的吗?"

"没有,一天都没离开过环卫队。"

"干完环卫队的活儿,有时还干别的吗?"

"干呀,我还给王叔,老干部王文家收拾家,买买菜什么的,那老两口可好呢,待我就像对他们的亲生娃。"

"他们也不能让你白干吧!"

"开始商量的,每月给我六百块钱。"

"那你环卫队的工作怎么办?"

"我有自行车,跑快点儿呗,一点儿都影响不了。"

"环卫队的开支不受影响吧?"

"我一点都不少干,咋能受影响呢?"

听到这里,我和老卞互相看了一眼,笑了笑。这时候,王美玉好像也明白过来了,她疑惑地看了看我们,像问自己又像问我们:"我错了吗?没错吧。不是说多劳多得吗?我干了两份工作呀。"

我们赶紧解释:"没错没错,一点儿也没错。我们只是想了解一下情况,你干得挺好。以后还要好好干呀。"王美玉这时候慢慢站起来，问："我可以走了吗？我们也都站起来送她出门，并一再表示感谢。"

第三步我们在王文老人家里，实际上就是随便聊天。两位老人都很随和，家里家外，吃喝穿戴，都聊得很热乎，谈得很红火。开始，他们摸不清我们来干啥，还问，我们每月花六百块钱雇个帮工，帮我们做点儿家务，听说现在社会上不少老人都雇了保姆，我们都是老脑筋，怕犯错误，开始还不敢雇人，听别人说没事。要是错了，你们就告诉我们。年纪大了，有时候，这脑子就跟不上形势。

我们笑着解释说，没错、没错，是的，现在不少老人都雇了保姆。老人们这才放心地又和我们聊起来。从这些闲谈慢扯中，使我们获得了两个信息：一是王海确实不了解老人雇帮工的详情，他回来问过一次，要不要钱？老人告诉他，我们的退休金够用，不需要你帮忙。他也知道老人有钱，就没再问什么。二是了解到一个人和这两位老人的关系不错。此人叫魏祥，曾经在材料科当采购。是个打里照外都很活泛的人。矿上有的领导和他也不错。有时候，也到王文家聊聊天，和两位老人处得挺热乎，也不止一次劝过二老，该找个保姆享享清福了，老人们听了挺舒坦，就有了这心思。应该说这人是很会看人下菜碟的。但是在他的原单位，不少人都与他面和心不和，几乎没人和他能说几句心里话。他自己也察觉到这一点，总觉得不舒畅，于是就通过王文老两口的关系，让王海同意调到了行政科。到行政科他原打算可能会提一下，但到现在也没有明确什么职务，只是打杂儿劳忙吧。有时也出外联系点什么事儿，或者跑跑小修组，转转环卫队帮领导了解点儿情况……本来，我们调查的事也没考虑到与他有什么关系。只是两位老人无意中提到了他，使我们产生了一些联想。

根据告状信的内容，老卞和我进行了认真分析，认为事情已经清楚，可以写结论上报了。报告写了三点：一，王海的父母王文两位老人每月出资六百元雇了个帮工王美玉，双方口头商定，没有合同。一年有余，相处正常。二，王海没有参与此事。三，王美玉在环卫队仍正常上班，没有影响工作，环卫队每月给她开支，不属违规。

结论上交党委两个礼拜后，王海提任为行政科科长，并行文下发。

故事说到这里，按说就该结束了。但事情并不像想象的那么简单。王海提任大约过了两个多月，忽然有一个人来找求发书记，我告诉他，书记出外开会，过两天才回来。他并没有走，而且主动坐下来，对我说，和你说也行，况且你也了解这事。我问他，什么事还与我有关系？他说我叫魏祥，在行政科工作，一般干事，打杂劳忙。前些天，你们调查的那封告王海的信，不知道为什么，有人就互相传说，那信是我写的。我现在精神压力很大，吃不下睡不着，看见人不敢主动说话，心里颤颤巍巍的。看来，在行政科我是不能待了。给我换个地方吧。

以前我好像见过魏祥一两面，也听过一些有关他的闲话，前些天在王文老两口家里，也听到过他的名字。现在看到面前这个真实的魏祥，也就不觉得怎么陌生。

听了他的话，我解释说，要是调动工作的事，你该到人事科去说；关于写匿名信的事，我们只调查信里的内容，不调查写信的人；如果你听到有人说是谁写的，那你该去问那个说这事的人。

他咂了咂嘴说，也没听具体人说这事。我总感到有那么一种气氛，压得喘不过气来。

这样的事，谁也给你解决不了。只有多想自己，自己给自己解释，才起作用。一切事情，你慢慢去想吧，想通了，你的思想压力就轻了，周围的气氛就好了，工作也能安心了。你谁也不要找了，哪儿也别跑了，所有问题的根子都在自己心里，只要自己心里没病，周围的事都好解决。人们不是常说嘛，身正不怕影子斜。你放开胆子，该怎么生活就怎么生活吧。再说了，别人私下想说什么，谁都拦不了？

他没有再说什么，站起来轻轻地说了声："谢谢。"

我送他到门口，又说了一句："塌下心来，好好工作吧。"

好像也听他轻声地说了一句："明白，明白。"

这次和魏祥谈话，给我留下的印象很深。我想起了过去写过的一篇文章，叫《读书读人读自己》，说实话，读书还比较容易，读人却是很难的。提拔王海为行政科长，党委开始没批准，原因是有一封匿名信。这对行政科来说是一件不算太小的事，自然人们要当一个热门话题，不少人会交头接耳地传说，三五成群地议论。开始，人们关心的重点肯定是王海这个科长能不能批；后来，就猜测匿名信是谁人所写，为什么要写，这大概就是魏祥说的那种气氛，在这种气氛中，人的感觉是不一样的。魏祥心烦意乱，惶惶不可终日，想调动工作。认真地读读这个人，内涵是很丰富的，或许对我们会有不少启发。想到这里，我就给卞瑞打了个电话。他说这阵儿我正有时间，你等我过去吧。

放下电话不久，卞瑞就过来了。我们俩的话题自然还是魏祥这个人。老卞听完我介绍魏祥现在的情况以后，嘿嘿一笑，说："这故事复杂了，昨天王海科长找我，也想换个地方。他说："因为这次提拔，出现了那封告状信，闹得我心情也很沉重。任命前，人们不清楚我有多大问题，自然要议论纷纷；任命后，人们眼睛就要看我怎么对待那些对我有过意见的人，环卫队长徐丽还给我打过电话，请多批评多指导多帮助；听说王美玉也找过徐丽，提出不想再干两份工作，开两份工资。其实，我每天工作都忙得团团转，哪有那么多闲工夫，想那些杂事，可在这个环境中，睁眼闭眼都是那些没必要的麻烦事，工作起来就总放不开手脚。所以，就想换个环境，平平静静地干些工作。"

那你怎么回答他了？我说，科级干部调动工作得党委研究。他说现在他还没和任何人说过，只是私下和我商量商量。我劝他，事情都调查清了，你没有任何问题，就该塌下心来，一如既往，堂堂正正地做好工作，将那些私下的闲言碎语都扔到古塘（矿井下挖完煤的空坑）吧。过一阵儿，就会慢慢出来一派清风正气，那些歪风邪气慢慢就会自己散去。建议你不要再找人说了，刚提拔起来，工作应该搞得更好。他好像听明白了我的意思，离开的时候挺高兴。

本来这个故事很简单，一个干部要提拔，有封匿名信，很快调查清了，也已提任，就这么简单。按说并没有什么且听下回分解的内容。可实际随着这个简单故事的结束，却出现了那么多令人深思的人和事。故事开始并没牵扯到的魏祥，实际上这是最值得我们认真解读的人。其实，没有任何人直说那封匿名信就是他写，可他自己心里好像就听有人说是他写，退一步说，就是他写，那也不能说他有什么不对。一是人人都有权向上级反映问题；二是环卫队确实一直给王美玉开支，他只是不清楚王文老人还给了帮工一份工资。现在的情况是他自己给了自己一种压力，感到再无法在这儿待下去，所以对故事中的这个人，越是认真研读，就越会感到其内心的故事有很多是值得好好揣摩的。

王海这个人，按说是故事中的主人公，从本身到家庭都没查出什么问题来，而且得以重用，谁能想到他也会产生要换个地方的意念。还有徐丽、王美玉，乃至王文老两口。本来都生活得很平静，可他们也都在故事中扮演了各自的角色，而且每个角色都扮演得稳妥又具体生动。这大概就是人们常说的故事性。

我们讲故事，听故事，说的是人，听的是人，只要我们认真去读人，在读人的过程中就会感悟到一些欢乐和美好、高尚和正直等有益于社会也有益于自己的东西，当然也会读到一些庸俗和丑恶的现象，这也是帮助我们的反面教材。说来说去，就是要在故事中学会读人，读懂怎样为人，怎样做一个真正的人。

多彩的人生画卷

OK，服了

公元 1988 年的盛夏，天气变化异常。有人说老天似乎也在闹更年期，8 月份把脸一沉，半个月不晴天。一阵儿是倾盆大雨，一阵儿又是牛毛细雨，这种情况，不仅雁门关外的人没见过，就是南方人也很少见到。一时，不但让庄稼人担心长得很好的庄稼被淹了，而且城里工人也担心起来，怕这么大的水给冲了矿井，淹了车间。

那座由西方石油公司和中国煤炭进出口总公司合作开发的平朔安太堡露天煤矿的中外管理人员也愣了神儿。中外双方的地质师们、水文师们、气象师们，他们在进行长期的可行性研究时，曾经找过多种资料，进行过多种化验，但怎么也没有预计到眼下这种情况，高远而苍茫的老天，博大而云雾蒙蒙的矿坑，似乎都连成了苍苍茫茫的一片，好像到处都是云，到处都是雨，到处都是水，那些雄伟的现代化的大型设备，在泱泱水泊中，已经无奈地失去了自己的优势，接连不断地停止了运转，这时，矿坑水面儿的直径已达一百多米，洼处水深足够 4 米之多。更要命的是在这最紧要的时刻，三台进口水泵，连续出了故障，三台水泵一停，水位更迅猛地涨起来。很显然，当务之急是解决水泵问题，只有将水泵拖出来，才能修泵，才能排水，才能保护矿坑。

中外双方的高级管理人员以及在岗的中外员工，都心急如火地看着这座大型露天煤矿就要全部停产甚至被淹被毁。人们披着雨衣戴着雨帽在苍茫的阵雨中察看着，议论着，甚至争论着。一个高个儿老外着急地对他的下属喊叫着："完了，完了！快，快去电传，急速进口三台深水泵。"

"那少说也得半个月呀。"站在旁边的一个中方值班经理插话说。

"现在没有，没，没别的办法。快，快发电传。"这位老外用不熟练的汉语喊话，显然他是太着急了。

电传可以发，但，我们不能等，现在是得想办法把水泵拖出来赶紧修。中方值班经理说。

"这么大水，连泵都找不见，你怎么拖？怎么修？"老外摇着头，似乎那是不可能的。

雨声中，人们互相观望着，出现了暂时的沉默。

就在这时候，一个中等个头的青年工人，不声不响地走过来，他一边抹着脸上的雨水，又直直地看了一阵儿那白茫茫的水面，然后对值班经理和高个儿老外说："水泵的位置都在我们脑子里，我下去，你们在上边用推土机往上拉，我们上下配合好，我看没问题。"他的声音并不高，但很坚定，很果断。虽然是在唰唰的雨声中，可人们还都能听清，而且都还感到这办法可行。

中方值班经理想了想，说："我看可以。"那位老外，好像还没想清，也没说啥。这时候，那后生已经拉起钢丝绳的一头，啥也没说就向水下走去了，他没有来得及换衣服，也没有更多的语言，似乎也没什么更多的考虑，就那么坦然自若平平淡淡地向水下走去了。天还阴得那么沉，雨还是一个劲儿地下。这人深一脚浅一脚，左一脚右一脚地在水里一边探路，一边寻找着水泵的位置。水面逐渐淹没了他的膝盖，又没了他的大腿，很快就到了腰间，齐了胸口。

"王天润……"

"王……天……润……"

似乎到了这个劲儿上，人们才意识到那个在水里吃力地揪着钢丝绳寻找水泵的人是谁，他在干什么。首先喊出王天润名字的是一个中方职工，那声音不是什么高呼大喊，然而却那么深沉那么坚定。听得出来，这是在为自己的工友鼓劲儿加油，或许也是为自己工友的举动有些自豪。接下来用不熟练的汉语喊出王天润名字的是一名外方职员，这喊声虽然还不能很准确地表达他的感情，然而，人们能听出来，他十分惊讶，又十分惊喜！

王天润，这个中国 80 年代普普通通的采矿工人，在同中外员工日日夜夜的工作中，在朝朝暮暮的相处中，不仅在中方员工中树起了自己的形象，而且在外方员工的脑海里也占据了很重要的位置，他们认识王天润，了解王天润，也相信王天润，尊敬王天润。

王天润，一个安太堡矿年轻的液压铲司机。原在辽宁省抚顺露天煤矿开电铲，1984 年，在经过半年多的专业培训后，又经过外方专家的三次考试，1985 年 1 月被挑选到西德的德马克公司学习驾驶 h241 液压铲，这种液压铲当时全世界才有 74 台。其中安太堡矿就有 3 台。王天润被派去德国学习，深知自己肩上的分量。国家将一百多万美元的设备交给自己，又派出国学习，要是不把真功夫学到手，怎么向国家、向矿领导和中外双方的员工交代！

功夫不负有心人。按要求，他准时拿到了德马克公司液压铲司机合格证。回矿后仍不松劲儿，继续刻苦学习钻研，利用一切时间熟悉设备性能，仅用两个多月时间，经中外双方高管人员考核，他获得了液压铲、834b 推土机、170d 和 777 卡车等多种大型设备的操作证。

他是第一批被中外双方管理人员严格考核评估聘用的中国工人和工长。

王天润给人们特别是外方职员留下印象最深的是 1985 年 6 月 26 日，安太堡矿第一台液压铲组装完毕，交接验收程序已经办完，现在需要把这台庞然大物从组装厂开到矿坑的剥离现场，待 7 月 1 日剪彩开工。按原先约定，是西德厂家派人来开，然而当看到现场地形复杂，中间还有一条深沟，被派人胆怯了，后退了。

这时候，国内外有关人士和各级领导已经陆续到达平朔，准备剪彩。但这台最关键的设备还未进矿到位，这事真是太急人了！

中方一位领导问王天润："天润，你能行吗？"

王天润清楚当前的形势，也知道这副担子的重量，更了解这任务的困难，他没有马上回答。这个憨厚实在的中国工人，又实地察看了地形、道路、沟壑，同时他又查阅了有关资料，进行了分析和多方面的准备，然后他回到那位领导面前："我考虑能行，我来干吧。"他的声音是凝重的，态度是庄重的，似乎是在领导面前表态，甚至给人一种宣誓的感觉。

"天润呀，考虑好了，就干。要有信心，有志气，有什么困难，提出来。大家想办法。"王天润重重地点了点头说："我明白。"

推土机隆隆地响起来，把陡坡变成了缓坡。然后，王天润坐进了液压铲的驾驶室。这时候，多少双眼睛，蓝色的、黑色的、深眼窝的、浅眼窝的，都在看着王天润，他们以各种各样的神态，各种各样的心情，各种各样的眼光，观看着，等待着王天润的行动。王天润第一个动作是熟练地按动了操作杆儿，液压铲隆隆地响动了，缓缓地蠕动了，又稳稳地前行了，不少人都松了口气，脸上也呈现出满意的笑意。王天润可是丝毫没有放松，他双眼直直地盯着前方，手和脚都紧密地配合着，脑子里只有一个信念：握紧操作杆儿，把好方向盘，继续往前开，不出事故，稳稳前行，终于他开过了那沟，那梁，拐过了那弯，爬上了那坡。最后，将那个庞然怪物稳稳地开到了它应该占据的那个平台上。

就是在这一天，一百多名外方员工同中方员工一样，几乎都知道了王天润的名字。

7月1日剪彩，王天润又像前两天一样，提前认真地检查了各个部件儿，早早地坐在了驾驶室里，当剪彩总指挥一声令下，他就定时定点地把这个驰名中外的大露天矿的第一铲原煤稳稳地挖起来又准确地倒进了170巨型卡车的车厢里，这就人们常说的平朔露天矿的"第一铲"。

这么一个王天润，在平朔安太堡矿这地方，难道还有不知道的吗！中国员工都知道他尊敬他，曾多次推选他为全国劳模；外方人员也都尊敬他佩服他，每每提到他，都是点着头说"王天润，OK、OK。"

现在，苍天雨茫茫，大地水汪汪，矿坑里的水面也已涌起了波浪。中外员工也都心急火燎。在这个时候，这个场景，又是这个王天润，冒着雨水，提着钢丝绳，一步一步地向矿坑水的深处前行，急切地要寻到那被水吞没了的水泵。

突然，他站住了，他摸到了水泵，他赶紧探下身躯，凭着感觉和经验将钢丝绳往水泵上拴套。这时候，水面已经齐了他脖颈。也就在这时候，他突然举起手来高喊："开吧！开推土机，赶紧开吧！"

推土机开动了，但是往前一拉，钢丝绳突然又脱钩了。王天润又在水中打摸起来，摸住了，再次拴套，又举起手来，再一次高喊："开吧，推土机。"

可是，非常让人失望，推土机刚一用劲儿，钢丝绳再次脱钩。王天润只好再次弯腰打捞，再次拴套。这时候，王天润这个正年轻力壮的后生，已经开始感到身在打寒战，腿在发软……他咬了咬牙，抖了抖头上的雨水，钢丝绳又套在了水泵上。

一次又一次的打捞，一次又一次地拴套，他记不清反复了多少次，终于一台又一台地将三台水泵托出了水面，拉上了高坡。

人们把王天润围住了，各种各样地赞扬，各种各样地安慰，那个高个子外方高管也挤进来，拍着他的肩膀："王天润，好，好，好样的。回家，休息。"天润擦着身上的雨水："谢谢，谢谢。"但是他没有回家，他对中方领导说："这泵，得抓紧修呀，安装的事还多呢。"中方领导说："你真该休息了。不能把身子搞垮。修理和安装的事，已经安排给维修部了，他们已经组织好了人马，你回吧。"天润看了看那灰蒙蒙的雨天，他迈不开回家的步，维修部要是需要帮忙，我还得搭搭手呀。

在王天润他们打捞水泵的时候，维修部经理刘梦飞接到利用国产深井水泵的改装任务。他组织一部分人在车间改装水泵，另一部分人到现场架设管道，他自己领着一部分人吊装水管，安装水泵电缆。三个组经过连夜工作，一切就绪，就待开泵抽水了。就在这时候，连接水泵的水管突然炸裂，如不及时处理，从王天润等打捞水泵到刘梦飞等三个组连夜的辛劳就都会前功尽弃。

天还没晴，雨还在下，刘梦飞对这一切，必须拿出果断措施。

刘梦飞和王天润的年纪不分上下，个头略高一点儿，在实践中刻苦自学上了电大，成了这里机电维修的好手。面对眼前的情况，他很快地作出决定：一是全组不下班，二是自己坐到吊车的吊篮儿里，到水中去作业。

一辆大型吊车开到水边儿，高高的吊臂在濛濛的细雨中向高空伸延，刘梦飞坐在吊篮儿中慢慢地向水中沉去。

为了三台水泵，王天润挺身下水打捞，现在刘梦飞又坐在吊篮儿中向水下沉去。他们一会儿沉下去，一会儿又浮上来，上上下下，水里空中，反反复复——两个青年工人，一个是采矿的电铲司机；一个是维修部的工长。岗位不同，工作不同，但他们都是中国安太堡露天煤矿的工人。没有人强迫他们，然而在这三台水泵面前，两个人表现得都那么相似，那么主动，那么感人。

　　在安太堡矿工作的外方员工，来自世界十几个国家和地区，走过不少地方，见过不少世面，但是他们没有见过像王天润和刘梦飞这样的普普通通的中国工人。他们在中国这黄土高原的矿坑中，在这从没见过的连绵的阴雨中，看到的这些场景，是他们一生都难忘的。

　　还是那位外方高个儿的老外说："我走过好几个国家，只有在中国才见到了这么好的工人，OK，OK，服了。"

运输队长是个拐腿腿

1989 年隆冬，大雪封山。天气已经阴了三天三夜，大雪也已经下了两天，西北风大大小小地刮了半个月。现在，雪花雪糁卷在西北风里仍然时大时小地下着，这时，不管是大街上还是马路上，都很少见到人影。以往那些各式各样的汽车也不知道都在哪里猫着，连个车影也很少见到。整个大地似乎都睡着了，而且还睡得挺沉。

但是，有不睡的地方，而且还有热气腾腾的地方，平朔露天煤矿那硕大的矿坑中，一台台高大的电铲，一辆辆巨型的卡车，还有各种类型的指挥车、压道车、工具车……都还在正常地开动着；号称世界之最的完全是自动化控制的洗煤厂里各种各样的设备，长长短短的皮带也都井然有序地工作着。一列列长长的火车从洗煤厂的装车点钻进去又钻出来，这座中外合资的现代化大型煤矿，每日有两万到三万吨煤，从这里采出、洗出、运出，运到全国各地，运到秦皇岛码头，然后，漂洋过海到异国他乡。

刚接到通知，安太堡矿洗煤厂告急：介质粉再用两天就没有了。这个洗煤厂每天要用五六十吨介质粉，如果两天到不了货，到时断了顿儿，偌大的露天矿就得完全停产。靠火车运输，因为这几天的风雪，肯定是到不了货了。矿上开紧急会议研究，现在只有到代县白欲里铁矿求助，而且已经打通电话，对方答应给予支持。现在的关键是运输！一百多公里路，半尺多厚的雪，而且风还在刮，雪还在飘，更要命的是这路不是一般的路，人们都知道，这是雁门关那山陡坡大拐弯儿多的路。

洗煤厂告急，安太堡矿又下了备忘录，这可真是绝对不能含糊的事！领导们反复商量，决定找一找物资供应公司的一个运输队，人们都反映那里的有队长是个拐腿腿，但他工作很出色，据人们传说，多难的事，他都能想出点子来解决。

拐腿腿队长的真名大号叫王二有，王二有这个名字，没有一点儿文化味儿，更看不出有什么聪明智慧的内涵，真是普通得不能再普通了。王二有的形象和他的名字一样，平常得很，看上去没有一点儿吸引人的地方，个子不高不低，大约一米七多一点儿；年龄不老不小，看样子还没过50岁；长相也很平常，长方脸上的蒜头鼻子微微有点儿发红；眼睛不大，常常笑成一道缝，这倒给人一些亲切可交的印象；说话声音略粗，满口雁北地方话。给人的整体印象不像是个有高等文化的人，大概也就是个中学文化吧。

总之，王二有一切都很平常，但是细说起来，还有一样可不平常，他是个拐腿腿，有人和他开玩笑，干脆就叫他拐子，还有人说，我们是个运输队，找了个队长偏偏是个"路不平"，但更多的人说起他来，都还是称他为拐腿腿。在当地看起来"拐腿腿"这个称呼，除了说明他是拐腿外，还是比较文雅甚至含有一些亲昵和爱称的含义。

拐腿腿这个运输队有大型运输汽车20辆，有司机、检修，以及和这个运输队一起开支的食堂、锅炉房、卫生队、库房、小卖部等，总共人数是200多名。这些摊摊这些人真正能干活挣钱的主要是这个运输队，说白了，就是靠运输队养活了这200多人，而且他们每年还能上缴十万甚至几十万的利税。这200多人在这儿开支，每月都能正常开支，挺满足。他们不管到哪儿，说起他们的拐腿腿队长，都是一个赞字，夸他们队长这好那好样样都好，所以这运输队虽属这个大煤矿的二线单位，但说起这个运输队和他们的队长拐腿腿来，还是有些名气的。人们都知道，这个拐腿腿队长，虽然腿不得劲儿，但他很辛苦。每天清晨6点多钟他就赶到队部，先对车辆逐一地检查一遍，等师傅们来了，他就交任务提要求，然后就详细地交代安全措施，等把要说的都说完了，他才目送那些大车一辆一辆地开车上路。晚上，只要还有一辆车没有回来，他就不回家，往往都是9点以后才七拐八趔地回来。如果有车在半路上出了事故，他就会马上赶去现场，不管是白天还是晚上，不把车和人都拉回来，就回不了家。

他的辛苦没有白瞎。1988年这个200多人的单位，刚刚建立第一年，除保证了本队的正常周转以外，还上缴10万元，1989年上缴了33万。到1990年就上缴到41万，这成绩来之不易，除了全体员工的努力，拐腿腿队长真格是下了一番辛苦。

怎么也没想到，老天爷作怪，让这么大的一座煤矿会因为介质粉的供应面临停产的危险。更没有想到，解决这个难题的任务，会落到他们这个运输队的肩上。现在，那个号称世界第一的洗煤厂面临着停工，那座现代化的大露天煤矿也要停产。这不用讲什么道理，不用做什么动员，问题就那么摆着，谁都明白这个任务的重要性、急迫性和艰巨性。肩上压了这副担子的运输队长王二有心里比谁都明白，他肩上的压力也比谁都大。

王二有嗜酒，这很多人都了解，酒后嗜睡这很多人也都了解。今天他喝酒了，也躺下了，但是他失眠了。

冬不走雁门关，夏不走朔州滩，这是此地古往今来的名言。雁门关有 49 个弯，王二有为了跑运输，也为了这运输队的安全他曾经专程去数过。现在要去代县运回介质粉的任务，正是要走这个雁门关，正是要过这 49 个弯。现在面对的这 49 个弯又都盖上了半尺厚的冰雪呀。这样的天气，走平平的大马路，事故也会不断。现在谁吃了豹子胆，也不敢去雁门关爬那一道道大山，去转那一个个大弯。他对自己运输队那 20 辆大卡车心里也有数，每一辆至少也都跑十几万（公里）了，好天好路好气候，有时还哼哼着趴窝不动弹，这天气要出车肯定要崴泥，出了事故还是得我王二有兜着。说一千道一万都得说安全第一，谁敢拿着人命开玩笑！谁想去法院喝稀粥？矿上停产不停产，那是老天爷的问题，和我们运输队有个啥相干？想到这里，王二有心里似乎就拿定了主意，这样的任务，咋说也不敢接受。这时，他心里似乎倒踏实了，翻了个身，便想入睡。

洋河大曲，按说也是名酒。平时王二有很喜欢喝这酒，觉得它又香甜又有劲儿。可是今天这酒失灵了，他拿定主意还翻了个身，但是怎么也不能入睡，脑子里还是在想，翻来覆去地想。

清晨 4 点钟，拐腿腿王二有就像得了神经病一样，突然从床上坐起来，把老伴儿也连扒拉带推地吼喊起来，让她给找出来厚毛衣厚毛裤；自己也动手翻箱倒柜找出了不知道什么年月穿戴过的白茬老羊皮袄、皮帽，穿好戴好，也不管什么雪厚不厚，路平不平，竟自一拐一拐地奔向了办公室。

黑灯瞎火，王二有用电话找来了十多位司机："伙计们，今天咱们得干点儿特殊活计，是受苦的营生，你们先到咱们的锅炉房，再到总公司的锅炉房，总之，是要将车都装满炉灰渣。装不满，别回来见我。闲话少说，快去吧。"

一个半小时以后，也就是清晨 6 点钟，八辆黄河大卡车，都装的满满的灰渣，来到王二有面前。二有看完以后，说："好，马上到食堂吃饭。"

食堂餐桌上，已经摆满了油炸糕，还有羊杂、馒头、稀饭……应该说，这在当地是很不错的早餐了。

王二有看大家坐好，说："吃吧，好好地吃。三十里莜面，四十里糕，十里的豆面饿弯腰，你们捡那硬的吃。今天咱们可是远路、硬路。"

"说了半天，到底是干啥呀？"一个愣乎乎的青年司机问。

"爬山、过雁门关、过阳明堡，然后去代县白欲里铁矿，你们知道了吧，洗煤厂的介质粉再过一天就断顿儿了！全世界有名的大露天矿，能因为咱们运不来介质粉停产吗？伙计们，我想了一夜，不，不够一夜，想到 4 点，我就不想了，拿定主意了，不用说下雪，就是下刀子，咱们也得去闯！现在是半尺多厚的雪，还有冰，今天可真是遇上崴泥的路了。我思谋最多的也是最担心的就是安全！要是安全出了问题，一切就都没了。不多说了，吃完饭，咱们再讨论讨论，这硬骨头啃不啃，怎么啃？"

讨论完了，大家的认识统一了，情绪也起来了，都说一定要完成任务。王二有说："好！我跟大家一块儿走，走到哪儿再说到哪儿吧。反正有一条：人得活着回来，介质粉得拉回来。现在咱们就出发！"

上车的时候，王二有又宣布了三条纪律"今天开车，好走的路段也不要超过40迈，不能抽烟，不准走神乱说话。"然后他问："看大家还有什么要说的吗？"大家都说："没有什么说的，好好干吧！"说着，大家就都上了汽车。

他们情绪高涨地出发了，天还没大亮。

王二有坐在第一辆车的驾驶楼里。十辆黄河牌大卡车在茫茫的雪地上沉重地向前行驶着，厚厚的积雪结冰被压得吱呀吱呀地惨叫。王二有将眼睛眯成一条线直直地盯着前面的雪路，耳朵也支棱起来细心地听着雪地里不断发出的吱扭扭刺耳声。

汽车从平朔出发，经朔州到山阴再东拐，于8点半到达雁门关下。路上虽然遇上一起又一起的车祸，有的车仰天躺在路上；有的横倒竖歪地停在路旁，也许拐腿腿的这个车队都选的是技术精湛又熟悉道路的老司机，也许是因为他们做了各种各样的准备，也许是因为他们的那个拐腿腿队长一直就眯着眼睛在第一辆车的驾驶楼里坐镇，他们总算平安地闯过了七八十里的雪路。

　　马上要爬山了。王二有思谋了一下，让车停下来，跳下车去。司机们也赶紧下车，有的扶着这个拐腿腿队长，说："你要是再把腿跌断一次，咱运输队这台戏那还咋唱呀？"不少人都说："你别动了，我们扶着你，你看看这情况就说吧。我们干就是了。你千万可别再断一次腿，那还有啥安全可讲！"

　　王二有的腿已经断过两次，这里的工人都知道。1968年在大同晋华宫矿井下三盘去义务劳动，正弯着腰装煤，顶板掉下来，把他的右腿砸断了。在医院缝了十二针，打了石膏。人常说伤筋动骨一百天，他休息了两个月，就上班了，结果总也没好利索。第二次是1984年，那时候他已经调到了平朔煤矿，在物资供应公司当材料员。7月28日那天，火车运来一车黄花松，他们正在下料，一棵四米多长的黄花松，从他身上滚下来擀了面条。他开始住院，只注意胸部，半个月后才发现右腿骨折。8月13日，他被转院到大同。10月14日，他就拄着拐杖上了班。

　　现在，拐腿腿王二有站在这漫天大雪的山路上，领着他这个运输队，要爬山，要过雁门关，站在他周围的司机们，似乎并没多想自己，更担心的是拐腿腿的腿。王二有吸了几口凉气，用手背搓了搓鼻子，笑嘻嘻地说："别担心，莫非我的腿还能再断一次？现在顾不了这么多了，反正咋说啥也得把介质粉拉回去。走，跟我到前边看看路，不要都来，有三四个就行了。"

　　王二有领着三个人，每人拿着一把铁锹，就当拐杖，往山上爬去。他们一边走一边试探着雪的厚度，检查雪底下有没有结冰。这几天没有车在这里走过，他们爬了几十米，就站住了。王二有用锹拨拉开一个雪坑，说："你们看，这雪下边没有冰，我看这车可以开。"人们看了看，都觉得问题不大，后边的人看到他们的手势，便隆隆地开着车慢慢地赶上来了。王二有对大家说："现在看，雪下边还没结冰，上车，咱们先爬一段儿再说吧！"

车都开动了，车速很慢，但是还没有下滑。王二有仍然坐在头一辆车的驾驶楼里。他慢慢地松了口气说今天的路要都是这样就好了。

司机说："想得美，前边那个大死弯，靠背山那么高，没冰才怪哩！"

又走了一个多小时，那个山又高，弯儿又死，坡又大，路又窄，人们预料的最难点、最要劲儿的地方终于到了。王二有跳出驾驶楼，又爬上一辆车槽，说："来，上来四个人，往下撒灰渣，这第一辆车要绝对稳，后边车就压着灰渣慢慢哼哼着往前走吧。"

工人们往下拉他："你还是去驾驶楼吧，这撒灰渣的营生，我们能干。"王二有说："一块干红火，你们都知道，我是个爱红火的人。"

头一辆车以极慢的速度往前动弹着，王二有等四人用铁锹往下撒灰渣，后边的车都跟着往前爬，这里正是山窝，三面高山，一面风口正朝西北，西北风从山上刮来，也从四周卷来雪花、雪糁还有灰渣……上下翻滚，围着四个人的身子猛劲儿吹打。说话间，他们四人的身上都盖了一层说不清是雪花还是灰渣，嘴里、鼻里、耳里，连眼角眉睫毛都落满了又黑又白的碎渣渣。

车突然刹住了。王二的腿毕竟有毛病，他没站稳，往前一扑，差点儿没掉下去，旁边工人赶紧扶住他，说："你站不稳，快到驾驶楼去吧。"司机也探出头来："你还是到驾驶楼来吧，前边路不平，车可能要颠。"

王二有笑着说："你们不懂，路不平要碰上我这拐腿腿，那不就平了吗？这就叫一物降一物，拐子专门爱走那不平的路。你快集中精力开车吧！"

车又动弹了，他们又撒起灰渣来。就这样他们几乎是一步一步地往前圪凑着，终于把这个大弯弯给绕过去了。他们都长长地吐了口气，但是谁也没有松劲，都知道，前边又是一个弯儿，一个一个的还得走一阵儿呢。

一个弯儿又一个弯儿，一个坡儿又一个坡儿。爬过了第十八个坡儿时候，慢慢地将一车车的灰渣都撒完了，人们也累得不行了，王二有说："停车吧，咱们都到驾驶楼暖和暖和，四个人一个驾驶楼，挤得满满的，随便拉呱拉呱，说东道西，讲故事也行，说说你们怎么搭伙计，逗着大家红火吧。谁要能唱，就唱！大家缓口气鼓足劲儿，咱们再走。"

果真是有说的也有唱的，各驾驶楼都很热闹，有讲故事哈哈笑的；有唱二人台《走西口》的，有没有说自己搭伙计的故事，听不清，只能听到嘻嘻哈哈的笑声，大约休息了半个小时，王二有又说了："伙计们，差不多了。咱们再动起来吧。"

第十一个弯……第二十个弯……第三十一个弯……

晚上十点多钟，拐腿腿队长王二有带着他的运输队，一辆辆的大卡车都满载着介质粉，奇迹般地回到了平朔安太堡露天煤矿，等他和这些伙计们回到食堂的时候，时针正指向午夜零点。

大家围着两张餐桌坐下来，王二有和管理员提着洋河大曲来到桌旁，有四五个人已经趴在桌子上呼呼地睡着了。王二有一手拿着酒瓶一手举着酒杯，直直地看着这些伙计们，是喊醒他们喝酒，还是让他们先睡，他都不忍心，愣了一阵儿，他的双眼似乎都含了泪。

尼桑车的金钥匙

我想去宾馆，没要车，又不想走路，站在办公楼前愣神儿，老天有眼，一辆白色的小尼桑客货两用车，吱的一声停在我面前。车门开了，露出来一张黑黝黝笑嘻嘻的圆脸。

"丁师傅，你好。"我坐在司机旁边说："有段时间不见了，春节前后瞎忙，也没顾上给你这个标兵去拜年。"

司机师傅嘿嘿一笑，笑得很自然很淳朴，似乎还有点儿拘谨和歉意："你是工会主席，我该给您去拜年。可咱工人也是整天瞎忙……"

"你的情况，我清楚。一天不是跑长途，就是检车、修车、保养车。"

丁师傅还是嘿嘿一笑："那都是咱该做的营生。"

路很宽，都是扬灰路。主干路和边路之间，是一人多高的柏树墙，正挡人们的视线。

我说："这柏树墙，讲绿化，是好，可是挡视线，影响安全。你们开车可要注意呀。前几天，我领一位客人，也是去宾馆，就在前边拐弯儿的地方，把个奥迪给撞了。还好，人没出事。"

"人没出事就便宜了。开车这行道，手把方向盘，脚踏鬼门关，啥时都得精心。"他声音不高，但说得很实在。

到了，我下车。

喇叭轻轻地响了两声，小尼桑又开走了，留下了一股淡淡的青烟。汽油味儿立刻钻入鼻孔，没感到呛得慌，似乎还有那么一点点甜丝丝的味道。医生曾经告诉我，这是鼻炎所致。我抬起头静静地看着那远去的尼桑小车。就在这时候，那辆小尼桑和它的主人丁国厚师傅的故事也清晰地呈现在眼前。不知为啥，鼻孔里那股带着汽油的味道也显示出它无名的威力，让我竟有了一些甜丝丝美滋滋的感觉。

1985年7月，平朔安太堡露天煤矿开工的时候，从日本进口了六辆白色尼桑客货两用工具车，刚刚调来的丁国厚接领其中一辆。当时这个1968年就当了汽车兵的年轻的老司机高兴极了。人们都说，这车特棒，不但牌子硬，又是客货两用，很实惠。现在这小尼桑漂洋过海来到这塞外煤矿，到了我丁国厚手里，我一定要精心爱护它、细心保养它、好好使唤它，人对得起车，车就对得起人。

开始，他和一个叫王胜利的年轻人倒班使用这一部车。任务是一天不分昼夜为矿上三班倒的工人分两次送班中餐，从生活区到工业区来回三十六公里，班班要准时送餐不误。夹缝时间，领导交给其他任务也都得完成。有时候，送完班中餐，下午要跑大同，晚上赶回来还得准时给夜班工人送餐。路程跑得很多很远，人也很累很乏。两年就跑了十二万公里。恰恰就在这个时候，王胜利调走了，两个人的担子，稳稳地压在丁国厚一人的肩上。

是将不是将，得有好捉杖。开车的就得说车怎么样，这辆小尼桑就和我丁国厚拴在一根绳上了，这小尼桑的车况，就是我丁国厚的人品……老丁想了很多，但他说得很少，光说有什么用，还是看行动吧。一年四季春夏秋冬，不管是最冷最冷的三九，还是最热最热的三伏，每天清晨总是提前 20 分钟到岗将小尼桑的各个部位、零件都要检查一遍。盛夏的瓢泼大雨，没有一次能拦住过他；寒冬没脚面的冰雪，没有一次能挡住他。从他独自使用这辆小尼桑以后的近七年的时间里，太阳升起来又落下去，往南移去又往北移来，春夏秋冬循环往复，近三千天的时间里，没有什么响亮的口号，没有什么惊人的行动，他只本分地为人，本分地工作，精心地管车，精心地开车。几乎每年年终统计的时候，人和车都是两个百分之百。

整天早出晚归，饥一顿，饱一顿，不知啥时就落下了胃病，有时候痛一阵，有时候好一阵，好的时候就什么都忘了，痛的时候就掏出两片儿药来扔进嘴里顶过去，但他从来没有为这些小病离开过车。

名副其实，惜车如命。

交通管理站的一位同志，想借车去太原拉冰箱，这可给丁国厚出了个大难题，监理站和车队、交警和司机是什么关系？丁国厚从 18 岁就开车，难道他还不知道这里面的利害关系吗？他清楚，什么都清楚，而且清楚得很。别人想巴结还找不到机会呢，这还能含糊吗？可是丁国厚实在不忍心把小尼桑借给别人去开。去太原那是长途，那时候还没有高速路，爬山越岭，万一撞坏个什么部件，那我老丁算干啥吃的？似乎也不是不相信别人，可就是放心不下，矛盾、犹豫、彷徨……左思右想，拿不定主意。夜深了，睡吧。可是睡不着，他又坐起来，一拉灯，心里突然亮了一下。第二天，他主动找到那位借车人："这样吧，明天我能挤点时间，我开车专为你拉一趟。我路也熟。"丁国厚认为这是一个很高明很得体的办法。但是他没有被人理解，那就等于拒绝了对方。

当时，客货两用小尼桑工具车，在中国实惠最多，用项很广，借用的单位、亲朋、好友、同事、同乡……能少得了吗？每遇上这种情况，老丁就说："交警队，我都拒绝了，这小尼桑是随便乱开的吗？"这一招还真有效果，借车的人渐渐就少了。可是，也有例外。有些情况，他觉得无法拒绝，那就只好借上车再搭上人，自己跟上去跑吧，自己多受些苦，车就能多享些福。人对得起车，车才对得起人哪！

1988 年 8 月，雁北高原的天气火热火燎的燥热，人们坐在阴凉处扇着扇子都憋气。可是丁国厚得出车，那天一大早他驱车三个多小时赶到太原。他拉着劳动工资科的同志，从政府机关到基层单位，从郊区到闹市，车不停人不缓，整整跑了一天，回到住处已经很晚，好歹吃了口饭，就又爬到车上去擦，钻到车底下去检查，加油、换水，折腾到半夜，才回到宿舍。他打来一盆热水，想洗洗汗淋淋的身，擦擦油腻腻的脸……可是就在这时候，他突然觉得四肢乏力，筋骨似乎都要断了。胃也折腾起来，不断地反酸，不断地发作阵痛。算了吧，不待洗了。他赶紧扔到嘴里几个健胃消食片，便这么脏兮兮地躺在了床上，可是没顶用。他只好又坐起来从兜兜里找到了一粒奥美拉唑送到嘴里，这才慢慢地睡着了。

第二天天还没亮，人们想趁着凉快往回赶，丁国厚又早早地上了车。开了三个多小时的车，在上午十点多，赶回了平朔。老丁刚进家门，立刻又接到通知：说维修部老工人温明忠胃部大出血，要立刻送大同矿务局医院。司机班长考虑到他刚出长途回来，还没吃饭，就和他商量想换一名司机去大同。丁国厚没有马上回答。不去吧，人命关天的大事，怎么能耽误——就让别人去吧，可又一想，车的脾气秉性，别人一下怎么能了解？想到这里，他又来了精神，忙对班长说："那可不能，人累了，车也累了，回来后还没来得及检车，换个人开怎么能行？走吧，还是我去吧。"

班长知道老丁的心思，知道他为什么硬是要自己去，也只好同意了他的意见。只要一上车，老丁的精神绝对集中。从平朔到大同120多公里，当时还是二级公路，路上车多，而且多是运煤大车。一路上他总得将脑细胞全部调动起来，让他的小尼桑又快又稳又安全，没有陡然刹车，没有突然启动，没有剧烈震动。就这样，她屏气凝神，一口气开车两个多小时，直到将病人护送下车，住了医院。才算松了口气。

从清晨在太原好歹攥咕了两口油条，到这时候已经是下午五点多钟了，胃，能不提意见吗？其实，何止是胃有意见，因为他常常是该吃了吃不上，该睡了睡不下，身上的胳膊腿等各个部件儿也都常常闹情绪，只是老丁顾不上理睬就是了！

人勤车听话，人懒车出差。老丁的辛苦没有白瞎。1990年2月初，小尼桑的里程标上呈现出33万公里的数码。这就是说，自从老丁自己驾驶这部车以后，这个小尼桑平均每天要跑 259.2 公里。按常规，跑这么长的路程至少也该大修三次了。可老丁这部车却没有大修一次。仅此一项，就节支 18 万元呀。懂行的人听起来这简直是一个奇迹。

1990 年春，丁国厚和他的班长到日产汽车公司驻北京办事处，本来是想请厂家的专家，看看车况，给予帮助指导。一位工程师详细地检查了他的车况："发动机基本没动、底盘、车体基本良好，方向盘、变速箱无损伤，前后轿、大梁情况正常，最易损伤的倒车镜和雨刷还是原装。行程三十三万公里，能把车保养到这种情况，在华北区简直不敢想象。"这位工程师感到十分震惊，也十分惊喜。他又详细地询问了他们的用车情况，并立刻记在了笔记本里。

丁国厚和他的班长回矿上不久，突然有一天有人高喊："丁国厚接长途电话。"

老丁接过电话，高声问："谁呀？哪里？"

"我是北京国贸中心日产汽车公司办事处，请问你是丁师傅吗？"

"我是丁国厚。"

"请问一下你的汽车型号。"

"U720。"

"车钥匙的号码？"

"6663。"

"核对一下，你的车已经跑了多少公里？"

"三十三万公里。"

1990 年 12 月 24 日日产汽车公司驻北京办事处国贸中心 2206 室寄来一封双挂号信，收信人是平朔劳务公司办公室司机班长苏玉成。苏玉成打开三层包装取出了一个装潢十分精致的硬面绒里小盒盒，再打开，是一把淡黄的亮闪闪的金钥匙，号码是 6663。

苏玉成和丁国厚高兴地用这把金钥匙去开车，正好，开发动机。又正好，再开全都正好。

这把从远方寄来的金钥匙，让这个汽车班掀起了一次不大不小的波澜。

"这是咱们班的光荣。"

"与咱们有啥关系，都是丁师傅的功劳，咱们得给丁师傅好好祝贺祝贺。"

"对，咱们单位对老丁得表示表示吧。"

"别说单位了，咱们大家凑份子吧，中午去撮一顿儿。"

"你们都没说对，这是人家厂家在做广告，宣传他的车呢！"

大家你一言我一语，东一榔头西一棒槌，胡乱地喊叫了半天，当然也不会有什么结果。班长苏玉成最后说了几句话，也谈不上是什么结论。他说："厂家寄来的金钥匙，自然是在宣传他们的车好，可是咱们这儿一起进来的这个型号的车一共有六辆，那五辆都大修过呀。丁师傅跑了三十三万公里，车况还基本良好，我看咱们的确得向丁师傅学习。说一千道一万，大家叫喊半天，说到底还是得落实到这一点。"

大家这么东拉西扯的时候，丁师傅一直没有说什么，他手捧金钥匙，心里比别人更激动，似乎有很多话要说，可是又觉得无话可说。当班长说要向他学习的时候，他嘿嘿一笑，有点儿不好意思地低下了头。班长这时又说了一句："丁师傅，你有什么要说的吗？"丁师傅这时也没有抬头，他还是嘿嘿地笑着："没甚，没甚，大伙儿整天在一起，谁还不了解个谁，还有啥说的呢。"

那个小小的金钥匙，在这个小小的班组里轰动了那么一阵儿，事情也就慢慢地平静了。可是，丁国厚的心里却一直没有平静，他嘴里没说什么，心里可想了不少，这些年，自己对这个小尼桑用的心血、下的功夫、吃的苦头、流的汗水……只有自己最清楚，那么多年，从来也没想过什么成绩、功劳和表扬，还有这金钥匙，这些从来都没有想过，只是觉得当司机就得爱护车、管好车、用好车，这是责任更是本分，是完完全全应该做到的。可是现在从老远老远的天上飞来了这一把金钥匙，这是一点儿也没想到的，可是它实实在在地、明明白白地飞来了。这自然值得高兴，当然也受到了鼓舞。可是丁国厚似乎觉得还不仅是这些，他从这把钥匙的飞来，又想到了日产公司北京办事处，想到那位工程师，那三次电话，想到双挂号寄来的三层包装里的那精美的小盒盒，厂家的工作是何等的严谨何等的认真精细呀！就算是为了做广告吧。这套精密的工作，还不令我们深思吗？我丁国厚做了些啥？要向人家学习的东西可多哩！

不知道丁国厚从什么渠道得到了一个信息，像他这个型号的小尼桑工具车，如果跑到48万公里无大修，厂家就奖励一辆同一型号的小尼桑车。这个信息准确吗？没有考察过。但他成了丁国厚的一个新的工作动力，或者说是他心里一个新的目标。当然，这只是他给自己在心里定下的一个没有公开的计划，这个计划他只是要在行动中去落实的，和别人没有说过。

　　1992 年年初，丁国厚小尼桑的里程表里记下了 45 万公里的数码，但要实现他自己心里那个计划还有距离，或者说是也不容易。就像人的生命一样，设备的运转也是有限的。老丁的小尼桑毕竟老了，一些部件毕竟得常修常换了。老丁为了不影响出车，为了实现自己心里那个奋斗目标，他就像妻子对待丈夫那么真心实意，就像护士对待病人那么细心周到，刹车蹄是最需要经常更换的易损件儿，换到第四次，市场上买不到了，咋办？停车吗？当然可以，但老丁不忍心。好歹他检查得勤，发现得早，因此他做准备也早。把 212 车的刹车蹄经过剪、磨、打眼儿改造使其适应了尼桑车的需要。用这个办法已经改造了三次，行程四万多公里。空调器固定架断了，因为是塑料制品无法焊接，他就用铅丝早早地将它捆好，让它继续支架着。

　　丁国厚的小尼桑车继续在雁门关外的黄土高原上奔驰着，从太原、大同到平朔，从生活区到工业区，几乎到处可以看到这辆小车的影子。这时候老丁内心里那个目标那个计划，已经被不少人知道了，四十八万的目标眼看就实现了，人们为他高兴为他加劲儿也为他祝贺。但是丁国厚的大脑是清楚的，四十八万这个目标不是最终点，而且差点儿还没达到，或许这只是个加油站。小尼桑毕竟人老体衰了，早晚有一天它是要报销的。到时候不管人家给不给新车，我还是要跑下去的，只要我老丁不到退休年龄，我就不会停下来，不给新车，我就修旧车，反正得继续往前跑。

　　丁师傅往前奔吧！你那小尼桑的金钥匙，永远会金光闪闪，照耀着你的路，也温暖着你的心。

　　我站在宾馆门口，看着丁师傅开着那辆白色的小尼桑远去的车影，想着这些故事……似乎那股淡淡的汽油味儿依然在鼻孔里发威，不觉得呛，细细呷摸呷摸，真的是还挺好闻挺有滋味的。

时代中的矿工步伐

　　最近看到一本《大同煤矿人物志》。编者介绍，这书包括了大同煤矿历年来出席省以上的所有劳模，排名是按姓氏笔画为序。194 页正是三位晋华宫矿胡氏劳模，他们是：胡官仁、胡尚成、胡喜元；在 250 页又看到了董二孩的名字，他也是晋华宫矿的老劳模。我在这个矿搞了多年宣传工作，为宣传他们的事迹，表彰他们的精神，常和他们在一起摸爬滚打，相处很好，深谙世情。转眼，我调离这个矿已经 40 年，所以当见到他们的名字和照片时，感到特别惊喜。然而，看了他们的情况简介后，心中立刻涌出一股揪心的忧伤。因为胡官仁、胡喜元和董二孩都已离世。胡喜元去世那年还不到 50 岁。胡官仁和董二孩都是刚过 70，也不算大。我想着他们的音容笑貌和一桩桩不怕苦不怕累不怕伤痛病魔，没明没夜在井下拼搏的形象……心潮滚滚，思绪万千。年轻时，对他们情炽意切，落笔为文。现在边看边想，情思蕴藉，竟有一丝幽幽的歉疚感：那时总是宣传他们义务加班呀，轻伤不下火线呀，怎么就很少提醒他们保重身体呢。后来我想，从他们的工作到那时的宣传，大概是都带有时代的印记吧。

关于他们的事迹，只要对每个人简要介绍几句，就能一目了然。胡官仁，1959 年开始在井下当通风工人，每班都要走三四个盘区，被誉为通风区的"活地图"，加班加点带病出勤业已为常，在他 22 年的井下工作中，每年都要义务献工 250 多个小时；胡尚成也是 1959 年下井当工人，他在井下干了 32 年，义务劳动 200 多个工日；胡喜元 1957 年下井，1987 年去世，在这 30 年的采煤生涯中，6 次因工伤筋断骨，还连续上过 190 个夜班，先后义务劳动 500 多工日；董二孩是个采煤队长，他的事迹几乎感动了全矿职工。有个大夫，听说我要写董二孩的报道，就主动把老董的病历拿给我看，还说："我们医院的人都被他感动了，有的人直掉泪。你看看吧，好好写写他。"在这份病历上，能看到这样的记载：左胸两根肋骨骨折；右胸四根肋骨骨折；右臂肱骨骨折。一位矿领导给我介绍：有一次顶板来压，他大喊着叫别人快跑，自己垫后，就让顶板给压住了。众人从早班抢救到二班，一直过了 10 个多小时才把他从死神的手里夺回来。这次事故后，领导让他到井上工作。他说："你们领导不是整天讲国家需要煤嘛！老董不到退休年龄绝不出井。"就这样，他在井下一直度过了 30 多个春秋，并先后义务献工 3000 多个小时。请注意：这几位劳模的事迹中都有"义务"两个字。让我们掐指算算吧，"义务"后面那些数字，饱含着多么坚强的意志和多少辛勤的汗水呀！正如有人所说，他们自己将自己的生命缩短了不少；然而我们能算出来，他们为国家作奉献的岁月却延长了很多。

对于上述矿工的事迹和精神，不同时代的人可能会有不同的看法。有的人甚至不理解不相信。这里用得着哲学界一句话叫历史唯物主义。在20世纪五六十年代，新中国刚成立，基本情况是一穷二白，百废待兴。在这样的基础上，要多快好省地建设社会主义就到处需要煤。电厂需要煤、钢厂需要煤，这个厂那个厂处处需要煤。就连百姓的日常生活也整天喊的是要煤。那些年，在矿务局的招待所里，住的绝大部分都是买煤的客人。为了满足祖国建设和人民生活的需要，矿工们真的就像煤一样燃烧自己去奉献社会温暖别人。记得困难时期，有一年春节前，上海市有位领导给他的老战友，大同矿务局的领导打电话求援："大同局是出煤大户，帮帮上海吧，我们的钢厂和电厂都快停工了。另外，马上要过年了，得让人们煮顿饺子吃呀！"这消息传到矿上，就成了组织春节高产的动员令，那时根本没有什么奖金。但工人们纷纷表态：要义务劳动在井下，让全国人民过年都能吃上饺子。初二清早，我去采访胡喜元，但他三十儿晚上下井还没出班。

斗转星移，岁月如歌。现在，我们回望近百年的风云际会，会感悟到历史的巨变，特别是在新中国成立后的60多年中，全国人民艰苦奋斗勤俭建国，使国家的面貌发生了天翻地覆的变化。20世纪50年代，石油工人王进喜豪迈地提出了"要把贫油落后的帽子甩到太平洋去"的口号；年轻的解放军战士雷锋写的"人的生命是有限的，而为人民服务是无限的"日记也传遍全国；后来，开滦矿务局一位侯氏劳模喊出了"地球转一圈儿，我转一圈儿半"的心声。这些都在全国煤矿工人中得到了广泛宣传和积极响应。前面提到的"三胡"和董二孩就是在那个时代涌现出的矿工劳模。其实，像这样的矿工，那时在全国各煤矿到处都能见到。

改革开放以来，广大矿工更是以新的形象展现在世人面前。在中外合作经营平朔煤矿时，一个叫徐秋元的钻机工长，为解决洋设备在工作中出现的问题，反复求师学艺，夜晚看书画图，对洋设备进行了重大改造，每年能为国家创造经济效益一百多万美元。开始外方主管根本不相信这个普通的中国矿工能有这样的技能，后来他不得不拍着老徐的肩膀连声说："OK。"当时，央视一位著名主持人，采访他以后非常满意地说："现在的矿工可真了不起呀！"于是，徐秋元这个普通的矿工，竟在央视一频道那个多位著名专家、教授、学者们出镜的"东方之子"栏目，讲了15分钟的矿工故事。《人民日报》在公布那年全国劳模名单时，徐秋元也排第一位。进入新世纪后，被评为全国百名"感动中国的矿工"的乔宇，在单位帮助下，2010年建立了"劳模技术交流工作室"。他和工友们一起开展科技创新、工艺创新、管理创新等活动，取得了突出成绩，已为企业节约资金1000多万元。

徐秋元和乔宇是近代矿工中涌现的劳模，他们和"三胡"以及董二孩的表现，因时代不同而不同，但他们高奏的都是岁月之歌。这说明日夜都在采煤第一线工作的矿工们，始终都在踏着时代的节拍，随着伟大祖国前进的步伐而勇往直前。新中国成立初期，当那些高高矗立的烟囱向矿工呼唤煤炭的时候，他们就克服千难万险，为各条战线的建设和人民的生活需要源源不断地送去了急需的光和热。时至今日，人们早已不再用煤做饭，电厂也正在减少燃煤发电，一个个高大的烟囱接连被推倒，矿工们完全理解生态文明建设的极端重要性并正在为之而努力。但是，煤炭市场是经常变化的，有时候繁荣昌盛形势很好；有时候低迷萎缩困难很多。我们的矿工随时都面临着新的课题和前所未有的考验。任何时候，我们都不能有意无意地对煤炭行业和一代代英雄的矿工们，产生任何偏颇和淡漠。《大同煤矿人物志》已把同煤省以上劳模铭记在册，将他们那些感人的业绩永久地定格到了史篇中。尽管这里面有的人生命之火已经熄灭，但他们的精神之光将与世长存。让我们永远地记住他们，永远地感念他们，将他们那些感人的故事永远地讲下去。

第四辑

青年男女那些事儿

没讲完的故事

那两年，我在矿党委宣传部当干事，还兼任了机关的团支部书记。有一天，矿保卫科王科长将我叫去，说："有个保密任务，想交给你们团支部去做。"说到这里，他将门关严，又放低了声音："我们科小韩——韩宝山，你们都熟悉，你大概也听说了吧？"他这些话真闹得我有点儿糊涂，就问："王科长，你有什么事就说吧。"王科长说："现在全矿都在嚷嚷这事，韩宝山和宣传队的二妹子，叫什么来？什么山山。"说到这里，我也明白了："叫归珊珊。"王科长说："啊，原来她这个姓就不好。有人跟我反映，说那女子的眼里就有鬼，男人们叫她看两眼，就能让她把魂儿勾走。"我说："不是鬼，是归——归根到底的归，姓这个姓的不多。"他说："咱也不管她姓什么了。我是说，今天晚上，这个二妹子要到保卫科值班室去找韩宝山，这个消息很准确，至少有两个人这么反映。我是怕他们出什么事，想叫你们团支部组织几个人，关心一下这事，晚上转悠转悠。"这时，我已经完全明白了他的意思，但没有马上回答他。他又说了一句："我考虑这个办法还可以，团支部嘛，对青年的事，得关心呀。"听到这里，我站起来说："王科长，这事我一个人做不了主，回去和支委们商量一下吧。没别的事，我就回了。"

王科长是个老干部，在矿上威信挺高。但这件事，我咋想都不能去办，如果办了，不管是啥结果都不好收场，甚至会造成难以想象的后果。我也没开团支部会，那样反倒会把事情闹大，想了半天，没个好办法。就找到了我的领导宣传部乔部长。乔部长说，你不能去办这事。正好，我刚接了矿务局报社一个电话，下期《矿工报》要发咱们矿安全生产的经验，你得连夜把稿子写出来，明天一早就要送到报社去。保卫科那档子事，我给王科长作解释，你不要管了。

第二天，我准时将稿子送到报社，总编看完后提了点意见，我改完后，回到矿已经是下午五点多了。对保卫科那点儿事，我没有问，别人也没再提。我以为这事就算过去了，谁知又过了三四天，我正在办公室写材料，突然有人敲门，敲门声不高，而且只敲了三下。当时我的心思都集中在材料里，也没理会。稍过了一会儿，又是轻轻地三下敲门声，我没有抬头，只是高声地说："别敲了，进来吧！"门轻轻地开了，悄声地进来一个人，不是别人，正是归珊珊——二妹子。我立刻放下笔，站起身来："是珊珊呀，这是第一次来这儿吧。"说着，我给她拉过来一把椅子："没来过，就是贵客，坐吧，坐吧。"她坐下缓了缓气，说："听说你很忙，整天写材料。"我说："干的就是这工作。"她说："平时听外面的风声不多吧？"我意识到她可能要说我不想听的那事儿，就想把话支开，便问她："是不是演我那个戏本子，有的唱词不顺口，要让我改呀？说吧，咱们商量着改。"她摇了摇头，你这两天没听到有关我的什么谣传吗？我知道她要说什么，就像什么也不知道，还是想把话岔开：前天连夜写了一篇安全的稿子，送到报社了。没人找过我，更没听说什么。她无声地笑了笑，站起来自己倒了一杯水，一边喝一边很坦然地和我说了她要说的话："你别瞒我了，也没必要瞒我。更用不着晚上去转悠着抓我们，今天我来就是要给您把事情说个清清楚楚，你明白了，好去给领导解释，别让王科长老担心我们。"至此，我也没话可说了，干脆听她说说吧。

归珊珊，年轻貌美，声色清脆，能演戏会唱歌，说起话来头头是道句句在理，绝对能将每一句话都有板有眼地让对方听得清记得住，甚至能让你的情感跟着她的话语起伏波动。她今天要和我说什么，我心里也明白。但听她说起来还是很有故事性，真还能听下去。她开门见山地说："那天保卫科王科长找你已经过了三四天，你们认为可能过去了，没事了。但我心里过不去。今天来找你，占你点儿时间，就是要把这个事情说明白。"王科长和你说的那些事也不能说没有一点儿原因。你们矿把我调来两年多了，我演过四个戏，其中还有你写的一个剧本，就是《思前想后》，是忆苦思甜搞阶级教育的，反应很强烈，人们都说演得不错，这你清楚。唱过多少歌呢，没法算，记不清了。毫不含糊地说，矿上的工人都很喜欢我，对我也都很好，你们搞宣传的人也都了解。但有的情况你们不一定知道。矿上有些不好好上班的小嘎子们经常和地方上的小混子一起跟在我身后，有时候还喊些个脏话，不管是走在路上还是回了宿舍，总是提心吊胆。上了台我得放开胆子演戏，卸了妆总得低着头躲人。我和韩宝山是怎么认识的，怎么就会出来王科长跟你说的那些不三不四的传言。

说到这里，我给她的水杯加了点儿水，她润了润嗓子，又继续说起来。

去年五一节，晚会一结束，我赶紧卸妆，想早点儿赶回宿舍。可刚离开大礼堂不远，往西拐弯儿的地方，前边突然出来三个小后生，伸开胳膊拦住路，我见势不妙，赶紧往回转，可后边又有几个后生嬉皮笑脸地说，别走呀，和哥儿们玩儿会儿吧。我让他们闪开，他们说，我们又不打你骂你，就是想和你玩玩儿，怕什么。这时候有几个下班儿的老工人正好走过来，呵斥了他们一顿才放我过去了。可是没想到，还没到宿舍，他们又跟上来了。硬是要我和他们一块玩儿。口里还念叨着什么顺口溜儿：二妹子，你别走，哥们都想和你好，唱两句，亲一口，一辈子，忘不了。我很害怕，也不敢说什么，只是低着头不理他们。这时候，只听有人说了一句："保卫科的人来了。"那些家伙都像兔子一样跑得没影了。这时候我才抬起头来看了看，眼前正站着两个年轻人，我也不敢说话。还是人家做了自我介绍："我们俩是保卫科的，晚上值班，知道今天晚上有晚会，刚散戏，怕街上人多有什么事，来转转。你快回宿舍吧，他们不敢闹了。"我给他们鞠了个躬，轻轻地说了声谢谢，就赶紧回了宿舍。后来我从别人口里知道，那天保卫科那个让我快回宿舍的人就叫韩宝山。

自从我知道了保卫科这个韩宝山，心里就踏实了许多，保卫科不就是负责安全的吗？那个韩宝山不是还说怕散了戏，街上有人闹事，就来转转吧！啊哦，他们在做保卫工作，这就是我的依靠呀！于是我托人找到了保卫科值班室的电话。这一下，我心里踏实多了。年初，矿上开劳模大会，晚上要慰问演出，我想了又想，就壮着胆子给保卫科韩宝山打了个电话，接通了，我们都很高兴。他说很感谢我对他们的相信，让我安心演出，路上多加小心。那天我很踏实，演出很成功，真的是掌声不断。散场以后，我注意了大礼堂前后，还有道路口人多的地方，都有保卫科和派出所的人影。虽然没见到韩宝山，但我清楚，这可能和我给韩宝山的那个电话有关。

　　从这时候开始，我就听到有人说我和韩宝山的关系不一般，那时候我们还没见过面呀！大概就因为我们打过电话吧。但我不怕——身正不怕影子歪。后来我找过他两次，因为我发现有两个小流氓暗地跟上了我，我甩不开他们。思来想去就找韩宝山说了这事，想请他想想办法帮帮忙。他果然和派出所联系，共同对那两个小混子进行了教育，果真那俩小灰鬼不再跟我转了。大概就是因为这些吧，说我和韩宝山的传言就越来越多，可能多么难听的话都有，这里边可能有那些小灰鬼们说的，也会有一些群众跟着瞎传，甚至还会有保卫科内部的人说三道四，这些我能理解。但是作为保卫科科长，不但相信了这些传言，还找你们宣传部的人，说什么让团支部组织人转悠着注意我们，就是要抓我们呗！你是有文化的人，搞宣传的人，而且王科长找的就是你。所以我也来找你，这事，你不能不管。宣传队的事你们也应该管吧！我没有别的要求，就是请你把事情调查清楚，给找你的那位王科长讲清楚。叫他明白，我归珊珊是个什么人！别人说我的脏话，他作为领导不能再给我泼脏水！

我看她说得有点儿火气，再次给她倒了杯水，叫她缓一缓，别急，更不要气，有什么话慢慢说。并且告诉她，我一定会将她的话转告给对方。

她端起杯来微微抬了抬头，看了看我，我也正在注意她的表情。好像我这才第一次正面看到她并不是很大却很明亮而且总在闪闪发光的眼睛。这眼光里，好像还有闪动的波纹，就像是和对方在说话，大概早有人感觉到了这一点，要不怎么会有人说她眼里有勾引力，能把人勾住呢。看到这一点，我很快就将眼光调开了，平缓地问她，你还有什么要说的吗，把话说完吧。

他放下水杯，长长地吐了两口气。我有满肚子的话想说，真高兴你能抽时间听听我的心里话。人们都说你有文化，能写文章，还能编剧本，我今天也体会到了，你的确是个有水平的人。我赶紧拦住她："你要说这些话，我可就不听了。她说，这也是我心里的话嘛。我可不是吹捧你。"

我心里说，她很聪明啊。但是，我还是引导她说她心里的话，我说："你来矿上总的反映还是不错的，大多数工人都反映很好。"

我是你们矿专门去村里要来的，还给了一台修好的水泵。有人说我是用一台水泵换来的。那年村里特旱，那水泵还真起了很大作用。我来的时候村里人都嘱咐我要好好表现，要唱好演好宣传好，不给村里丢人抹黑。我来矿后，表现怎么样，你们搞宣传的人，还有工会的人，谁不清楚。我也闹不清后来咋就成了一些青年人的追随目标，还出来了那些不三不四的传言……有的还说什么我的眼睛让人心颤，还有什么身条呀，什么走路呀都有说法，甚至有人想到我都睡不好觉，你说我这成了什么人了？不瞒你说，平常我不敢梳妆的鲜艳一点儿；不敢穿戴得翘气一点；连走路说话什么的我也尽量注意学着和别人一样的架势，免得让别人又挑出毛病当成闲话的佐料。

现在连王科长这样的领导都让你们帮助我教育我。关键的关键是我自己也闹不清我错在了哪儿？我的眼睛明亮，我的脸盘儿翘气，我的身段苗条……这都是老天爷给的，这些我能改吗？怎么改。这些憋在肚子的话，我早想找人说说，吐吐满肚子的苦水，也想找人帮帮我，让我心里也明白明白，我到底咋做才对？现在好了，王科长找了你，我很高兴，我一定好好听听你的意见，真心是想得到点儿帮助呀。说完，她又抬起头来直面看着我。我又见到了她那双眼睛。

我掉转头，站起身来，在屋地转着圈儿，慢慢地说：不瞒你说，矿上为我采访写稿用，给买了一个小小的录音机，你今天的话，我都录下来了。如果你没意见，我会将这录音丝毫不动地送给我们宣传部乔部长和保卫科王科长，这样，他们就能直接听到你的心声，了解你的情况，比我汇报要周全得多，生动得多。我觉得他们听了你的录音，一定会加深对你的了解。王科长也会改变对你的一些看法，我个人意见，你不要为一些传言烦心苦恼，该咋做就咋做，该咋说就咋说，该咋走就咋走，别拿心，别扭捏，一切都出于本色就好。要相信大多数人是会分清是非的，公道自在人心。想宽点儿，别灰心，堂堂正正地往前走吧。最后我要告诉你一句：我就是个干事，办具体事儿的，写材料的，帮不了你什么大忙，但该我做的我能做的我会努力去做，能力不大，水平不高，可我会尽力。

看样子，她对今天的交谈挺满意，留下了两句客气话，便轻快地转身开门离去了，给屋里留下的是一个美丽而生动的身影，这大概也是一种魅力，也难怪有的青年后生总想跟在她身后转来转去。

第二天我向乔部长汇报了归珊珊找我谈话的情况，同时也上交了录音。又过了几天，乔部长说，录音我听了，也转给了王科长。咱们俩一起再去找找王科长，跟他说说情况吧，他年纪大了，我上次和他谈，他说他听到的反映挺多，是怕年轻人犯错误才找你的，想让你们团组织多帮助他们。老汉也是好心哪。咱们将情况给他摆清楚，让他知道了真相，听听他的意见，商量商量下一步咋办。老汉一向对工作是很负责任的，他听了录音或许会有新的想法。他要明白了真相，大家一起再给群众做工作，归珊珊的处境会慢慢好起来的。

我和乔部长又商量了一会儿，就去保卫科见了王科长。

王科长已经到了快退休的年龄，是个很热情又心直口快的老干部。我们进了屋还没坐下，他就笑着开口说："录音我都听了，以前有些事情我了解不全面，光听个别人的反映，没见过更不了解那个大概是长得挺俊的丫头。这就叫片面，对吧？我已经找了韩宝山，向他认了个错，也提出了他要注意的地方。我们商量了，今后保卫科要和派出所多联系，配合好，加强大型群众性活动的保卫工作。不能让那些社会渣子干扰社会治安，得让那些女娃们能安心地生活，放心地演唱，哈哈，光顾我说了，你们快坐，快坐，我老了，跟不上时代，得多听你们的意见呀！哈哈。"

乔部长高兴地握着老汉的手，摇了又摇，你可不老，脑子比我们活动得还快。今天想和你商量的事，你都想到了，而且都找韩宝山谈了话，你做得太好了。姜还是老的辣，王科长，真心讲，得好好向你学习呀。乔部长还没说完，这老干部就又插了话："我有什么好学的，文化没你们高，又是个直筒子。可我真还想到，你们宣传部得多和工会呀、共青团呀，还有宣队呀……反正是有关的部门吧，做些工作，对男男女女的事儿不要背地瞎说，说三道四的，那不好，对个人对工作都不好。我说的也不一定对，作这工作，你们比我有经验，我们把社会治安这一块儿管好一点儿就行了。剩下的事儿，你们有办法，能办好。他说着说着，突然像想起了什么，你们看我这人，光顾自己说了，快！你们快说吧。不管什么事儿，研究研究就会有办法的，哈哈哈，乔部长，你是搞宣传的，你们快说说吧。

以前我和王科长打交道不多，他找我说二妹子和韩宝山的事，给我的印象不是很好。现在看来，这是个很可爱的老干部。听他这么一说，这工作就已经考虑得很周到了。乔部长听了也很高兴。我们就按照老干部说的框架，又往细里商量了一番，决定由保卫科牵头对社会治安特别是那几个社会上的小混混要加强管理和教育。乔部长主动说要马上联系工会和团委，用多种形式深入细致地尽量多做些群众工作。商量完了，我们都很高兴。老干部王科长笑着送我们到门口，临分手还拍着我的肩膀说："你告诉二妹子，还是叫珊珊吧，我以前掌握情况不全面，想得也简单了点儿，叫她别在意，好好工作吧。"听了这话，我还挺感动。对王科长说："请放心，我一定会把您的意思传达给她。"

离开保卫科后，乔部长一边走一边对我说："我们除了要做好面儿上的工作外，还得加强宣传队本身的建设，你要多注意珊珊的思想情况，多了解多谈心。"这个人很引大家注意，他的言谈举止不仅对宣传队有影响，不少工人特别是青年工人都会看在眼里，这些你都了解，多辛苦一点儿，多做工作吧。我说："她在演戏和唱歌的同时也学了很多文化知识，又很聪明伶俐，做她的工作也不容易，但我会努力去做。"

这以后，那些社会小混混真的不敢跟在二妹子身后转了，社会上一些不三不四的传言也少了，宣传队乘势新拍了晋剧《龙江颂》，珊珊饰演主要人物江水英。这个剧演得很成功，全矿上下都拍手叫好。二妹子这个人也更成了工人眼中的红人。

这样平静地过了大约一年吧，突然看大礼堂的杜大来找我。这老汉原是矿上机电修配厂的电工，对工作认真，对工友忠厚热情，是矿上多年的劳模。他还有个好嗓子，以前在他们县晋剧团演过几年老生。来矿后，矿上有什么宣传活动，也少不了请他喊上两嗓子。退休后，工会又聘他到大礼堂工作，任务简单又复杂，除了黑夜白天负责看门，还有内外卫生和灯光电路的维护等。至于各种大型会议文化活动以及剧团的排练等，他更是不能远离。说起来，杜大就是个看礼堂的退休工人，可是有好多好多的事情都得找他，所以就有好多好多的人，包括各级领导，各个工种，也包括老老少少和男男女女也少不了找他。今天他来找我，我预感就是为别人的事。我和这位老人，平常联系很多，我很尊敬他，平常都是称他杜大爷。如果他有什么难事要我帮忙，只要我能办，我不会拒绝他。

但是，今天他说的这件事，我还真没答应。

杜大，坐在我的对面，双手端起我刚为他泡好的茶水，轻轻地吹了两下，又放下了。他微微地笑了笑，脸上的沟纹也放开了，表现出他内心的喜悦和自信。他声音不高，粗粗的，挺清亮。咱们还是先说吧，我有件很头痛的事，想求你帮帮忙。说起来，这也不是我的事，可总在我心头搅活着，挺麻烦。

我一直认真听着他说，脑子里也在想，但一直没插话。怕打乱他的思路，让他自己说出来的，才是他最想说的。

今天我找你要说的这个人，你很熟悉，也了解，就是咱们的宣传队的归珊珊，众人口里的二妹子。这一段那些坏孩子们倒没有纠缠她，她也能集中精力演戏了，你看这台《龙江颂》演得多好呀。咱们都很高兴，是吧！可是因为她，我现在连觉都睡不好，这些事你大概不清楚。我跟你说吧，至少有三个都挺不错的后生想和她谈对象，说我处人好，又常接触她，就想托我当媒人，有两个我已经拒绝了，肯定是把人伤了，我只是个大礼堂看门的，和那些演戏的人虽说常见面，但也没什么深交。就说二妹子吧，那孩子见面就喊杜大爷，看起来也真的对我挺敬重，可人家心里想啥我咋能知道。因为最近老有人找我想和她谈对象，我还真的找机会打听过她一次。她很干脆，说现在根本不想这事。

听到这里，我不能不说话了："这不就完了嘛，你老还麻烦啥？"

你知道我还没有拒绝的那后生是谁？也许你知道他的名字，叫武振山，刚参加工作时，跟我学过徒。这后生忠厚老实，学技术又下功夫，现在已经当了两年矿上的劳模，长相也不错，个头比你还高点儿，反正哪样都没挑的。他已经找过我三次，就说看对二妹子了，硬缠着我不放。

他喝了口水，放低声音说："不瞒你说，这事还有一层意思，这孩子是咱们矿机电副矿长的独子。这个副矿长你也熟悉，我当电工的时候，他是我们的队长，也相处多年了，我实在没办法了，就又觍着脸找过几次二妹子。她很客气，笑着对我说：'杜大爷，您别操心了，我和您说过，我现在不找，谢谢您了。'就这么干脆利索地顶回来了。"

我实在憋得没办法，真想和过去唱黑头一样敞开嗓子喊两声。想来想去，就想到你，想请你帮个忙，找二妹子说说，我从多方面观察，她对你挺尊重挺佩服，说你有文化，懂情理。

这时，我赶紧打断了他的话："您老别说了，您一边说我一边想，现在我都明白了。杜大爷，要是别的事，您交给我的任务，我肯定要完成。可是这事，真对不起，从哪方面说，我也不能插这个手，帮不了这个忙，您已经都和她说开了，就再下点儿功夫，多说几遍，好事多磨嘛。"

杜大听完后，脸上没有表情地嘿嘿了两声，说："明白，我明白。"说着就站起身来，往外走。我赶紧站起来，扶着他的胳膊送到门外。这事以后，他没再找过我，我也很少去礼堂，而且一段时间也没听过二妹子什么传言。一来我工作很忙，二来也不想多知道这些事，慢慢地也就不再想杜大说的那档子事了。可万万没想到，突然有一天，二妹子又轻轻地敲了三下门，来找我了。没等我说话，她就问我："忙吗？我有点儿事想和你说说。"我说："你是我们的宣传骨干，是贵客，再忙也得听你说，是不是有的唱词又不顺口了？想找我商量怎么改？"她轻轻地摇了摇头，有点儿不好意思地说："今天不说工作，是私事儿。"我打了个愣怔，没马上说话。她反应很快："知道你不想听私事儿，可我想来想去，就想和你说说。"我赶紧回答她："说吧、说吧，想听。"

那我可就说了。我一边给她涮杯倒水，一边说："你喝口水，慢慢说，我听着。"于是，她便轻声地但很清晰地说起来："说是私事儿就是我个人的事儿，说白了，就是谈朋友找对象的事儿。这些天已经有三个人托人找过我，现在我还不想谈这个问题，都拒绝了。可有一个没完没了，杜大爷也从中用劲儿，近来还领那后生和我见了几次面。老汉说他求过你，可是你不管。今天我来，也是想听听你的意思。"

我说："对这个问题，我没任何意思。"

她说："可我就是想听听你的看法，我总觉得你看问题比我们准确深刻，所以我才来求你。"我没等她说下去，赶紧插话："这个问题，谁的看法都不行，只有一个人说了算，那就是你自己。"她明亮的双眼，机智地闪烁了两下，说："我明白你的意思，是要让我把心里的话都说出来，你才能说你的看法。"那好吧，我现在就把我的意思一股脑儿地都亮给你，那你可得说出你的想法呀！

我说："听了你的意见后再看情况吧。"

她轻轻地笑了笑："对这事儿，到现在我和谁都还没说过的心里话，包括我的爹妈和杜大爷也没说过，看来今天得先和你说说。从各方面看，我对武振山的看法不错。见他后第一印象就是忠厚老实，长得也不错，五官端正，身条略高且挺拔。听说还是技术能手，矿上的劳模。是独子，他爸还是个副矿长，应该说从哪方面看都是可以的。让别的姑娘看，想找还不一定能找上。可是我心里还总是觉得有什么地方没摸清他思想深处的底细，总觉得好像是他精神世界还缺少些什么，后来我朦朦胧胧地感觉，他缺少的似乎就是人们常说的主心骨，平常我们见面，总是我说什么，他都是笑着点头，或者含含糊糊地随上两句。可能有人认为这是个优点，将来能听女人的话呀。可我认为，一个没有主见的男人是挺不起腰的男人。就和唱戏一样，到了台上也当不了主角，只能跑龙套。这话我没有和别人说过。今天既然和你说了，也不怕你笑话。因为我想听到你心底的真话。"

我说，听了你的话，我挺感动，人们平时都叫你二妹子，总觉得你还是个长得漂亮又能说会唱、人见人爱的小姑娘；现在看，有点儿小看你了。今天我才恍然大悟：其实你的思想已经很成熟了，看问题也很深刻很全面，今后真的刮目相看。对武振山，我了解得也不多，现在是得找到问题的关键，然后就得说你们在相处中怎么互相帮助了，这也许是你们今后的关系怎么发展的关键。你认识到这关键到底是在哪儿吗？

他用明亮的眼睛直直地看了我两眼，笑着说："你真厉害，看来我没想好的话也得说给你。对这个问题，我还真用脑子反复地想过，想来想去，想出来三个字——没文化。我也不知道对不对，这话也不能对别人说，传出去对人家不好。跟你说，就是为听听你的意思。"

我一时还真没有什么话来回答她。便伸手取杯，这时她轻快地站起身来为我倒了一杯水，说："对不起，让你为难了，这毕竟是私事，说的都是心里的私话，也为的是听听你心里话，都是互相启发帮助呗。"

我端起杯来喝了口水，边想边说，你对武振山的认识和分析，我觉得都是对的。这么好的一个青年工人，真还难找，你不答应，想看一段时间再说，也应该，但心里要有数，不可拖得时间太长。人们不是常说，过了这个村儿，不一定再能找上这个店儿。说到这里，我又喝了口水；她静静地听着，没有说话。我问她："我说的是心里话吗？"她重重地点了点头："是。"我明白了你的意思。可是你还没说完，我很想听到后边的话，我放下水杯，看了看她真切等待的样子，说："你们怎么相处，怎么帮助，不用我说，你会处理好的，我相信你。"他扑哧笑了："你在夸我，实际是不想帮我了。那可不行，你一定还得说下去。"她又站起来给杯里添了点儿水，再润润嗓子，我等着听，你说到的问题，我也没个成熟的看法。你说他没文化，听说他是高中没毕业。这时候她马上接过话茬儿，我不是说什么学校毕业的那种文化，我说的是在生活中能看准问题，会解决困难，可办成事情的那种文化，说得对不对，反正我就是这么想的。你说从古至今各剧种都唱的《秦香莲》，她是什么文化，一个女人领着两个孩子，千辛万苦跑到京城，经过"闯宫""卖唱""杀庙"，特别是到最后连"包公"都没办法，要给她三百两银子打发她回家，可最后她含泪将银子送还"老包"，致使"老包"最终坚持了正义。我可想哩，她该是个顶有文化的女人。阿庆嫂能智斗刁德一，她的智算不算文化？再说我们刚演的《龙江颂》，江水英能站在高处，看到远处，还能帮助别人远看再远看……我觉得秦香莲和江水英她们都是很有文化的人，她看了我一眼，紧接着说："你别拦我，叫我把话说完，我要说说这些天我亲身的经历。"王科长这位老领导，让你组织团支部抓我们，如果你真那么做，就会闹个满城风雨，那我还怎么活？还有韩宝山呢，他有家室啊……这后果不可想象。可你没有那么做，还将我述说真相的录音带交给他，我绝不是夸你，这事办得太棒了！王科长其实是个好人，那么一个老干部，还让你拐弯抹角儿地替他给我道了歉。不瞒你说，我感动得眼泪都掉下来了，我亲身体会到这事办得太棒了。我理解这都是文化，没文化能把事情办好吗？我们演的戏，唱的歌，日常生活和工作到处都有文化，没文化的人，就少不了到处碰壁。我认为武振山在这方面是有缺欠的，今天我该说的也说了，不该说的也说了，反正是我心里的话都掏给你了。你说吧，你要不说，可就真对不起我今天跑这一趟了。

坐在我面前的这个刚20多岁的姑娘，看上去清纯而亮丽、俊俏而标致，听了她刚才说的那一切，我才真切地认识到，她的精神世界更是让人想象不到的聪慧且伶俐、智广且深湛。这也使我大大地加深了对戏剧、演唱等艺术活动的认识，这就是培养珊珊文化素养的学校。我好像还没有想过她提到的那些文化方面的问题，对此，我真的是无话可说。最后就只好实话实说了："关于文化方面的话题太大，你要叫我说心里话，到这份儿上，我也

只能明明白白地说了：一是和武振山你应该真心处下去，不要三
心二意；二是我觉得不能笼统地说他没文化，他爱技术学技术这
和学文化也不能截然分开的。对他的缺点，最好在你们相处中耐
心地帮助他。在实践中互相分析问题处理问题，这也许就是你刚
才说的文化。这文化是要在实践中学习提高呀。今天我把心里话
一点儿都不含糊地对你说了，对还是不对，我也不能肯定，你在
实际生活中慢慢思考吧。"

她平静地坐在我面前，没看到她靓丽的脸庞上有什么喜
色，也没呈现一点点不悦，她只是轻轻地点着头，发出了轻微但
也清脆声音："是的，这是你的真心话，我听明白了，完全明白
了，这话像是自语，又像是对我说。"我便又说了一句："我相信
你的聪明智慧。"这时，她一边笑着起身一边说："每和你谈一
次话，就像听一堂文化课，都得好好消化消化。"我说："都是互
相启发互相帮助吧。"她握着我的手说："说不定啥时我还会来找
你，可别嫌麻烦呀。"

我说："等着你的好消息。"

他甜甜地笑了笑，说了声谢谢，再没说别的，就转身出了
屋门。

我心里的话已经和她说明了，她的回答是要好好消化消化。
结果会怎么样，那就且看下回分解吧。

过了不到两个月，珊珊给我打来一个电话，说她妈给她捎来
口信，要她回一趟家，她要请假回家看看。我没问她和武振山的
事儿，只是说："那好呀，你的事儿也该和家长商量商量。我以
为这是件好事儿，可能是真的和家长商量去了。万万没想到，没

过几天，杜大突然跑来，讲了一个很是让我吃惊的消息。"

珊珊那天离开我这儿后，又找过杜大，商量如何帮助武振山提高文化水平，还给他买过两本什么书，杜大说，看样子很有希望，我也很高兴。没想到就在这时候，她妈又是捎信儿又是派人来，硬是让她回村一趟。后来才算打听清了，原来是她爹妈在村里也给她找了个对象。这个对象是县里一个科长的孩子，早年间，他们俩还小的时候都在县剧团学戏，还一起演过《梁山伯与祝英台》。后来县剧团解散了，他们也就各自回了家。现在，传说县里又要成立剧团，于是珊珊的爹妈就着急让她赶紧回去，杜大结结巴巴地说得很急，有时候不知道是口水还是鼻涕直往下流，我两次递给他纸巾，他也顾不上擦。最后总算是把事情说清了。

他问我："你明白了吗？"我说："明白了。"您喝口水，缓缓气吧。

他问我："咋办？"我说："等吧，等到她的消息，再说。"

他说："没想到这事这么复杂！你再想想，我回吧。"

他无奈地走了，我也无奈地坐下来。

这时候，屋里出奇的安静，围绕珊珊的故事我想了又想。不知怎么就想到早年间听过的一首叫《美酒加咖啡》的歌，歌中有句词"明知爱情像流水，管它去爱谁……"，听了这歌，人们的感受肯定是不一样的。美酒也好，咖啡也好，只能解除感情的郁闷和犹豫，但解决不了爱谁和不爱谁的问题。珊珊的故事还没完，看情况越来越复杂，现在无论是饮美酒还是喝咖啡都无法写下去了，因为故事还没结尾。这个结尾只能由珊珊自己写。我顺手端起了一杯茶，这不是美酒也不是咖啡，只是一杯茶水。想了想，这茶水喝下去也许更美味更实惠。姗姗的故事现在写不下去了，只好请读者朋友们和我一起耐心等待着下回分解吧。

三个同学一出戏

.

　　赵庄的赵老柱是个侍弄庄稼的能手，也是理家过日子的好手。而且待人忠厚干活勤快，人缘儿很好。在村里虽然算不上首富，日子过得也算富裕滋润。现在，他最烦心而且很焦急的头等大事是想让老伴给他生个儿子，他的祖辈连续四代都是单传，眼看自己就要五十了，膝下还仅是两个女儿，没有男娃。为这事，他和老伴儿吃不下睡不着，整天都思谋的是要生个儿子。前几天老伴儿的身子忽然有了点儿新动向，赵老柱听了，双手合十连连祈求：老天保佑，我家不会断后。不久，老伴儿果真为他生了个七斤多重的大胖小子。过满月那天，大家除了高兴、喝酒、祝贺以外，还七嘴八舌地争着为孩子起名儿，有的说这孩子福大命大造化大，一定会给全家全村都带来好运，就叫福运吧；有的说，这孩子来到这家又宝贵又高贵，一辈子都会是贵人，还是叫贵贵好；还有的提到什么有财呀、金娃呀，请客后，赵老柱一家，又请了村里一位有威望的老先生参加，很郑重地商量了一番，最后就决定为这孩子起名，叫贵贵。

　　赵贵贵从小就聪明伶俐，在学校更是刻苦用功，从小学到初中，每次考试都是班里的前三名，后来又顺利地考入县城的高级中学。到这时候，赵贵贵就不知不觉地成了学校的名人儿，同时也成了赵庄的文化人儿，不但老师和同学们都齐声夸赞，就连乡亲们说起来也都为村里有这么个好孩子喜笑颜开，高兴村里能出个有出息的好孩子。

　　到了高中，赵贵贵仍然是班里的尖子学生，不但学习成绩突出，而且和同学相处也都很好，现在已经读到高三，从来也没听到同学中有人说赵贵贵的不是。说起来，同学们都是赞许和夸奖。特别是佩服他的语文和英语成绩都很突出，班主任李老师常常将他的作文念给大家听，有什么重点或难点题目，也往往是叫他站起来回答。有一次李老师像讲故事一样，给大家出了一个题，让同学们思考该怎么解答。

　　这个题是：两个轿夫抬着一顶轿子，里面坐着一位贵妇人。轿夫问夫人："夫人的'夫'字和轿夫的'夫'字，有什么区别？"……老师说："请同学们想一想，这位夫人该如何回答？"老师讲完后，教室里一片寂静，老师在教室转了一圈儿又站在了讲台上，问："哪位同学有了答案？"教室里寂静无声，过了好一阵儿也没有回答。老师又问了一句："大家都没有答案吗？"这时候，赵贵贵有些犹豫地站起来，还有点儿不好意思地眨了眨眼，说："老师，我想了一个，不知道对不对，要是不对，请老师和同学们指正吧。老师很高兴，你说说看。贵贵说，我的答案要是错了，大家再讨论。互相帮助吧。我想，夫人可能这样回答：夫人的'夫'是'一大'；轿夫的'夫'是'二人'。"老师高兴地说："你想得很好，这个题有些文字的内容，还有些更深层的含义。同学们快要高中毕业了，多动动脑子对我们学习语文是有帮助的。"这时，班里的很多同学都不约而同地把敬重和羡慕的眼光投向了赵贵贵，他却不好意思地低下头，悄悄地坐下了。

这个年龄段的学生们除了集中学文化以外，有的脑海里好像就时隐时现地会呈现出一些小小的波涛，这些想法是什么？除了升学呀，就业呀，似乎有的还朦朦胧胧的有点儿爱情味道。赵贵贵旁边的课桌后，坐的是一位女同学，叫郑爱忠。她是和赵庄一里之遥的平庄人。这孩子白净的脸上常常带着笑容，言语不多，声调不高，好像对周围什么事情都不惊不乍，整天就是从课堂到宿舍翻课本写作业，学习成绩不能说是很好，但各门功课也都在中等以上。她特别突出的是数学，无论是笔试还是口答，几乎没出过差错。对此，全班同学都不能不刮目相看。谁也没想到，就在这时候，有一个小小的纸条在同学中悄然传开。纸条上写的是一首诗。

贵贵于县中，爱上人一名，要问哪一个，平庄郑爱忠。

班主任李老师了解到情况后，赶紧把纸条收回，又找了几名骨干同学商量这事。大家都说，绝对没有发现赵贵贵和郑爱忠有过任何一点超越正常接触的言行。大家认为赵贵贵和郑爱忠都是班里优秀的学生，现在正准备毕业考试，他们不会有这事儿；有两个学生很气愤地说，写纸条的人是要把咱们班很好的学习气氛闹乱，该找出来好好整一整，老师说，纸条的事不要再传了，我们都做做工作，千万不能把同学们的思想搞乱，如果了解到纸条是谁写的，也不要嚷嚷，闹清情况再说。

没过几天，班里个头最高年龄最大的马壮壮来找班主任李老师。他直言不讳，进门就对李老师说：李老师，我来说明一件事，那个纸条是我写的。"李老师说："你坐下说吧。"壮壮仍然站得直直地说："我觉得赵贵贵和郑爱忠的座位离着很近，学习成绩又都很优秀，他们肯定相爱了，那天贵贵回答'夫人坐轿的故事'时，郑爱忠看他的时候，眼睛直直地就有一股很不寻常的目光……怎么说呢，反正是让我觉得她有点过度的兴奋了，我想写这个纸条试探试探，如果他们真的相爱，我也不干扰，能帮我肯定还要帮助；如果没有这事，毕业前我想向郑爱忠提出我的追求——闹成更好，闹不成就拉倒呗。就是这么个想法，李老师，我错了吗？我想这也没啥错吧？"

李老师很严肃地说："你在课堂上，不集中精神好好学习，去注意女生的眼光，这还不是错误吗？你为了达到自己的目的猜想别人的私事，还要写成纸条在班里传递，这本身就更是严重的错误。再说，现在正是准备毕业考试，全班同学都在集中精力学习，你这个纸条打乱了全班的学习气氛，后果很不好。这消息要是再传到别的班去，影响就更大了。"

马壮壮有点儿迷惑地看着李老师，沉着脸想说话，但没有说出来，过了一阵儿，才低着头说："也许是我错了吧，但我绝对没有歹意，其实我很佩服赵贵贵。"接下来他就再不说话了。李老师说："你先回去想想吧。"这期间不能再提纸条上的那些事，多想想自己错在哪儿了，想通了，再来找我。现在你也应该把精力用在学习上，准备准备毕业考试了。马壮壮沉重地点了点头说："那我好好检查吧。"马壮壮似乎有点儿明白了，他吭吭哧哧的还想说什么，但终于也没再说个啥，只是深深地给老师鞠了个躬，就转身走了。

在这时候，几乎所有同学都意识到，自己无忧无虑的少年时代马上就要结束了。此时此刻的学习，不仅关系到毕业考试，而且还关系到毕业后的下一步怎么走，升学呀，就业呀，回村务农呀……这真是人生一个最关键的岔道口。眼下，大概除了马壮壮以外，没几个同学能顾上思谋那纸条的事儿，班里的学习气氛几乎没有受到什么影响。全班同学都还是紧张地看书、做题、互相提问、启发，有的甚至是白天加黑夜连轴转。

看到毕业班的同学太紧张太劳累，学校决定给他们放两天假休息休息。放假的第一天早晨，赵贵贵背上书包刚走出县城，在一个路岔口就遇上了郑爱忠，他有点儿惊，也有点儿喜，忙问："你也是回家吗？"她高兴地说："我们顺路，一起走吧。"说着，两个人就并肩走在一条还算平坦的乡间小路上。她说："早想找机会和你说几句话，一来学习很忙，二来机会也不好找，一直也没说。"他说："我知道你想说什么，现在快说吧。"她说："你既然知道，你就先说呗。"他没有马上回答她，却扯了一些学习上的事。两个人散步似的又走了一段儿，见路旁的山坡下，有一块挺大的石头。她说："咱们坐下休息会儿吧。"他没说话，就同她相跟着到石头那儿坐下了。

塞外初夏的微风轻歌曼舞似的围上来，抚摸着他们的脸膛，也抚摸着他们的感觉，他们都同时体会到了一种少有的轻快和美味，两个人微笑着相互看了看，但都没有说话。

过一阵儿，还是她先开了口："不知道看到那个纸条你有什么感觉？"

这个纸条写得很无聊。好作用没有，坏作用不小。

不说这些，我想听听你对纸条上写的内容怎么想？

我们正处在人生的一个重要拐点，这个节骨眼上不能也不该多想纸条上写的那些事。

既然有人写出来了，不能也不会一点儿都不想吧。

想了，我觉得这事要往后放一放再说。

纸条上写了我的名字，考虑了没有，不知道是什么感觉？

考虑了，当然考虑了。我对你一直印象很好，而且看了纸条我很高兴，说明别人也看我们俩很好，不管是谁写的，把我们写在一起，我就高兴。

"我明白了。"

"明白什么？"

"明白你的心了。"

"你明白了我的心，可我还没听到你看了那纸条有什么感觉？"

"想让你猜猜。"

"我猜不出来，还是想听听你是什么心情，怎么个想法。"

她抿嘴笑了笑，正要开口的时候，却看到从城那边又走过来一个人。走近一看，不是别人，正是他们的同班同学马壮壮。三个同学碰到一块儿，马上就喜笑颜开地热闹起来。壮壮说："放这两天假我本没打算回家，想抓紧复习复习功课，可是坐不住，还是回家看看吧。遇到你们，我很高兴，也是我的运气，说不定我会添点儿灵气，哈哈……贵贵说，你本来学习就不错嘛，这一段谁都不敢放松。"三个人不知不觉地就又谈到了学习上。谈着谈着，郑爱忠像突然发现了什么，哎呀，我得拐弯了，咱们兵分两路吧。原来这时他们走到了一个三岔路口：往北的一条小路，通向平庄；向南的一条通向赵庄和马庄（马壮壮就是马庄的人），他们便在这里摆手道别，郑爱忠独自一人往北路走了，赵贵贵和马壮壮相跟着走向了南路。

赵庄、平庄和马庄这三个村相距很近，相传早年间三个村吃的是一口井的水，一个村的公鸡打鸣，三个村的人都知道天明了该穿衣下炕了，至于各村的热门儿话题和张家长李家短一类的寡言碎语也都会很快传开。所以赵贵贵、郑爱忠和马壮壮在村里甚至在家里的情况，他们也都多少互相了解一些。

赵贵贵和马壮壮并肩走了几步，壮壮突然说："贵贵呀，你现在是好事多多，喜事连连呀。"

"你瞎说什么呀？"

"你学习成绩优秀，老师常常表扬，这是好事吧？男女同学都崇敬你夸奖你看好你，有的还靠近你，这更是好事吧？我前几天回了一趟家，村里人都传说你老爸又盖了一桩新房，是为你娶媳妇准备的，这是喜事吧。还有呢，我们村有一个最最漂亮的姑娘，全村的一枝花，叫王桂花。她妈就是个媒婆。人家已经两次亲自上门找到你老爸老妈，硬是要将她女儿嫁给你，人们不是常说嘛，平庄的墙高，赵庄的房好。马庄的姑娘不用挑，这是老祖宗传下来的话，都是有说道的，不会有假！这么跟你说吧，马庄的姑娘都是花，最香最美的那朵就是王桂花，没人可比。这门亲事要成了，还不是你特大的喜事吗！听说你老爸对这门亲事特高兴，因为老人们还有个传说，不知道是哪年哪月，说马庄一年出嫁了五个姑娘，她们头胎都生的男娃。这又成了马庄姑娘的一个传统优势，娶马庄的姑娘不断后。这可能都是无稽之谈，但传的年久了，人们都当好话听，信不信，那就看自己了。"

贵贵听了这些很生气，他板起脸严肃地说："这简直是胡说八道，这些事绝对不能乱说！我们都是高中学生，今后可不能再说些乱七八糟的东西了。"

壮壮也很认真地说："我绝对没有瞎说，桂花她妈亲口对村里人说的，我半月前回来，村里人都传遍了，你老爸可能是怕影响你学习，还没跟你说。"

贵贵觉得有点儿头晕，他似乎也再没有什么话可说，这时，正好到了赵庄的村头，两人都没再说话，贵贵便低着头进村了。走了几步，后边又传来壮壮的喊声："好同学，别生气，好事喜事咱不再提，攒足精神，加劲儿学习吧，哈哈。"

贵贵还没进家门，就看到了那桩挺漂亮的新房，心里便咯噔一下：看来壮壮说的还真是实话，一种无名的不快之感便恍然笼罩了心间。他刚一推门进院，妈妈领头还有两个姐姐就都高兴地迎出来了，妈妈一边为他拍打身上的土，一边说："我们早就等你呢，路上耽误了吧？咋老等也不来呢。"这时候，老爸才笑嘻嘻地赶过来接着说："那都是你心急的过，别在院里说了，快进屋吧。"

进了屋，大姐打洗脸水，二姐沏茶，就像对待客人一样。妈妈拉着贵贵的手："你咋这长时间也不回来看看呀？这一段时间可把你爹累坏了，你还没看，这新房总算盖起来了。等会儿进去看看，你肯定高兴。"二姐插话说："还有高兴的呢，马庄的那个王桂花呀，长得可漂亮了，真不愧是马庄的姑娘，就是没挑的。"

贵贵洗完脸，喝了两口水，一直没说话，他只是静静地听着，脸上一点儿喜色也没有，偶尔看两眼老爸，但老爸也没说话，布满沟纹的脸上显得有点过于庄重。

贵贵毫无表情地说："这事我不了解也不想了解。我在上学，马上就要毕业考试，还有升学考试，别的事，我现在根本没想，也不能想。你们说的那些事，我现在不能考虑。"

老爸很郑重地说："这么大的事，你得有个想法吧，你对家里这一阵子的忙乱，也得有个说法吧！家里忙乱的都是大事，也都是你的事！你说两句学习、学习，考试、考试……就算完了？你老大不小了，该懂事了呀！"老头子的声音越来越高，这显然是很生气的样子。刚开始屋里那种热烈欢快的气氛，这时一扫而光了，妈妈和姐姐们都没说话，或者是不敢吱声。贵贵还是平静地坐着，屋里似乎只能听到老爸粗粗的出气声。

妈妈和姐姐们终于憋不住了，她们你一言我一语。贵贵，你没听清吗？你咋不吱声呀？你没看出来？爸爸生气了，妈妈带点儿劝说的口气："看你这孩子，你总得和老爸说说心里话呀，好孩子，别让老爸生气，老爸都七十了，把你们一个个养大，又把这个家打闹成现在这个样子多不容易呀。他想得多，想得远，现在的事以后的事，他都得想，这还不都是为了咱们这个家吗，还不是为了你。"

贵贵听着老妈这些心底里的话，看着屋里这种使人窒息的气氛，感觉有一种抓耳挠腮又难以言表的麻烦。也怪，就在这时候马壮壮在回家路上说的那些话又在心里回想起来，这更让他烦躁无比！现在该咋办？无话可说，但又不能不说。憋了半天，只好无可奈何地说："你们老人，也别想那么多。我刚才都说了，再没什么可说的，要说就是再重复一句，我现在不谈个人问题，我还年轻，我得学习……家里也得理解我呀。老爸老妈你们也别生气，放宽心，好好保重身体吧，我的事，我自己以后会办好。"

屋里大概又出现了三四分钟的沉默，突然，老爸放高了声音说："算了！都别说了，晌午了，安排吃饭吧。"

全家人好不容易凑在一起吃顿饭，大家都表现出比较平和高兴的样子，可吃完饭不久，贵贵就背起书包说："我今天得赶回学校去，还有好多作业没做完，毕业后我还要考大学，压力挺大。老爸老妈你们什么也不要多想，也不要太累，多保重身体呀。我的好姐姐们，多替我照顾爸妈吧。"

听了这话，家里人一下都愣住了，大眼瞪小眼，互相看着，没人说话。老爸耷拉着脸，嘴唇颤抖了几下，但没出声。老妈憋了一阵，缓了缓气终于以颤抖的声音责备起贵贵来，你这孩子，怎么上学上的不懂事了，就非得今天走不行？你老爸这些天累得满身都是病，你就不能在家陪一天？两个姐姐也你一言我一语都劝他在家住一天，贵贵心里想，住一天还是这些话，越听越烦——眼前是人生的一个关键路口，我绝对不能走错。但他没想到正是要迈步往前走的时候，在家里却遇上了这么大的一个陡坡儿。他该咋办？面对着家人的每一张脸，想了又想……最后还是坚定地说："求求老爸老妈理解儿子吧，你们别多想，好好保重身体，我想好了，还是得今天回。"说完，就背起书包往外走，家里人都没来得及说话，贵贵也没有回头，就出院了。

回校第二天，贵贵见书包里有个纸条，上面写着："你家的事，我在村里就听说了。别影响学习，集中精力准备考试。"他当然知道这是谁写的。他也写了纸条告诉她：在关键的时刻要迈好关键的一步，祝你考个好大学。他将纸条夹在书里塞到了她的书包。

期终考试一结束，就算高中毕业了。这时，班里出现了几天小小的混乱，互赠礼物，个人留影纪念，集体合影，家庭富裕的学生，有的还到外边聚聚餐散散步，也有的同学除了集体照以外，没参加什么零碎活动，他们还是集中精力抓紧时间学习。这里边就包括赵贵贵和郑爱忠。另有一个同学也没多参加这些活动，他早早地回家了，这就是马壮壮。

马壮壮上次回家，又了解到不少关于王桂花和她婚事的传说，还精心打听到赵贵贵家里特别是贵贵本人对这门亲事的态度。他的心情也很复杂，说不清是欣喜振奋还是踌躇不安，他和王桂花一至五年级都是同学，都了解，也能学到一块儿玩儿到一块儿。王桂花的妈妈年轻时在一家雁北棒子剧团学过两年戏，她更看重容貌，说我们桂花就靠这长相，日后也不愁吃香喝辣的！女娃家总上什么学，找个好男人都有了。马壮壮很清楚，这老娘之所以要积极主动地上门找赵老柱的儿子，是因为她看中了这三点：一是赵家的光景富裕滋润，新房新院儿，福气满堂；二是赵贵贵是独子，将来所有这一切还不都是自家的吗？三是，赵贵贵这孩子聪明伶俐，学习努力，村里人都说这娃满身贵气，前途无量。马壮壮对王桂花娘俩的心思分析得一清二楚。自从他了解到赵贵贵对这事的态度以后，眼前便闪现出一种新的光芒，从他在班里写了那个贵贵和郑爱忠的纸条以后，并没有看到他想看的任何动态，从而认识到自己思想深处对郑爱忠那点儿想法是不实际的，她根本不会成为自己的意中人。看上去马壮壮身高体壮有点儿笨头笨脑的样子，其实他很聪明。他要在当前这个人生的紧要关口，努力去活动活动，让王桂花娘俩了解到赵贵贵不会成为她家的门婿，放弃幻想，这样自己就有机会而且有可能走进王桂花家的大门；另一方面，赵贵贵打内心里也会感谢自己，因为这在客观上帮了他的大忙，这真是一举多得的好事，何乐而不为！现在毕业班的同学，绝大部分都在集中精力学习，准备高考。马壮壮有自知之明，就是自己拼命学习，升大学的希望也不大，何不将心思用在王桂花这儿，将来回村务农这不也是一步好棋嘛！于是他便积极地回村活动去了。

话再回到赵庄，赵老柱这几年辛辛苦苦本来是要高高兴兴地将日子过得红红火火，早点儿让儿子定亲娶妻生子，让赵家香火代代相传，日子越来越兴旺。万万没想到他这些美好的设想会在儿子面前碰了壁，儿子回家那天，竟丝毫没给他留情，让他在全家甚至全村人面前把大半辈子的脸都丢光了。特别是听了儿子当时说的那些话，又见到那推开家门扬长而去的背影，就像有一块重重的石头堵在胸口，出不来气，咽不下饭，在村里不想见人，在家里也不想说话。人们常夸自己是理家过日子的能手，现在我有什么办法？也不能都说儿子不对，他有他的想法，吵也不行，劝也没用。马庄那事又该咋办？人家娘俩跑了两趟，这么好的一门亲事，马上就回绝了吧？可不回绝又能说个甚？越想越麻烦，越想越糊涂，想着想着脑子里就成了一碗糨糊。他感到心里燥热，身上发僵，他想躺下缓缓，但刚躺下又坐起来。他想放开嗓子大喊两声，但又喊不出来，只是粗粗地出气，年轻时，有的医生说他有点贫血，这几天怎么又有两次咯血，但他不在乎，他总觉得自己的身子骨没有问题。

老伴儿看着他不对劲儿，忙问："你咋了？是不是不舒服？要不要请个大夫？"

胡说！我从来没有过病，别咒我。

老伴儿唉声叹气，没有办法，两个姑娘转来转去，干着急，不吱声。家中的气氛有些沉重，甚至有点儿紧张。

这时候，高考报名已经结束，赵贵贵以前很有信心地看中了北京那两所名校。可这次期中考试成绩明显下降，虽说在班里还属中等水平，但他有自知之明，没再敢报名校，只在省城的一所综合大学填了个中文系。郑爱忠考虑得比较简单，她认定自己只适合学习财经，就选报了本省财经学院的会计系。但天有不测风云，事有千变万化，眼看高考不到一个礼拜了，赵贵贵的二姐骑着自行车来找他。告诉他老爸病危，已经在镇上的医院住了三天，还不见好，让家里准备后事。这如同一声惊雷，立刻将赵贵贵炸昏了，他愣了好一阵儿，才埋怨说："咋不早告诉我呀？"二姐说："开始老爸不让说，我们也怕影响你学习，到了医院，老爸不能说话了，老妈和我们商量，才让我来找你。"没等这话说完，赵贵贵就着急地喊道："行了，行了，快走吧！"话还没落音，就骑上车子带着二姐上了路。

赵老柱已经住了四天医院，不吃不喝迷迷糊糊地躺着，这几天除了药物以外还输了一次血，因为只有二姑娘的血型匹配，就抽了她的血。医生说这是再生障碍性贫血，可能还得输几次。赵贵贵回来立刻趴在老爸耳边连声说："爸、爸，是我，我是贵贵。"老汉勉强地睁了睁眼，没说出话来，又无力地闭上了……赵贵贵着急地问主管医生，又找了医院领导，还提出了转院的要求。商量的结果是现在只能靠输血和输液再配合药物先维持着，眼前病人恐怕经不起转院的折腾，病情有好转后才能考虑转院或其他办法。

当前的现实问题是医院的血库存血不多，同样的血型就更少，而且很贵。赵贵贵回来的当天就抽了血用上了，接下来该咋办？大姐说让女婿来，那还得看血型呀，赵贵贵现在面对的不仅是躺在病床上的老爸，治疗中的这些具体问题，他也得想办法，看来，刚刚高中毕业的他，要迈出的第一步还不是高考上大学，而是在这个小小医院里怎样抢救病危的老爸，可这一步怎么又这么难走哇？

第二天上午十点钟，主管医师率四五名医生护士对赵老柱的病情又做了一次全面检查，虽然有两个指标略有好转，可病情还很危险。于是又给开了隔日输液、输血的方子，还加了些镇静和营养的药物。

这天下午，贵贵正在病房门口的休息椅上愁眉苦脸地坐着思考解决眼前一个个难题的办法，一个高高的身影突然站在他面前，抬头一看，来人正是马壮壮。贵贵赶紧站起来，握着壮壮的手，张了张嘴，竟一时没说出话来。壮壮面色沉重地说："你什么也不要说，一切的一切我都清清楚楚。今天我来，一是看看高

叔的病情；二是今天我要为老人输血，我是 O 型，没问题。我知
道今天或明天要输一次，就来了。还要跟你说一下，在马庄我有
好几个铁哥儿们，我们都商量好了，输血的事，我们几个包了，
你不要再想这问题。另外一件事现在说可能不合适，但我想还是
要跟你说一下，王桂花娘俩的事，我反复给她们做了解释，今后
不管怎么办，她们都不会有意见，这个问题你就不要多想了，先
给老人治病吧。"

　　马壮壮说的这三件事，的的确确都是贵贵眼前最最棘手的难
题。他摇着壮壮的手不知道说什么好，只是反复地说了好几次谢
谢。壮壮说："不要说什么谢了，快和医生定一下，这次是今天
输血还是明天，我的意思就今天吧，我已经来了。"贵贵说："你
可知道的真详细，服你了。"壮壮说："我有一个绕弯儿的姨姐，
就在这个医院当护士。"贵贵一边摇头一边说："后天就高考了，
你不能今天输。"壮壮满不在乎地说："我的身体我清楚，不会受
影响。我报的是省农大，反正是我还想回马庄务农。"经过壮壮
的一再坚持，最终还是当日就给赵老柱输了壮壮的血。

　　赵老柱输完血，贵贵又帮着喂了些药，老汉就慢慢睡着了，
而且越睡越香。贵贵在床边守护了一阵儿，便到门口的靠背凳上
坐下休息了。刚坐不久，就有人轻轻地拍了拍他的肩膀，睁眼一
看，竟是班主任李老师。贵贵又惊又喜地握住老师的手："李老
师，您怎么还来了？"李老师说："看看你，也看看病人。"这时
他稍微挪动了一下身子，身后的郑爱忠赶忙上前说："这几天累
了吧？说着将手中的点心盒水果兜什么的也亮了亮，并说，李老
师买的。贵贵说："李老师你们到这里来看我，就很感谢了，怎

么还买东西呀？"说着，他咂了咂嘴，这儿也不方便，要不咱们去医院办公室借个安静地方坐吧。李老师说："不，不用，还是先到病房看看病人吧。"于是三个人就相跟着到了赵老柱的病房。看着还在熟睡的赵老柱，贵贵悄声说："马壮壮刚来给输了血。"李老师和郑爱忠听了都很惊喜，几乎是同声说："看来壮壮是个好同学呀。"他们说话虽然声音很低，可是赵老柱还是睁开了眼。贵贵很高兴地对他说："爸，爸，这是我的老师和同学，来看您了。"老汉似乎真的听清了，好像那长时间不曾转动过的眼睛，还微微动了一下。李老师，托你们的福，我爸好像笑了。从那次放假到现在，我还没见过他笑，真的好好谢谢你们。

贵贵送李老师他们出了医院又走了很长一段路，还不肯回去。三个人心里好像都有话要说。李老师先开的口："本来在班里我对你们俩的高考是很抱希望的，贵贵你现在还是安心看护你老爸吧，今后还会有机会的。学校和我们老师也会努力帮你找机会，人生的路长着呢。"郑爱忠一直说话不多，这时也说一句："李老师，我看就是明年考，贵贵也绝不会落榜，我俩同学三年，我相信我的眼力。"贵贵说："谢谢李老师和爱忠同学，我努力不辜负你们的希望，这人生的路不管遇到什么困难，我都得走下去，而且我得努力走好，说不定啥时候就得找你们扶一把，可别忘了我呀。"李老师说："师生一场，一辈子也忘不了。郑爱忠微微地笑了笑，看了贵贵一眼，没有吱声。"

高考完的第三天，马壮壮领他的两个哥们儿来医院，对赵贵贵说："考完了，今天领这俩哥们儿，来给老人输血。"贵贵问他考得咋样，他说，考好考坏我都很轻松，听说老人这两天稍微好一点儿，这比啥也强。贵贵紧紧握住他的手："嗐，我可该怎么感谢你呀，心里话咱们以后再说吧。"壮壮说："考完了只见过郑爱忠一面，也没说话。她精神挺好，肯定考得不错，你放心吧。"贵贵说："我现在还有心思考虑别人的事吗？壮壮嘿嘿一笑，对！咱们还是先去看看病人吧，两个人说着就进了病房。"

高考以后，郑爱忠一直没来医院。后来听说省财经学院的入学通知书也收到了，她还是没有来。赵贵贵在医院看护他的老爸，这几天病情明显好转，他两个姐姐轮换着来守护，大姐还经常领着十几岁的儿子来看望姥爷，老人也很开心。随之，贵贵的心情也慢慢好起来。有时他也想到郑爱忠，高考这是人生的重要一步，在这关口思想出现些波动是正常的，甚至是必然的，愿怎么想就怎么想吧。

来了，郑爱忠是和李老师一起来了，除了告诉他郑爱忠考学和入学的一些事以外，李老师还给他带来一个重要消息，国家已经决定就在他们相邻的两个县中间要创建一座大型露天煤矿，是和美国有名的世界石油大亨哈默的公司合资开办。这可是个全国有名的大项目，前几天筹备处已经来人到学校了解高考后的学生情况，他们要招一批高级技术工人，条件是35岁以下，高中毕业。因为使用的都是世界最先进的设备，对文化和年龄要求很严。据说招去后，还有半年的培训，经中外双方的严格考评，才能正式上岗。这是件大事，先和你打个招呼，郑爱忠也顺口说，这样的企业是挺吸引人的——或许是高考后摆在眼前的一条很靓丽的人生之路。

在赵贵贵参加完露天矿招工考试后第二天，马壮壮又来找他，马壮壮没考上大学，也没报考露天矿。他其实早有了回村务农的选择，而且村里也很欢迎他回去，据说还想给他个适当的职务干。壮壮今天找贵贵说是要和他推心置腹地谈谈心，壮壮告诉他，王桂花的确是马庄最美的一枝花，怎么美，我就不说了；她娘俩主动找你，也真的是听说了你的才气和贵气，当然也是为了你的家庭，说到这时，贵贵就插话拦住了他，我以前说过，现在更要说，我不考虑这些。经过这么长时间我们全家耐心细致地做工作，我老爸的认识也有了提高。你对这件事也不要多操心了。求你告诉她们娘儿俩，愿意找谁就找谁吧，别耽误人家。我现在考虑的是我该怎么感谢你马壮壮，我这个最好的同学在我最关键最困难的时候用心和血帮了我的大忙。将来找机会，我还是要想办法重重感谢的。壮壮说，既然我们是最好的同学，今后你就不要再提这事了。我倒是想和你商量，郑爱忠上大学走的那天，我们俩是不是该到车站送送。贵贵说，这得看我爸的病情，如果我离不开，你就一个人去，代表我们俩吧。祝她大学毕业后，有个好前程。

这是个县城的小小火车站，等车的人不多。郑爱忠没立刻上车，一个人在站台上站了一会儿，不知为啥她忽然觉得有些空荡荡的甚至有些恍惚不安，总是往回张望，很想有人来车站送送自己，列车员喊旅客上车的时候，马壮壮气喘吁吁地赶来了。他说，贵贵也想来的，他老爸正办出院手续，事太多，他让我代表他为你送行，我们都为你能上大学高兴，祝愿你也相信你将来会有个好前程，这可是贵贵说的，当然也代表了我的心愿。这时郑爱忠有一种说不清更说不出的感情在心里翻腾，嘴里没说什么，眼里竟含了泪珠。登上车门才转过头来匆匆喊了句："谢谢你，也谢谢贵贵。"

火车开动了，郑爱忠透过车窗还在看着外边，眨眼工夫那个小车站被远远地撇在了后边，火车的速度越来越快，郑爱忠低下头眯起眼，脑海里的马壮壮和赵贵贵还没有离去。他们祝福我上大学，还祝愿我有个好前程，自己的前程会是个什么样子？会计员、会计师，还有什么高级会计师以及财务总监，前程这个词内容很丰富而且美好靓丽，给人力量和鼓舞，想起来真的是很有吸引力的。可这路还很远哪，细一想又似乎也很近，大学的生活，毕业后的工作，就业的单位，岗位的选择，这些路或许平坦或许坎坷，路子该咋走，步子该咋迈。哎呀，今天咋想了这么多呀？瞎想、瞎想，想这些干啥？不想了不想了。他掏出来一本儿书，想看看，将这些乱七八糟的杂念赶走，看了几行，但是看不进去。眼里看的和心里想的不一样，不知怎么就又想到了马壮壮和赵贵贵，他们的前程会是个啥样啊？现在看，壮壮是明确的，他早就透露出消息：想回马庄务农，马庄是个好村子，他在村里人缘不错，这个庄的姑娘又不用挑，或许他的前程真的会是很美满很幸福的，那就祝福他吧。

其实，他脑子里想的最多的是贵贵，他们同学三年，同排座位相隔不到两米，他的学习，他的成绩，他的才智，他的性格，他的追求，他的爱好，甚至吃穿习惯，都深深地印刻在她的脑海，那次回答老师关于"夫人坐轿"的问题时，他微微昂头轻轻蹙眉的细小动作，现在她还记得一清二楚。如果全班有一名能考上北京的名牌儿大学，除了贵贵还能有别人吗？嘁！可，可现在，这个"可"字，现在真叫人恨死了！可现在他上一般大学的机会都错过了。家里老人们常说：这人哪，得认命。贵贵这是不是命啊？不对！我们不说命，我们讲机遇讲奋斗讲前程。贵贵现在又有一条路，要到一座中外合资的现代化露天煤矿当工人。合资是个什么样子？现代化又是什么含义，贵贵的聪明和才气在煤矿还能用上吗？这样的煤矿工作安全吗？脸上也是黑乎乎的吧？贵贵的前程会是什么样子，想象不出来，想这些干啥？这不是看书掉眼泪替别人担忧吗！他是别人吗？他是我的同学呀，是心里总装着的那个能让人敬佩的同学。这时，她又想到了班里传递过的那个小纸条，说贵贵"爱上人一个，平庄郑爱忠"——我们都没想过什么爱，完全想的是要好好学习，一心是要考大学。可也怪，怎么心里总想他呢？不对，想他不一定是爱他，我只是想想我们的前程，这就是爱吗？不是吧。心里咋这么乱呢，啊，原来自己的心里事，自己也说不清。不想了！想这些干啥！他又翻开那本书看起来，能看进去吗？

火车飞快地奔驰着，很快就要到省城了，新的生活正在向她招手。

这故事讲着讲着终于又将自己给带进去了，当时我正在那座合资的露天煤矿总部办公室工作，人手不够用，还兼管了人事方面的一些事情。一天，负责劳务培训的老郑领着一个青年工人来找，说这一期培训已经结束，现在一百名经过考核评估的新工人已正式上岗，中外双方都很满意。煤炭部要个培训的经验材料，现在写完了，你审查一下，要同意，我们就上报呀。说着就将材料递给了我，然后他介绍说，这材料是小赵写的，如果需要改，你就找他，他既是学员又帮我们做过很多工作。我说，你们先回吧，让小赵下午四点来找我。

下午四点钟，小赵来了。这个还带有学生气的青年很文静地站在办公桌前。我没有马上和他说材料，而是先问了问他的基本情况，诸如年龄、学历、家庭以及来矿后的感受等。他一一做了回答——口齿清晰、声调平和、条理顺畅，这次交谈，他给我留下了深刻印象。这时，我才告诉他这个材料在开头和结尾要修改的几个地方。他掏出本儿来要记，我说不要记了，要改的只是开头结尾两句格式性的词语，整个材料写得很好。你告诉老郑，可以上报了。小赵临走说谢谢领导。我告诉他，今后不要称我领导，平常就叫老黄，特别需要称呼的场合，我一下也没想出什么合适的称呼来，小赵马上接着说："我叫您老师吧。"我说："可以。"

过了一个多月，老郑给我打电话，说根据联管会给十个岗位上的高管配专用小车的决定，我们为你选择的司机是小赵——赵贵贵。他既能开车还能帮你整理材料写写文件什么的，征求一下你的意见，若同意，我们就和他谈话了。

于是，赵贵贵就来和我一起工作了。经过半年多的相处，又有多种渠道给我传来各种各样的消息，特别是县中学的李老师专程找过我，很全面地介绍过贵贵的情况。现在可以说，我对小赵方方面面的情况基本上都了解了。

一天晚上，我们改完一个上报材料，赵贵贵很真诚地征求我的意见，要我帮助他。不知为什么我竟很情愿地将自己觉得应该和他说的话就一股脑儿地都说了，也算是一次谈心吧。记得那天主要是说了三条：一是在搞好工作的前提下，要下苦功夫抓紧学习。不管是什么函大、电大……甚至是抽出一段时间去脱产学习，也要争取达到实实在在的大学水平。当前，特别要抓紧各种机会学习英语——听说你在高中语文和英语成绩都不错，现在我们单位有三十多名翻译，学习条件很好。二是你的家庭情况，你老爸有些旧思想，想让你早点结婚生孩子，可以理解，对这不要着急，更不能生气，多做工作，听说现在老人有了很大转变，两辈人要多沟通多理解吧。三是我想问一句，你和郑爱忠现在是个什么情况，听说半年多没联系了，其实你们感情基础很好，我的意思你们要多联系，你要多了解更要多理解她，也要让她多了解你，特别是让她多了解现在的你。应该承认，目前不少人对煤矿工人现在的情况还不了解。我从各方面分析，你们俩这事会越来越好，因为她心里已经有了你。不管今后会出现什么情况，都要正确对待。我和你的亲友以及不少同学同事都在抱着美好的希望等待你们的消息。只要你认为可以，不管有什么情况都可以随时告诉我。我作为你的长辈一定会和你一起商量。

谈到这时，我见他含了眼泪，便递给他纸巾，他擦了擦眼，说："我都记住了，记住了……今后，今后……"他没有再说下去。我说："也别说了，现在说也说不清楚，心里的事，心里的话，找机会再谈吧。"

这年国庆节前夕，贵贵告诉我，马壮壮和王桂花给他送来了请帖，说他们国庆节举行婚礼，请他去参加。

我问他："你去不去？"

他说："我不想去。"

我说："你不想去，我理解。"可转念一想，我又说："我倒是希望你再想一想，一来你们是同学；二来他帮过你的大忙；还有一层意思，马壮壮结婚，还会请别的同学，很可能也请了郑爱忠，那应该是一次同学聚会的好机会，你去不去还是再认真想一想吧。如果钱紧，跟我说一声。"

他重重地点了点头："好吧，看来我是得再想一想。"

三哥的婚事

三哥，不是说他在家中的弟兄们排行老三。实际上他姓胡，叫胡三亮。这个人性情随和，爱好广泛：好读书、喜书法、善写作、爱摄影……他的工作岗位是办公室的秘书，主要是写文件，整理各类资料。因为他爱好广泛，交往的朋友也很多，不管是井上井下的工人，各个岗位的干部，乃至学校的老师，医院的大夫，都有他不少贴心的知己。时间长了，人们就忘了他的职务，也不喊他的姓名，而是都喊他三哥。有时候他的顶头领导找他也是问三哥哪去了？井下工人，想和他说说今天的好人好事，请他写个表扬稿，也都是打电话到处找三哥。市里要是搞什么书法展、摄影展，三哥的电话也会明显的多起来。

三哥18岁高中毕业就在这座上万工人的大型煤矿当了机电检修工，先跟一位老电工师傅学徒，因为他经常为矿广播站写稿而且还懂电的知识，就被党委宣传部看中了，后将他调到了矿广播站当编辑还兼检修工。广播站除了要转播上级电台的新闻外，主要是收集矿上各基层单位的先进经验和劳动模范的感人事迹，因此编写人员的绝大部分时间都得在基层跑，找工人特别是劳动模范聊，天长日久，三哥就成了矿上的名人，写手，很多人不管是在工作上还是在生活中，见到什么好事，遇上什么难事，甚至家里的私事都想找机会和他聊聊。于是，三哥的称呼就随着时间的延续代替了胡三亮这个真名实姓。三哥在广播站干了三年多，领导决定将他调到办公室当了秘书。从此矿上的一些大型文字材料包括一些会议的讲话稿和对上对外的经验介绍就都责无旁贷地落在了他的肩上。这样一来，他就不仅仅是矿上的名人，而且还成了一个不少人从各方面都很关心的重要人物。

转眼工夫，三哥在这个矿已经干了十年，算起来他已经成了28岁的大龄青年。像三哥这样一个在方方面面都很优秀而且有一定影响的单身青年，找对象问题，自然而然地就成了越来越突出的问题，也是不少同事和朋友都挂在心上的事，不是没人帮忙介绍，也不是没有女青年主动追求，更不是三哥要求条件太高，可事情进行得还真不是那么顺利。这样一来，三哥的婚姻慢慢就成了人们常在嘴边挂着的话题。

那些年，人们都说这个矿有三大美女。第一个是省矿院机电系毕业的青年技术员王萍萍——既然能被众人称为美女，那无论是身条体态还是眉眼面色如何喜人，就都用不着细说了。她不仅生得美丽举止秀气，让人一见就爱，还有一条让众口夸奖点赞的是她的工作出色，成绩突出，屡屡受到局、矿两级表彰，还成了出席市的优秀团员。

第二个美女是曾经和三哥一起在矿广播站工作过三年的广播员王文莉。王文莉在高中念书的时候是学校很有名气的兼职播音员，她的音质又脆又甜，人们听了总想还听，人称金嗓子。她的父母都是来矿最早的医生，女儿高中毕业后，老两口就想找了矿上的领导，请求让孩子留在矿上工作。矿领导甚至有不少职工也都想让她留在矿上当广播员，这就成了一件顺理成章而又三全其美的好事。王文莉当了矿上的广播员后，便经常跟着担任编辑的三哥跑基层到井下去车间串科室，采访模范人物，了解先进事迹。矿上的人们以前只是常常听到那个清脆甜美的声音，现在亲眼见到了这个每天为大家播音的本人，原来这姑娘比她的声音更甜更美更动人。她那乌黑闪光的长发，那总是微微含笑的眼神，还有那苗条的身躯和轻快的脚步都在人们的心目中留下了深刻的印象。于是，在全矿的职工家属中，在各种闲谈慢聊的话语中，就有了文莉这娃"体灵赛鸟，声音似琴"的美传。有一次他跟三哥到队组开座谈会，在交班室门口的黑板上，就见有人写了一首诗："广播员王文莉，听她播音甜蜜蜜，见了本人眼更亮，鸟儿不如她伶俐。"陪同他们的基层通讯员说，这两年进了不少新工人，最低文化也是初中，还有不少高中和技校的学生，基层的文化气氛也不一样了。这黑板上的诗肯定是这些人写的。他们说着就进了交班室，又摆好了桌子凳子什么的，但这时还不见文莉进来，他们正要出外去找，文莉才快步地进了屋。她说，黑板上怎么能写我？我擦了，换了几句，你们去看看，不行再改。三哥和通讯员果然去看了看，黑板上写的是："煤矿工人真伟大，整天劳动在井下，不见太阳心里亮，献出光热为国家。"就这样，天长日久，广播员王文莉在人们心目中便成了矿上的第二个美女。

第三个美女是医院的药剂师吴小丫。相对而言，吴小丫来矿比较晚，他在医科大学学了五年医药学，在这个矿的医院里算是医药方面的知识权威，同时在医院她还是女同胞中年轻貌美之最，不管到哪里都有羡慕的眼光围着她转。有的青年后生本来没有什么病，也要说这儿痛那儿痒往医院跑。有时嘴里还美滋滋地念叨："医院有个吴小丫，就像一朵月季花，没病也想去看病，就为看看那朵花。"当然，没病也想去看病的人，毕竟还是那些不够安分的少数青年。吴小丫真正出名还得从一件具体事说起。

有一位井下采煤工叫董八海，他住在一个离矿三里外的东沙嘴村。有一天，八海脖子前用绳子挎着一个小筐箩来到医院妇幼科找到王文莉的妈妈胡大夫，从筐箩里抱出一个出生不到半年的女娃，说这孩子都两天了不吃不喝，只是一个劲儿地哭，胡大夫说，该叫她妈来。八海说，她妈发烧干咳一个多月了，门也出不了，没办法，我出了矿井来不及吃饭就带娃来医院了。胡大夫给孩子看完病，又开了药，还叫来医药科吴小丫，告诉她这孩子的病挺重，给多取两天的药，得详细告诉她爹怎么吃，啥时吃，吃几次，吃多少，胡大夫和吴小丫帮着八海把孩子包好，又装到筐箩里，挎到脖子上，然后就跟着吴小丫取药去了。八海取上药离开医院不到半小时，胡大夫又来找吴小丫商量，她说："我有些不放心，八海是采煤工，刚出井还没吃饭，他女人也病着呢，半岁的娃要喂奶要喂药，我怎么想，他也做不圆满。小丫，要不咱们俩去趟东沙嘴吧。你走得开吗？"小丫很痛快："能行，我去。"离下班还有一个多小时，我和领导去说一下。胡大夫说："我和领导已经说了，院领导很同意，有什么问题还叫找他们。"

到东沙嘴的路，要走山坡过河湾，坑坑洼洼泥泥水水很不好走。胡大夫已经五十多岁，吴小丫是江苏徐州人，这是第一次在雁北走山路。两个人小的搀着老的，老的扶着小的，深一脚浅一脚地走了一个多小时才到了东沙嘴。在八海的家里，又是给孩子妈看病，又是喂孩子药，还又帮八海做饭，一直忙活了一个多小时，他们俩才相扶着经那条凹凸不平的山坡小路回到矿上。就这样，在十几天内她们先后跑了四次东沙嘴，终于帮助那个不到半岁的小孩儿和他的妈妈都恢复了健康。为这事，全矿上下从机关科室到井下工作面乃至家属住宅区到处都是夸赞胡大夫和吴小丫的美传。矿工八海为感谢这两位恩人，还在这个矿最好的饭店请了一次客，除了胡大夫和吴小丫以外，也请了医院院长和他的采煤队长，并专门儿跑了两次请来了三哥。就这个机会，八海将胡大夫和吴小丫到东沙嘴家里为他老婆和孩子看病的经过详详细细地叙说了一遍，说到最动情的地方，这个年轻的挖煤汉子竟两次掉了眼泪，还深深地鞠了三个躬。最后由院长和队长提出来请三哥辛苦辛苦将这件事全过程写篇表扬稿，好好在矿广播站宣传宣传，让全矿职工家属都清楚胡大夫和吴小丫的感人事迹。听到这里，八海到三哥面前又深深一鞠，说，那就要辛苦三哥了，这里我得先谢谢呀。

就在这时候，吴小丫站起来了，她说，这件事是胡大夫带我去的，她不但治好了孩子和大人的病，还对我有很多帮助，我向前辈学到了许多宝贵的精神财富。今天大家都很敬重的三哥也来了，请他好好写写胡大夫的事迹，这个主意真好，需要我提供什么情况，我一定认真地全面地作详细介绍。我听好多人说过，三哥是矿上的第一位写手，今天见了面特别高兴，相信也预祝三哥写作成功。我来矿晚又年轻，借这个机会，得好好感谢感谢院领导特别是胡大夫以及在座的各位对我的关心和帮助。这时她举起一杯酒，作为晚辈我衷心祝愿在座各位万事顺心，我先干了，谢谢大家。大家也都高兴地举起杯喝了。放下杯，三哥也很平静地说了几句，第一，我不是什么写手，更不是第一位写手，从宣传上讲，我只是个通讯员。第二，听了胡大夫和吴小丫跑东沙嘴的事迹，自己很受教育。我应该写这个报道，这也是我的一次学习机会，我肯定会尽力写，但不敢说一定能写好。

胡大夫接着说："我看也没有写这个报道的必要，那些事都是我们当大夫的责任，大夫的心就得想病人的事。也没什么好宣传的。"八海赶紧解释："这是我的心愿，我和领导商量的，邀请三哥来写。"采煤队长站起来说："这也是我们全队工人的要求……"你一言我一语，说来说去，大家都有这个心愿和要求，而且也都对三哥抱有很大希望，三哥嘿嘿地笑着看了看胡大夫和吴小丫，我尽力而为吧。

八海这次请客的目的应该说都达到了：一是表达了他的感谢心情；二是商定了三哥写表扬稿之事；三是大家加深了感情，密切了关系。但谁也没有看出来，这么好的一次请客，居然也会有副作用。没看出来，不等于没有，被邀请客人中的主人公胡大夫思想深处就产生了一个甩不掉又说不出不算大也不算小的疑点。这个疑点来自吴小丫在餐桌前的发言，大家都感到那发言很适时很得当很到位甚至很动听，让人听着也很舒畅有好感。但胡大夫听了并不都是愉悦，她认为这孩子好像有点过了，太炸了。小丫她只是听过三哥的名字，这次才是第一次见面，就连着喊了好几次三哥，什么"大家都敬重"什么"第一位写手"什么"见了面特别高兴"……这不明显地是在吹捧吗？谁知道这个年轻的女娃内心在想什么！反正听起来很不舒服，能在这种饭前随便的发言中体味到如此深刻的含义，大概除了胡大夫以外，不会还有第二人。但是胡大夫真的是感觉到很不爽，甚至有点心烦。回到家里，躺在床上，越想越不对味，越想越烦躁不安——她居然失眠了。

按说这么一点儿小事儿，不会也不该引起胡大夫这么大的反响。看来，对这事还真得铺开说一说。

胡大夫的女儿王文莉到矿广播站当广播员那年，三哥正是广播站的编辑，他们两个在一起工作了近三年，三哥才调到办公室去当了秘书。这期间他俩在工作上学习上乃至生活上都互相帮助相处很好，回家来文莉没少说三哥的好话。她爸王大夫整天忙他的内外科手术，没怎么太注意女儿的这些话；她妈胡大夫却不止一次地动过心思，看来这俩年轻人有感情也有意思了，做妈的得替女儿考虑终身大事了。他正在考虑用什么办法或者找谁来办这事的时候，今天突然闯来一个吴小丫。以前胡大夫对吴小丫印象很好，这孩子不但长得好，而且处人也好。医院的老老小小都喜欢她，好像她真的成了眼前的一枝花。到东沙嘴去的那几天，胡大夫更是感到了这枝花的可喜可爱，甚至在脑海里闪现出该给这孩子瞪摸个对象的念头，可是当她听了小丫饭前那几句话以后，脑海里立刻产生了180度的转弯。因为她认定小丫是对三哥有了想法，认定她女儿文莉和三哥的关系必定会受到吴小丫的严重干扰。她犯愁了，而且着急了，这事耽误不得，要马上想办法。那天她老公王大夫做过两个手术，吃了晚饭就想躺下休息；女儿抱着一本叫什么《安娜·卡列尼娜》的小说入迷似的看着，胡大夫看了看这摊场，很严肃地说，你们都给我坐起来，我有重要的问题要和你们说。王大夫和文莉果真是都坐起来睁大眼睛等着她要宣布的重要问题。于是她就将自己长期以来关心和关注的女儿和三哥的婚姻问题以及吴小丫的发言引起自己的那些思考，都一五一十地说了一遍，而且说得很气愤，最后她很严肃地说："你们俩不能整天没事似的啥也不管。今天咱们就得想出办法来，马上就得和三哥挑明这事，决不能让吴小丫闯进来，那可就麻烦了！"

听完胡大夫的这些话，王大夫真的是眯着眼动起脑筋来，他很认真地想了想刚才胡大夫说的那些话。然后一边擦着眼镜一边说："女儿的终身大事，我以前想得不多，今后我会注意这事。可我觉得问题也没老胡你说的那么严重。还说什么吴小丫对三哥有了意思，要闯进来，她那几句饭前的话，我觉得挺正常，何必将问题看得那么严重。"再说了，他就是闯进来，那也是孩子们自己的事，他们的问题得靠他们解决。当家长的可以提提意见，但没必要把问题看那么严重吧。王文莉一直很平静地听着，这时候她合上书本看了看二位老人那认真严肃的表情，嘿嘿地笑着说："这件事不用你们着急，我有我的考虑，我会解决好。现在我要告诉你们一件很重要的消息，三哥已经开始谈恋爱了，女方不是别人，正是我们矿的先进工作者、出席市的优秀团员、马上就要晋升工程师的知名美女王萍萍。介绍人也很有名，是我们矿的团委书记方岐山。据说方书记很热情，王萍萍也已点头，可是三哥一直还没表态。我掌握的情况绝对准确，你们两位老人就不要多想了，更不要着急了。我的事，我心里有数，你们放心吧。"

听了这消息，两位老人都很吃惊，胡大夫的头都晕了。她用手拍着自己的头说："我真混哪，这些天竟瞎想了些啥？老了、糊涂了。"王大夫一直很冷静，他说："对这事我们得看清情况再说。听说王萍萍那孩子也挺好，不仅长得出色，人品和工作都不错。要是三哥和她成了，那也是件好事。三哥在全矿声誉很高很好，人们都会为他高兴。现在我们都不要多想多说这事了，看事情咋发展吧。"这几天方书记的老爹正在我那儿住院，他经常去看他爹，找机会我想和他坐一坐。文莉听了这话，一下来了精神："爸，你可真得和他聊聊，掌握点儿真实情况。"王大夫笑了笑说："我现在把你的事儿已经装在心里了，文莉你也不要着急，这路总得一步一步地走，才能走稳走好。我的闺女我清楚，其实，你心里明镜似的，用不着老人们瞎嘀咕。"接着他又对胡大夫说："老胡呀，你慢慢冷静冷静吧，今后有事要多商量商量，不要说风就是雨，一个人竟往死圪角瞎钻。我们一家三口总比你一个人想得周全，你脑子里装的那事儿我们一定会解决好，放下心来，睡个好觉，说不定明天又有什么东沙嘴西沙嘴的病人等你呢。"

这时，王文莉提高了声音说："我困了，睡觉吧。"这声音很清脆很响亮甚至有点儿甜美，老两口听了也都会意地笑了。

团委书记方岐山，刚刚进入而立之年，是个性格开朗心怀宽广直来直去而且又爱和人耍笑嗓门洪亮的人，不仅青年工人喜欢他，而且各部门各年龄段的男男女女都和他谈得来处得好，他到哪里哪里就有说笑声。人们打心眼儿里都想和他在一起，不管是好事还是难事，工作的事还是生活的事，男人的事还是女人的事，见到的事还是听到的事……都想和他咯道咯道。他也咋想就咋说，说对了就算，说错了再改。有的人没有找到他。他要看出问题来，就主动出马，找上门去，能谈就谈，谈不来就算，大家都知道，他就是这么个人。一般情况下，人们都不叫他方书记，多数青年人就叫他老方。老方的办公室和三哥的办公室是门挨门，两个人出出进进说说笑笑，无话不说。有时候就推心置腹地交换意见，真的是从思想上互相帮助；有时候就互相敲打，甚至互吵一番。有一天，在他们东拉西扯地闲聊时，老方一下意识到面前这个三哥比自己才小两岁，一直还没找上合适的对象，这事不能拖了。他马上就找三哥问情况。三哥憨厚地笑着说："我在你团委书记身边工作，得响应晚婚的号召吧。再说了，这也不是盲目乱来的事儿。"老方哈哈地笑着："啥也别说了，都怨我。你说吧，在咱们这个矿，你看上谁了？不要含糊，快说，我肯定要尽全力去办。说吧，别不好意思。"三哥说："和你还有什么不好意思？我心里还真没个合适的人选。"老方要将这事敲定："你要讲的是真话，那就靠我吧，三天内，我要给你物色一个很合适的人，给你们三个月的时间，就得让我们吃喜糖。"

老方给三哥物色的那个人就是王萍萍，征求了好几个人的意见，大家都认为三哥和王萍萍绝对是天生的一对地配的一双。

老方脑子里装的青年男女多着呢，那天晚上他就将一些和三哥比较般配的女青年一个一个地过滤了一遍。从各方面进行了分析后，最终还是认为王萍萍最合适。第二天一早他就找见了王萍萍，而且是开门见山直截了当地说明了想为她介绍三哥谈个人问题的意图。王萍萍听了很惊讶，一下也弄不清这是开玩笑还是真的想法，她愣了好大一阵儿，才笑着说："方书记您别拿我开玩笑呀，我可是一向很尊敬您的。"方书记没等她说完，就亮明了态度："这绝不是玩笑，你如果觉得可以考虑，我下午就去找三哥，这是终身大事，我是反复思考后才找你的，你好好想想，都互相了解，尽快给我个回答。我只是给你们牵个线儿，搭个桥，成了成不了，那就看你们的了。"王萍萍什么也没说，他微微地笑着给方书记倒了杯水："您先喝口水，暖暖心，我想听听您心里的话，为什么想到的是我和三哥，而不是别人。"方书记哈哈地笑着说："你们这有知识的人想得就是多，还要问我为什么，我也没想那么多，就是觉得你们俩哪儿都合适，所以就想给你们搭这个桥。"

"那您问过三哥吗？"

"得问了你，再去问他嘛。"

"一般说，您应该先问他，你问了三哥，我才能考虑。"

"你这五年大学没有白上，现在又要晋升工程师了，就是有水平，绕来绕去我得按你的道道走，那好吧，我先去问三哥。"

没想到三哥这儿也不顺利，他笑嘻嘻地说："王萍萍当然很好，哪方面都好。不是一般的好，是太好了！我咋也不会想到你会将她与我连到一起。我亲爱的方书记呀，你把我想得太高了，还问我是什么态度，我和人家比还能有啥态度？我没想过，也不敢想，这可能就是我的态度。"方书记听了这话有些火："今天我觉得你挺窝囊，连个明确态度也没有。"人家王萍萍让我问问你的态度，如果你有意，看样子她可以考虑。可你呢？真没想到整天这个夸那个赞的三哥到关键时候竟是个扶不上墙的货！我等到你明天，明天你再不说个一二三，我就不叫你三哥了。

第二天老方将三哥叫到自己的办公室，插上门，很严肃地说："今天你一定要给我个痛快话，而且必须是实话是真话，说吧。"

其实，三哥这两天也在反复考虑，这事不能总犹豫不决，总得和老方说出心里的想法来，好好商量商量，到底咋办才好。他自己倒了杯水喝了两口，然后又给老方倒了一杯："你别着急，听我慢慢把思想深处的想法给你说清楚。第一，昨天我和你说的是真话，在王萍萍面前我不能也不敢有什么个人想法。你想想，他是大本，工作又很出色，很快就要晋升工程师，我和她相差不是一点儿半点儿；第二，她是全矿知名的美女，一般情况下，没有不喜欢美女的男人。我学历不高，但我看书不少，古今中外，好看的书我都想看，对文学书更是爱看。再联想到眼前一些男男女女的事儿，不知道什么时候我就有了一个说不清是对是错的想法，一般男人不要轻易找太漂亮的女人。漂亮的女人，会给男人幸福但也往往会带来痛苦。这个观点不一定对，老方你也不要对外人说，你个人听听就算了。还有第三，我就是唐山煤矿一个老矿工的儿子，有个弟弟还在上学，日子不是很困难也不很富裕，据我了解王萍萍的父亲曾是省一个什么研究所的副总工程师，是全省开矿的技术权威，退休后还在返聘；她妈妈也是会计师，弟弟正在美国上学。我觉得两个家庭差距有点儿大。我也清楚，这些想法不一定对，有的还肯定是错误的，但是我在回答你老方的问题时，又不能不考虑这些现实的无法回避的实际情况。现在你想骂我就骂吧，骂完后，你还得帮我想办法，怎么对待怎么解决这些问题。"

老方本来是个火性子，什么事都好一戳两开，黑是黑白是白，不愿意拖泥带水含含糊糊。可刚听了三哥的这些话，也少有地耷拉下脑袋皱起眉来，这些问题真的是得思谋思谋。想了半天，也没个三全其美的办法，他端起杯来咕咚咕咚地喝了一杯水，又用劲儿地将杯放在桌子上，过两天吧，看来我还得找王萍萍，最好还是让她先有个表示。

没想到就在这期间，主管这个矿的雁同矿务局要建个什么机械化办公室，将刚晋级为工程师的王萍萍借调到局里了。老方听到这事，马上给王萍萍打了个电话。王萍萍甜甜地笑着说："方书记呀，您也忙我也忙，有什么话以后找机会说吧。"老方说："我整天瞎忙，咱们说过的事儿没抓紧，互相谅解吧。但我说过的事儿也不会忘，找机会我们坐下来再好好地谈，你在这个矿的美好形象，我们是忘不了的。"王萍萍说："我是借调，您可不能忘了我呀。两人都会心地笑了。"

那天方书记去医院看望他老爸，王大夫借机和他畅谈了一个多小时。老方毫无保留地把自己了解的三哥与王萍萍之间的那些事儿一股脑儿都和王大夫说了。他也不避讳别人听到，声音也不低，说得很清脆利索，事情就到这儿了，以后怎么发展，我也说不清，那只好且看下回分解吧。老方说："我老爸的病，给王大夫添了不少麻烦，很感谢。"天不早了，我坐的时间也不少了。还有点儿事，我得赶紧走。

王大夫听了老方介绍三哥和王萍萍的这些情况以后，觉得收获不小，很满意老方的谈话，甚至有点儿高兴。他们全家三口人都想知道方书记给三哥介绍对象的真实情况，他的女儿文莉更是关心这一点，现在心里总算有底了。当天晚上，王大夫就完完全全地把老方的话介绍了一遍。结果，全家又都睡不着了。

胡大夫有些高兴又有些着急，我看咱们找找方书记，请他给文莉和三哥搭个桥。三哥和文莉谈，就不会有和王萍萍谈这事的那么多顾虑——什么家庭背景呀，学历呀，工作职务呀……方书记要肯帮忙，那就是黏米面儿包饺子一捏就成。王大夫沉思了一阵儿说："你说了个简单，人家两个人都还没有说什么，咱们马上插进去，这不对。方书记也不会那么做，三哥会怎么想，王萍萍会怎么看我们……所以老胡你这一招我绝对不同意。这事还是先看看情况再说吧。王文莉听了今天这些事表现出少有的沉稳，听老爸说完了，她才不轻不重地说了一句，我的事你们别太着急，我看就按老爸说的先看看情况吧。"

王文莉听了三哥和王萍萍现在的情况以后，没有怎么喜也没什么忧，却很快想到了自己和三哥的两次微妙的接触。那时，他们俩同在广播站工作已经一年多了，她从工作、学习、生活等各方面都感到的是和谐是温馨甚至有时还会呈现出一种情感上的向往，有一次她有事要离开播音室，叫三哥替她在室内看好机器，别出问题。说着便顺手将一串儿钥匙递到三哥手里，在三哥伸手接钥匙的时候，她的手就顺便在三哥手中给了点儿重量，三哥看了她一眼，微微笑了笑，但接钥匙的手就像没有感觉到什么，接了钥匙就把手收回去了。在两个人的眼光刚要对视的时候，三哥微微地笑了笑，很平静地说："你放心地去办事吧，这儿的事，我一定负责办好。"

大约又过了三个多月，三哥蹬着一个室内用的梯子修理一条房顶边角的电线，文莉站在地上给他递换工具。三哥修好线路下梯时，文莉仰着头伸出手接应他下地。她一只手握住他的一只胳膊，另一只手去护着他的后腰；三哥借着她的帮扶一步就轻快地站在了地上，然后便是又微笑着点头，还顺口说了声"谢谢"。

应该说，无论是"递钥匙"还是"护接下梯"这都是生活中常见的小事。在这两件小事中正在青春期的王文莉内心里是含有隐情的。现在想起来，她也摸不清三哥当时对自己的那些深层的情感领悟到没有，他给自己的感觉总是那么正常的微笑和在微笑中没有任何味道的"谢谢"。现在王文莉回想着自己与三哥的往事，又分析了现在他和王萍萍相处的现状，便反复问自己："我现在该怎么办？自己没有萍萍那么优越的家庭，没有那么高的学历，也没有那么多的先进称号，更没有技术员、工程师那么亮眼的职称。现在看，也许自己这些个没有，在三哥的脑海里竟是一种优势，变成了自己的有利条件。不，不，三哥不会也可不能这么想，爱是没有缘故的，也不该竟看客观上的这条件那条件，要考虑这些，还算什么爱！即便当时靠着什么优势产生了所谓爱，那能巩固吗？能做终身伴侣吗？"王文莉越想心里越豁亮，三哥和萍萍都比自己精神境界高，应该更能理解爱的真正含义。我王文莉坚定地相信他们一定会处理好自己的这件大事，并在内心里预祝他们幸福。

人们常说，没有不透风的墙。由方书记出头为众口称赞的三哥和美女工程师王萍萍搭桥谈对象的事，很快就在不少人口中传开了。这样的传说，往往都是有头没尾丢三落四的版本儿。医院的吴小丫虽然听得比较多，但心里也是没个准底儿。她年轻快性，有一次见方书记来医院，便抓住机会就问了个一清二楚。方书记见吴小丫心直口快，不扭捏不含糊，有点儿像自己的脾气，便高兴地问她，你也是矿上有名的美女，打听这些有什么心事吗？小丫爽朗地笑着说："你这书记可不能瞎猜疑人家的心思。三哥和萍萍都是矿上人人夸个个赞的名人，他们的终身大事谁不关心哪？我作为他们的尊崇者问问情况难道不应该吗？刚才听了你的介绍我真心地向您——我们青年都很敬重的方书记汇报，我理解的恋爱，必须有感情一定是真爱。当然会考虑到一些其他条件，但那不是爱情，更不是真爱，那样的爱情，是不牢固的，最终也往往不会有什么真正的幸福。方书记您一定会原谅我的直白。如果有机会，您或许会对三哥他们俩说说我的观点，也许对他们会有点儿启发，帮他们往前走一步。"方书记听完小丫的话放声地笑着说："小丫呀，你可给我上了一次深刻的有关爱情的课，太棒了。我会找机会对三哥和萍萍他们谈的，我还有个想法，请小丫给青年人好好讲一讲这些问题。"小丫摆着手说："那可不敢，我是听了你说三哥和萍萍他们现在的情况有感而发，私下说说而已。请方书记原谅我年轻无知啊。

又过了还不到一个月，方书记可能还没机会找三哥和萍萍他们谈小丫那些恋爱观点儿，突然有一天，王萍萍从矿务局回来找吴小丫。二人私下谈了一阵儿后，小丫就找医院领导请了假，跟王萍萍一起去了省城。当时，很多人都闹不清是咋回事，到处打听情况。各种猜测各种传说也不少。心中最着急的大概就数胡大夫了，她认定吴小丫是真地闯进了三哥的婚事。为这事他们一家三口又分析了半宿。后来人们问了医院领导，还有人通过各种渠道打听消息，慢慢地才弄清了事情的真相。原来是在省城某研究所工作的王萍萍的父亲得了一种叫红斑狼疮的病，这种病本来就不多见，而且一般是女性易得。男性患者真是少见又少见。这位开矿老专家在省城威望很高。他患这种罕见的病，省各大医院都引起了不小的关注。但既没找见能治疗的医生，也没买到特效的药品。后来经推荐，人们知道了省二医院一个叫林志刚的医药师，可能有点儿拐弯抹角的关系能得到点儿帮助。这点关系来自他大学一位讲授医药学的老教授丰志杰。这位教授对中、西医都有些研究和见树。据说他曾经到前辈老中医赵炳南门下专门讨教过有关红斑狼疮的治疗。丰教授已经退休，现住东北老家一个小城仍在研究他的医学专著。但他的生活一点儿也不清闲安逸，同行的朋友、求医的患者，还有一些在岗的老师和正在读书的学生……都经常上门，他的这个小家经常是人来人往门庭若市，所以这位丰教授对当前医药方面的形势和动态都还略知一二，并不陌生。

省二医院领导和林志刚商量，为了采矿专家的病，能不能去趟东北。林志刚说："这是我们应尽的责任，我很愿意尽微薄之力。不过我有个请求，在雁同矿务局工作的吴小丫和我是同班同学，丰教授在学校对我们俩特别爱护特别关照，包括我们俩订婚的事，都没离开老教授的关心和帮忙。我想如果我们俩都去，首先是看望和慰问老教授，再说求医找药的事，或许更妥善完美一些。"领导听了拍手称快，这个主意太好了，两全其美。好、好。于是正在家里守护老爸的王萍萍当天就回矿叫走了吴小丫。

　　王萍萍和吴小丫连夜赶回省城，第二天就和林志刚一起去了东北。他们在丰教授住的那座小城整整住了一个礼拜，丰教授十分热情并尽最大努力帮助了他们，该说的都说了，该问的都问了，还请了邻近的几位中、西医老专家座谈了两次。让他们更高兴的是经众人帮助寻到了曾经听过但没见过据传是专治此病的一种中药丸。在这几天紧张的日子里，真可说是日程紧紧，收获多多。就在做好求医寻药的繁重工作的同时，吴小丫和王萍萍两个人还进行了另一件也可说是很重要的大事。吴小丫一见到王萍萍立马就想到她和三哥那事。自己曾请方书记给他们讲一讲自己的认识。现在是多好的机会呀，何不面对面地和萍萍好好谈谈，这不比劳方书记的大驾更好吗？小丫性急，第一天到了省城刚住下，他俩就推心置腹地谈了半夜，将她了解的三哥和萍萍的所有情况以及她自己的观点都明明白白地说了一遍。萍萍一直静静地听着，偶尔问两句，有时点点头，这一夜她俩都觉得很惬意很开心。之后七八天内，她俩又加了个林志刚不止一次地谈这个问题。在吴小丫回矿前一天晚上，她们再次谈心时，王萍萍突出地强调了三个问题，让小丫一定给三哥讲清楚。一是三哥想的我那些所谓优越条件，在我看来那只是客观存在，社会上也有人看重这些，但我王萍萍绝不会将那些作为爱的内容，假如三哥那样想，只能说明他不了解更不理解我；二是我和全矿大多数的人一样，很看好三哥尊重三哥，可那不一定是有什么情感更不一定是爱情。我们真要走上方书记给搭的桥，那还需要有更多的接触和了解，这需要时间和实践。三是我哥哥在国外，一时还回不来，我老爸的病也不是一时半晌就能康复。省有关部门正在做工作，可能我要调回省城，这你也可以先告诉三哥。不要在方书记搭的桥上下不来，我们都可以而且应该给自己更多的宽松和自由。小丫，我相信你对我这几点意思能理解，也会同意。而且还会给三哥讲得更明白更深刻。告诉他，我回矿时还会和他推心置腹地细谈。我百分之百地相信，我们一定会是永远的好朋友，我相信自己，也相信并且尊重三哥。

　　小丫回矿后，第一时间就找到方书记。她原原本本地将这些天与王萍萍的所谈所思特别是王萍萍要她转告三哥的那几条意见都说了个清清楚楚。方书记听了很高兴，他哈哈地笑着："小丫呀小丫，你太聪明了！这次去东北顺便将三哥和王萍萍他们的一件大事给解决了，这帮了他们也帮了我的忙呀！但有一件事让我们又吃惊又高兴还对你有意见，你早就有了对象，我们现在才知道。你太聪明太机敏做得也太周密太漂亮了，哈哈，找机会我们要罚你的。现在顾不上你的事，咱们得先去找三哥——你要和他将王萍萍的意思说清讲明，让他从各种顾虑中解放出来。以后事就好说了，也好办了。"

　　已经是晚上八点多钟了，三哥还趴在桌子上写稿。方书记一边推门一边高嗓门地说："人们都说三哥是个忙人儿，看来是真忙呀！这么晚了又写什么？"三哥见他们进来，赶紧放下笔解释，前些天写的胡大夫和小丫去东沙嘴的稿子，在矿上广播以后，反应不错。省报也用了。这两天，省医学院有个校刊，主编来了两次电话说要转发，但又提了不少要修改的地方，这是个月刊，马上就要排版了，我得抓紧改呀……不说这些，快坐、快坐吧。人们坐下后，方书记开门见山："我们来不是说稿子的事，但你得静下心来认真听。"三哥说:"你老方和吴药师来,我绝对注意听,这不含糊。"

那就由小丫详细地给你一一说来吧。

吴小丫很认真地将她和王萍萍相跟着去东北和回矿后给方书记汇报的情况,从头到尾一五一十地都对三哥说了一遍。王小丫最后又强调说:"萍萍反复嘱咐我,一定要将她说的那三条给三哥说明白。今天我可是认真地反复地传达给三哥了——三哥呀,你要是哪还不清楚,就提出来,我负责再解释。"

"三哥,你知道我老方就是个直性子,小丫说的你都听清了吗?"

"听清了。"

"明白了吗?"

"应该说也明白了,但你得让我好好想一想呀。"

明白了,还想什么?说吧,心里另有人吗?在矿上待了这么多年,咋说心里也得有几个目标吧。说出来,要是合适,老方还给你搭桥。小丫也不是外人,她对你和王萍萍已经帮了很多忙。三哥听了这些话,很认真地说:"这事也不能这么做,做事就是做人,我刚听了吴药师捎来的口信儿,马上就又和别人搭桥,老方,我理解你的好心肠,也知道你心直口快的性格,但我咋想也不太合适。还是让我想想,过些天再说吧。"

这时候小丫也插了句话:"方书记,要不让三哥再想想吧。"

老方又哈哈地笑了:"你们说得也对,我就是急性子直筒子脾气,三哥是文人,什么事都想得周到办得圆满。但话再说回来,也不能想的时间过长,太长了说不定半路上又会出什么咕咕鸟。"

三哥站起来说:"光顾说话,现在才想起来给你们倒水,真对不起呀。"小丫很机灵地起身接过他手中的暖壶和水杯,一边倒水一边说:"三哥你放心好了,王萍萍是个很有水平的人,她看问题很深刻也很实际。明天我就给她打电话,每次我们谈问题,两人都会得到启发和帮助。"

方书记喝了口水,嗓音更清脆了:"给你十几天时间,三哥你要是不找我们,我拉上小丫还来找你,你改你的稿子吧,我们得休息了。"他也没等三哥说话,起身就往外走。三哥送走他们,真的是又坐下铺开了稿纸。

在路上老方对小丫说,王大夫在聊天儿的时候对我说过,他的女儿王文莉和三哥一起工作的时候相处不错,这含义很明确,现在我还真想给他们提提这事儿。一向爽快的吴小丫这次没有立刻说话,方书记又问了她一句:"你看合适吗?"小丫说:"合适倒是很合适,不过我觉得过些天再说为好。三哥为人处世很慎重,事事都要考虑群众的影响,我看他处理王萍萍的事也是这样,人生观决定婚姻观。您搞青年工作,比我懂这些。您是想让三哥快成家,我理解。"方书记听了小丫的话,很镇静甚至有些自责地说:"说得好,说得好,真不愧是上了五年大学。我只是想马上让三哥成家,但心急吃不了热豆腐呀。

吴小丫去东北和王萍萍的谈话内容很快传开了。王文莉听到这消息什么也没说,表面很平静,反映最最强烈也最兴奋的是胡大夫,她立刻就要去找方书记,求他找三哥给文莉说亲。王大夫左劝右拦也没拦住。她开门见山,告诉方书记:"三哥和文莉一起工作了三四年,俩孩子早有意思了。你方书记是最了解也最关心青年人的事，现在是最好的机会，可不能再耽误了。方书记你可别怨我心急，当妈的心都这样。老方说："你们一家三口，嘴都这么严，早两年告诉我，说不定都抱上外孙了。"胡大夫很自责，她后悔莫及地埋怨自己：都怨我，都怨我，啥也别说了，现在就劳你方书记的大架了。

大约过了一个多月，老方挑了个礼拜天，叫上吴小丫又到了三哥的办公室。两个人都主动坐下，老方说："我说话太急躁，又不会拐弯儿抹角，小丫是本科毕业，你们都是文化人。小丫你说吧。"小丫笑了笑说："我是书本文化，三哥您是书本加实践文化，从哪方面说，都得向您学习。"三哥说："小丫你要再这么说，我连头也抬不起来了。"老方又插了一句："少说闲话，言归正传。"小丫说："这几天我和萍萍通了两次电话，她明确告诉我，一定转告您，快再选一个吧。"三哥说我们俩也通了电话，她也和我这么说了。老方又把声音放高了："那你不早告诉我们！"三哥笑了笑，那也不能这么急呀。急性子脾气也难改，老方站起来说，我们不再和你东拉西扯了。现在就给你介绍一个新的，也是旧的，是你广播站的同事，矿上的金嗓子，也是美女，你知道，她叫王文莉，别的啥也不说了，你比我们也熟。当然，熟悉也还得再谈谈。给你十天时间，不少吧？十天后，你一定要给我们个明确的回答——小丫，你还有事吗？小丫笑了笑："三哥，我提前祝贺你了。"三哥站起来笑了笑："我真的好好谢谢你们呀。老方一边开门往外走一边说，那不是今天的事。"

十多天后，正好又是个礼拜天，上午九点钟，方书记办公室的门悄声地被推开了。吴小丫进门就说："我们去找三哥问问吧。

今天他大概能有个明确回答。"门还没关，又进来两个人，三哥接着小丫的话说："不用去找，我来了。"王文莉靠前一步说，我也来了。老方笑着站起来："好、好……看来我们大家的时间观念都还可以，快坐吧。我可不给你们倒水，谁喝谁自己倒。"吴小丫说我来倒，您有什么要问的话就快问吧。老方很高兴地在屋地转着，转了一圈儿他才说："我看王文莉一来，把什么问题都解答了，还问什么，什么也不用问了。我倒是有个新想法，今天中午咱们一起去饭店吃个饭吧，我做东。你们看咋样？"王文莉赶紧站起来："不行不行，绝对不行！我爸妈再三告诉我，今天中午一定要把你们都请到家去，他们老两口早忙活上了。"老方摆着手说："不用不用，老两口上了一个礼拜的班，礼拜天得让他们好好休息，别麻烦他们。"三哥和小丫你们俩赶紧去饭店订餐，看都是招呼谁，你们安排吧。文莉快回家告诉老人，中午一起去饭店。你们要是没说的，那就各干其事吧。

中午的饭局很热闹，来得最早的是老方和吴小丫，紧接着是三哥和王文莉同胡大夫、王大夫一起到来。胡大夫见了小丫立马跨前一步，又握手又拍肩就像好久没见的娘儿俩。胡大夫说："小丫呀，你可真是个好孩子，以前有些事我可能做得不对，老了，脑子跟不上形势，你可得谅解呀。"小丫很激动，哎呀，胡大夫您说得啥呀。我来这儿这几年，可向您学了不少好作风，老方高声地喊她们，你们俩别开小会，快来和大家坐在一起。胡大夫说："我们娘俩有好多悄悄话要说。"她说着便坐过来问："今天还有谁要来呀？"方书记说："都是小丫她们安排的，我也没细问。"小丫看了看表，对方书记说："我还有点事，得出去一下。"话音没落，她就出门了。过了不大一会儿，又进来两个人，是住在东沙嘴的采煤工八海和他的队长。八海高兴地说："今天是三哥和文莉订婚日，也是大家的喜日子，我们不能缺席。刚出班儿，我和队长就跑来了。"说着，他将一杯茶水递给胡大夫："我永远都忘不了您。"先拿茶水敬您，健康长寿。他又端起一杯水："小丫呢，小丫去哪了？这都是我忘不了的人。"

正在这时候，门又被推开了，领头进来的正是吴小丫，相跟着进来的还有两个人，一个是大家都认识但有一段时间没见面的美女工程师王萍萍；另一个是大家还没见过的年轻貌美文文静静的帅哥林志刚。吴小丫为大家介绍说，王萍萍现在还是我们矿的工程师，大家都认识。他指了指帅哥，这是省二医院的药剂师林志刚，也是我的那一位。他们俩昨天就来了，萍萍是来办调动手续的，志刚没来过，想到这儿来看看。听说今天是三哥和文莉定亲的良辰吉日，也都高兴地来参加了。没来得及和大家打招呼，这是我的过，方书记您可得原谅呀。老方站起来放开嗓子，好，现在让我们大家一起来欢迎这两位应该也算远路的客人吧。他领头鼓掌，相跟的掌声当然很热烈。他接着又说："你们二位到来，我们大家很高兴很欢迎，但提前不打招呼，一会儿得狠狠罚你们喝酒。小丫，我看招呼大家入座吧，有什么话喝着酒说更高兴。"

"小丫，你要的什么酒？"

"汾酒，好吧？"

"汾酒也不错——但今天是大喜的日子，又有这么多好友凑在一块儿，不容易，上茅台吧，我买单，得我说了算吧。"

酒席开始，大家都很高兴，气氛既热烈又平和，首先是大家一起举杯为三哥和文莉祝贺订婚之喜。自由活动开始后，人们又都分别向方书记和二位长辈热情敬酒。在不少人向三哥和文莉祝福的时候，王萍萍举杯正要向三哥和文莉走去，三哥和文莉也已起身向她走来。他们就站在桌旁互相干杯敬了酒，接下来两位美女便很真情而亲切地拥抱在一起，三哥一手还拿着空杯也伸出双臂和她们相拥。看着这场景，方书记和吴小丫都高兴地鼓起掌来，接下来就是在座的各位举杯互敬，场面很快又热烈起来，到了酒足饭饱的火候，有自带照相机的人就站起来喊，咱们合个影吧。接着人们就搬凳子排位子，刚坐好，拿照相机的人就都咔嚓咔嚓地拍起来。在自由结合单个照的时候，餐厅里更是亲切热烈，笑语满堂。

方书记看火候差不多了，他拍了拍手说："各位缓一缓。我还要告诉大家一件更高兴的消息，三哥和文莉再过十天，也就是八月十八号就要举行婚礼。这是经过反复商量决定的。"原来二位老人还有些同事，觉得新房也没有，家具也还没买全，就这么结婚不合适也不体面。经反复研究，现在都想通了，新事新办吧。宣传部和团委的几位青年已帮三哥宿舍的另一位单身高兴地搬到别的房住了。过两天把房子刷刷，把两个单人床合起来不就挺好了吗！这时，八海站起来说："炉灶烟筒锅碗瓢勺买炭劈柴，我们包了，保证婚后马上就能开火做饭。"方书记高声地笑着说："好呀，好，这婚礼一定会办得很好。筹备这些事由我和小丫张罗。有件事还要说一下，这几天三哥和文莉得回老家唐山看看老爸，老矿工了，受过工伤，行动不便，所以他们必须得回去看看。这里的事就不能靠他们了。有老方和小丫在这儿支应着呢，什么事也耽误不了。三哥的婚礼会办得很好。到时候你们能来的都来吧，我们就不单独请了。记住呀，八月十八，好日子。大家都来吧。那时会更红火。"

第五辑

读作家书，聊作家事

青春的力量

读《我的先生王蒙》随感

记得是 2022 年 8 月 4 号，再次见到了央视 3 频道朱迅主持的"我的艺术清单"中采访著名作家王蒙的生动画面。其中他们反复提到《青春万岁》这部长篇小说，主持人与王蒙关于"青春"的交谈也深入浅出，引人入胜。王蒙在这里对"青春"又一次做了更加深刻地阐述。看着王蒙精神矍铄、思维缜密、喜笑颜开、青春焕发的形象和对"青春"语重心长又充满激情地解读，不由得就想起了当年自己与王蒙在大同相聚的一些场景，他为我题写的"青春"条幅也真真切切地又呈现在眼前。

1999 年夏天，我有幸陪同王蒙和夫人崔瑞芳在山西应县木塔和大同云冈、悬空寺等景点游览。在他们离开大同的头天晚上，我又去宾馆看望。在场的还有山西省作协原主席焦祖尧先生。话题很快从文学创作转到煤矿。我向他介绍了平朔露天煤矿的情况，并请他抽时间到平朔看看。焦祖尧主席也说平朔煤矿实在应该去一趟。王蒙说，我也听过一些平朔的情况，而且很有兴趣。

我说，您什么时候能来，打个电话。我们有个小飞机，一个半小时能从北京到平朔。院儿里的外籍人员住宅，现在改成了度假村，绿化也不错，环境还可以。您来，我一定准备好。焦祖尧主席说，我在那里住过，条件挺好，很适合搞创作。王蒙笑着说，有一张桌子一个凳子就行了。他问我，煤矿的情况怎样？我正为他做着解释，大同的几位同志进屋来，想请王蒙题字。

我知道，那几天王蒙很累。而且定了第二天早晨五点半就要乘汽车赶回北京。他会不会答应这几位的请求呢？人们心里都没有底。屋里出现了片刻的寂静。没想到，王蒙从沙发上站起来，很爽快地说，可以。我还答应了云冈管理所，也还没写，一起补上。说着就伸了伸腰，到桌前铺开摊子写起来。

这年，王蒙已经65岁，他写完人们求写的条幅后，便立刻放下笔直起腰来，准备再坐下来和我们聊天。我和焦祖尧主席互相看了看，都觉得时间太晚了，正有意站起来告辞的时候，崔瑞芳老师对王蒙说："给老黄也题个字吧。"王蒙略微考虑了一下，说"好"，便又提笔弯腰，很快就题写了"青春"两个字。我一边高兴地接过条幅，一边连声对王蒙道谢。王蒙说，"青春"的内涵一言难尽，只有在实践中才会感悟到它的分量。我说我一定好好学习。然后，我便转过身对崔老师说："谢谢崔老师。"并同时弯腰一鞠。她微微一笑，轻声地说："你怎么还这么客气呀？可别这样。"我说："实在是感谢。"

在我们相处的两三天时间里，崔老师一直和大家在一起。她话语不多，脸上常带有细微的笑容。游览时，她静静地跟着大家转，静静地同大家一起看，静静地听讲解员讲，静静地端详每一个景点的画面。拍照时，她总是悄悄地站在最后边，看上去，她很平常，也很平静。人们在一起议论甚至是争论什么的时候。她也是静静地听着，顶多是微微笑一笑。当人们请教王蒙老师这个那个问题时，从没听到过她挤进来插话，也许因为这一切，她就在人们的脑海里留下了有知识、懂礼节、细心而文静的形象。

平时，我和崔老师接触的并不多，偶尔说上两句我对景点的了解，或者介绍一些当地的风俗。她也都是认真地听着，有时候也只是轻声地问上两句什么。

悬空寺的三教殿内，集释、道、儒三教巨头为一殿。殿正中是佛教师尊释迦牟尼，道教创始人老子居右，儒教领袖孔子居左。三人都正襟危坐于一殿。这在全国各地寺庙建筑中，极少见到。崔老师在这里很认真地看了一阵儿，轻声地对我说，细看孔子的相，好像有点儿不高兴，这是不是与这三位教主的座位排次有点关系？我说，崔老师你看得真细致，想得真周到真深刻。并从此在内心里又增加了几分对这位老师的敬重。因为我在这里采访过，也就对这个问题多聊了几句：说起来，佛教从西汉时期就传入中国，传播地域之广，教徒之多都属第一。儒、道创教均晚于佛教。所以让释迦牟尼居中，坐在首位，该是常理。崔老师轻轻地笑了笑接着说，从年龄上讲，孔子比老子小，而且孔子应称老子为老师。孔子更不应该与老子争位次。这样看，三教殿中对他们三位的座次排列正是体现了当时的时代背景，而且是合情合理的，孔夫子还是大度一点为好。我说，有时间真想多和崔老师聊聊，能多学点知识呀。她说，你太客气了，都是互相学习呗。

这里边的知识多着呢，我们说的也不一定准确。研究这方面知识的专家们，以后还会不会推出新观点，也说不定。

这是我和崔老师聊的时间最长、说话最多的一次接触。怎么也没想到，她会在王蒙为别人题写条幅后，提出"也为老黄题个字吧"。因为这是我心里有，而嘴上没说的渴望，此时此刻崔老师让人意想不到地提出来了，我感到很突然，也很惊喜；很感动，也很敬佩。本想当即表示感谢，可又没想起合适的话语，当我接过王蒙题写着"青春"字样的条幅时，不仅连声对王蒙说："谢谢，谢谢。"而且也转身向崔老师道谢并随之一鞠。

在这以后的日子里，每当我看到王蒙给我题写的"青春"字样时，不仅总要想到王蒙当时题写条幅的情景和那两句简单话语，同时也总会想到那位清淡如茶、沉郁似酒、平淡素雅的崔老师。并且往往还会产生一种想找机会再多了解一些关于崔老师的情况，这大概也是内心里一种求知的渴望吧。

这个机会终于来了，2004 年的盛夏，在北京一家书店，看到了方蕤写的《我的先生王蒙》一书，方蕤就是崔瑞芳老师的笔名。书的扉页上写着这样一句话："我们是世上最最平常的一对，天塌地陷了，我们过着我们平常的日子，风风火火了，我们还是过着我们平常的日子。愿我们的福气，让所有善良的人世男女分享。"从这平平常常的两句话中，我似乎又感到了崔老师对别人对读者的那份真诚的心意，那份浓郁情感。看到这本书，读了这句话，我高兴得不得了，立刻买了一本带回家连夜读起来，而且越读越不想放下。很快就读完了这部 24 万字的《我的先生王蒙》。在阅读和思索中，慢慢地在脑海里就翻腾出一个我经常挂在心上，说起来明白，实际上并没有深刻理解可又经常见到和使用的词语——"青春"。多年来，脑海里就经常思谋王蒙为什么对"青春"这么重视，他19岁就写长篇小说《青春万岁》，21岁半，发表了《组织部新来的年轻人》。这当然也明显地体现了他的青春力量。另外，他还在许多的文章里、讲话中、讲稿内都有对"青春"的阐述，甚至是给我这样一个普通业余作者题字，也写的是"青春"，这些使我有时清楚也有时朦胧地感到，"青春"在王蒙身上形象而生动的体现。特别是见他到耄耋之年后，更加朝气蓬勃、生机灌注，小说新作，接连不断，长篇中篇和短篇样样齐全。这一方面让我更具体更生动也更形象地看到了"青春"的力量，同时也更迫使自己总想找到王蒙为什么能永葆"青春"的秘诀。

读了崔瑞芳老师的《我的先生王蒙》这部书，再反复认真地读读王蒙和他的一些著作，慢慢就帮我加深了关于对"青春"的理解。同时，对王蒙为什么能永葆"青春"这个总想找到答案，而又总也没有找到明确认识的难题，心中似乎也慢慢地有了一些亮点。对此，感到很惬意很滋润，对崔瑞芳老师这本《我的先生王蒙》也就更加爱不释手。

这书的简介中，有两句话阅读起来非常简单顺口，但思考咀嚼起来又像心灵絮语情深味美，这两句话都是作者崔老师自己的切身体会，说得很真诚，很贴切，很实在又很明了。这是编者介绍作者（崔老师）对王蒙的感情时说的，一是说"她欣赏王蒙'不可救药的乐观主义'"；二是说他"能在焦头烂额中享受生活"。

细细一想，这两句话说得不但情深意切，而且也很准确形象地反映了王蒙的实际情况。

喜欢王蒙的读者，都知道他 14 岁入党，19 岁写长篇小说《青春万岁》，1956 年 4 月，在他 21 岁半的时候，写下了给他带来大喜大悲并改变了他一生的《组织部新来的年轻人》。这篇小说在 1956 年 9 月的《人民文学》发表。不是头题，头题是东北作家杨大群的《小矿工》。那年四月，是我参加工作的日子。17 岁半，也正是狂热阅读小说的时候。对《小矿工》和王蒙的那篇小说，都是一口气读下来的。那时候听说，王蒙才 21 岁，正和太原工学院的一个姓崔的学生谈恋爱。应该说，自己对王蒙的崇敬，实际上是青年人的一种崇拜，正是从这时候开始的。接下来，不少报纸杂志连续发表了对王蒙和他这篇小说的评论文章。开始都是夸奖、叫好、点赞的，有的说这篇小说开创了文学创作的新局面，生动地反映了生活现实。还有的说，王蒙这个青年作家的前途真是不可限量。

后来，慢慢地就出现了批评甚至是批判的文章，有的还上纲上线。就像我那样的青年读者看了或者听了，似乎还有些害怕。有个和我一起工作的读者，悄悄对我说，王蒙是党员，还是个团干部，他还能对社会不满吗？我刚参加工作不久，只是咂了咂嘴，啥也没说，实际是不敢说。再后来，有关王蒙的小道消息接连传来，有的说，北京开了王蒙的批判会，说他的那篇小说是写黑暗面；也有的说，王蒙结婚了，没问题；接着又听说，王蒙下放到农村劳动去了。有的说得更邪乎，说王蒙当了小工，甚至说看到他背砖运瓦呢，又过了不知多久，就听到了似乎很可靠的消息，说王蒙举家到了新疆。

那时候，我的工作单位是在一座深山的煤矿搞基本建设，等我听到这些消息，也许别的地方早已传过多少遍了——是真是假是虚是实也说不清道不明。但不管实际情况怎么样，反正我每听到一条这样的消息，心里总有些惶惑不宁，忐忑不安。其实这与一个在远离闹市的基层工作的读者，能有个啥关系？真是丝毫的关系也没有！自己曾经想过，这是不是与爱好文学或者是对一个青年作家的崇敬有关，我曾经在心里问自己：王蒙才二十几岁，他能经受住这么多磨难吗？那时候自己也参加工作两三年了，有时候遇上工作多压力大或者生活有什么困难，往往就觉得心烦意乱，焦头烂额。想想王蒙当时的处境，该有多难呀——这也许就叫看书掉眼泪，替别人担忧吧。

怎么也没想到，半个多世纪以后，一部叫《我的先生王蒙》的书，不仅让我们对当年听过的那些真假不清的消息都有了原汁原味的叙说，而且还有许多更真切更深刻更感人肺腑的情节，真是让自己浮想联翩，甚至激动不已。而这部书的作者正是给过我帮助的王蒙夫人崔瑞芳老师。所以捧着这本书不仅感到心满意足，而且似乎还有些温馨和甜美。

在这部书的 31 页，崔老师这样写道："直到今天，我才了解到王蒙在那个非常时期，他能从逆境中挺过来，还因为他'不可救药的乐观主义'，他觉得他选择了革命，同时就选择了曲折和艰难，这一切不完全是外来的，从灾难中走出来之后，王蒙常常说：'我个人有个发现，在严峻的日子里，家庭的功用实在是无与伦比。'"

读了这些文字，似乎就能体会到：王蒙的"不可救主义"和他"能在焦头烂额中享受生活"并在艰难困苦中不断坚定无论如何要活下去的信心和耐心，除了他本人坚定的革命意志外，还和家庭特别是他的夫人崔老师的全力支持和温馨体贴是绝对分不开的。再细细想下去，似乎就感到了王蒙身上那股青春的力量不能不说和这些都有密不可分的联系。

1962 年 9 月，王蒙调到北京师范学院，教了一年半书。他自己并没有上过大学，却有这么一段在高等学校任教的经历，而且还常有一些学生来看望他们的老师，王蒙也颇感慰藉。这时候，也就是他和崔老师结婚六年后，在师范学院一栋教工宿舍有了属于他们自己的而且在当时也还算是温馨的家。一天晚饭后，突然有两位陌生的青年找上门来。他们自我介绍是北大的学生，说是去了很多家书店，想买《青春万岁》，但买不上。书店人也说，不知道是什么原因，书还没有出来。两个青年来找王蒙，也是为了买书的事。这两个学生买书的故事，深深地触动了王蒙的心。平静的思绪被搅乱了，在王蒙的那颗年轻的心里，怎么能离开写作的初衷？写惯小说的手，怎么能轻易放下手中的笔？

看了崔老师这些真诚的叙述，使我想到，像这两个学生来找王蒙买书的事，在他们的生活中，肯定屡见不鲜。这应该也是王蒙能永葆"青春"的又一个闪光的亮点。

就在这时节，有一天崔老师正在 109 中学上课，课间，王蒙突然打来电话告诉她，我们正在开会，号召作家们到下面去，我们去新疆好不好？

崔老师略加考虑，说："我同意。孩子呢？"

王蒙说："一起去，全带上。"

两人通话不到5分钟，就定下了举家西迁的大事。放下电话，崔老师忽然感到双腿无力，气血一直往上升——新疆，多么遥远的地方，而我们基本上是没有出过远门的。

慢慢地她冷静下来了，王蒙现在想什么？他得到过毛主席的亲自保护。他曾经说过："活一辈子，连正经的痛苦都没有经历过，岂不是白活一回？岂不是枉走人间？"想着王蒙这些话，想着和王蒙相处的这些年，她的心平静了，腿也不软了，我能理解王蒙，去，跟他去新疆。

1963年12月23日，王蒙举家西迁。

清晨，一家四口，两个年幼的儿子，一个5岁，一个3岁，再加上必不可少的行李包，阵容也可谓不小。就这样登上了开往乌鲁木齐的Z69次列车，找好座位，打开窗户，洒泪告别亲朋好友。

崔老师问王蒙："我们什么时候能回来？"王蒙毫不犹豫地而且很自信地说："三五年，顶多十年。"

谁料到，这一去就是16年！

16年，一对年轻的夫妇，带着两个幼小的孩子，从北京到新疆，环境的改变，工作的变动，生活的磨炼，他们会经过多少从陌生到熟悉，从困苦到适应，从误解到了解，从初识到知己，到朋友的经历呀，在这些年年岁岁日日月月的过程中，他们付出了多少艰辛和心血，流过了多少汗水和眼泪……崔老师在《我的先生王蒙》这本著作中，都有详尽的描述。我们不可能在这里细细地说，但需要我们静下来细细地想，想进去再想出来，大概就能在眼前出现很多喜怒哀乐又生动感人的故事。在这里，我想有必要引用崔老师著作中的一段原文，也许对我们会有些启发：

> 1979 年 6 月 12 日，我们终于登上了乌鲁木齐开往北京的 Z70 次列车。到车站送行的竟有 40 多人，火车徐徐开动，车上车下泪水流成一片，一只只胳膊伸进车厢，最后再送来一网兜苹果。我已经无法克制，望着那渐渐远去的人群，失声痛哭。王蒙强忍着激动，连说："我们还会回来，我们一定会再来的！"

听说国外有一则寓言，说是有一条小青鱼，犯了天条，上帝为了惩罚它，下令将它扔到海里去了。王蒙到新疆后，就像小青鱼一样，在人民中间，他如鱼得水，快活地生活在各族人民的友情中。在那足足 16 年的岁月中，他的"不可救药的乐观主义"和"能在焦头烂额中享受生活"的本事，正好是都发挥了尽善尽美的作用。所以他能在那漫长艰辛经常面对新情况新问题的情况下，始终能洋溢着青春的活力，坦然机智而又胆大心细地度过了每一天每一月又每一年，并始终牢记着青春对文学的牵挂和文学对青春的向往。

1977 年，《新疆日报》发表了王蒙的一篇短文。接着，中国青年出版社又来信约稿。"气候"在一天天改善。1978 年第 5 期《人民文学》发表了他的短篇小说《队长、书记、野猫和半截筷子的故事》。那天，崔老师正在办公室修改学生的作业，她马上放下手里的营生，抱起那本杂志，就往家里跑。天正下雨，她将杂志揣在怀里，自己全身都淋湿了，杂志却安然无恙。离家还有八丈多远，她就放开嗓子大喊："王蒙，你看，你的作品发表啦！"王蒙当时正在做饭，那沾满面粉的手，一把将杂志抓起来，20年了，他还从来没有这么高兴过。啊！终于又回到了他日思夜想的本行！文学创作使王蒙的生活又一次发生了重大变化。用他自己的话说，"只有在写作时，才会有一种空前的充实感。"

从此，他的写作一发而不可收。《快乐的故事》《最宝贵的》等一系列短篇小说先后发表。接着，又应中青社之约，到北戴河修改一部长篇。最令人振奋的是他的第一部长篇小说《青春万岁》，这个难产儿，沉睡了四分之一个世纪后，也终于面世。

在这之后的日子里，他更是朝气蓬勃，并一直以青春的情感和勇气进行着不尽的探索和创新，创作高潮一个接着一个，到耄耋之年，各式各样的新作仍源源不断地涌现在读者面前，像近年来发表的《地中海幻想曲》《生死恋》等更是在青年读者中广受赞誉，非常抢手。广西师范大学出版社出版《生死恋》两个月后，一个青年读者朋友，从太原买来一本送到我家，并侃侃而谈其读后感，王蒙写青年人的事，比青年人写得都更生动、更深刻、更可信，真神了！你说他是不是要自己体会体会《青春万岁》的滋味？我说，这谁也说不清，崔老师提到过他的乐观主义和在焦头烂额中享受生活的话，这也许与他的青春活力有关系，我们还是先读他的书吧，读多了，领会得也许就深刻了。

无巧不成书，正当读了崔老师的《我的先生王蒙》和王蒙的一些作品后，想写点儿文字的时候，正好收到了2022年10月的《小说选刊》。顾建平先生在此刊"卷首语"中介绍说"本期'文学的风'专栏转载了王蒙先生的中篇小说新作《霞满天》，全篇洋溢着对生命和艺术的热爱与赞颂。88 岁的王蒙先生，近年来小说新作源源不断，长中短三箭齐发，爱恨情思生气灌注，为中国文学界生动诠释了什么叫青春常在、青春永驻、青春万岁。更难能可贵的是小说里所呈现的从心所欲自由不拘的文体意识，从少年布尔什维克到人民艺术家，王蒙以笔为旗，保持本色，永葆青春，将革命进行到底。莫道桑榆晚，为霞尚满天。"

本人原来要写这点儿文字的初衷，就是想感谢崔老师建议王蒙给我题写了《青春》字样的条幅，读了《我的先生王蒙》这本书，进一步加深了对《青春》的理解，通过王蒙这个具体形象，也更具体更深刻地认识到《青春》对人生特别是对文学创作的意义。现在看了 10 月份《小说选刊》的"卷首语"，我激动万分，这不正是我这篇短文的结束语吗？这真是上苍帮忙呀！有了这个结束语，就将我心里所想笔下想写而又没有写出来的话，都明明白白清清楚楚地呈现在读者眼前了。在这里我愿和读者一起，学习这个结束语，体味这个结束语，也感谢这个结束语和它的作者。

清粼粼的恢河流水

——读散文集《恢河，淌过我的血脉》随感

作家边云芳的散文集《恢河，淌过我的血脉》2018年由北岳文艺出版社出版。出版后，收到了不少读者特别是山西读者的热情点赞，也有不少人写体会谈感想。我在没读此书以前，误认为这是写建设恢河公园美化城市建设的报告文学。因为媒体有过这方面的报道。去年夏天，一位朋友还领我去此公园一游。广阔的湖面，在阳光照耀下，碧波粼粼，闪闪发光；岸边的树木和花草轻轻摇曳，争芳吐艳，真是一派生动诱人的美景，但当我见到《恢河，淌过我的血脉》这书以后，才知道，这是一部设计精美图文并茂的散文随笔集，和恢河公园并无关系。

边云芳出生在雁门关外的朔州市，这个市刚刚过了30岁的生日，市龄并不算长。但她脚下的这片沃土却是悠悠岁月久远绵长。史载28000年前，人类就在这里生息繁衍。岁月的长河，在这里留下了漫长而灿烂的历史和众多悠悠纪年的遗迹。童年的边云芳，对这些并不知晓。12岁以前，她在乡村看惯了花草树木和

庄稼，对历史及其文化的思考，是随着年龄增长逐步从村庄、院落、庙宇、人物、戏曲、山谷、河流……这些日常生活中的所见所闻，慢慢感悟并在血液中渐渐融化的。这大概就是她创作这部《恢河，淌过我的血脉》的生活之基和力量之源。

作家的文笔之妙就在于她选择了很有代表性的恢河，将这里的山河地貌、政治历史、民俗文化、故事遗闻……都和那清粼粼的流水一样，平静柔和又清澈有序地涌现在读者眼前，让我们跟随这融合着作者血脉的恢河之水平步而行，去鉴赏去感悟去享受这片沃土给我们的温情厚意吧。

为什么说恢河在这里很有代表性呢？

恢河，发源于宁武管涔山，一股清泉从管涔山涌出，分两支向南和向北汩汩流去。向南一支，被称为汾河，经由山西省广袤的地域最终流入黄河；向北一支就是恢河，它一路向东，到朔城区神头泉汇入桑干河。桑干河是朔州境内最长的河流，它经由朔城、山阴、应县和怀仁等县区流入永定河，经官厅水库归于海河。在境内河长 180 多公里。流域面积近 7700 平方公里。正如作家自己所说："一条叫恢河的河流，将这区域贯穿始终，把万物荣枯和生老病死结结实实地包容在里面。不由得，我对这条河流心生敬畏。"长河流月去无声，却给我们留下了漫长而辉煌的历史和优秀而灿烂的文化。所以，要说朔州，写朔州，悟朔州，爱朔州，沿着恢河去游览朔州，可说是一个很理想的选择。早已过世的哈佛大学教授布利斯·佩里说过，所有文学形式中，最灵活的莫过于随笔，而有一个主题，人类对之有着持久的兴趣，随笔作家更是永远对之情有独钟，这就是"书"和"读书"的主题。我想，这应该就是捧在我们手中的《恢河，淌过我的血脉》这本书的助产师吧。作者选择随笔的形式，沿着恢河两岸，娓娓动听地讲述朔州以往的故事和当今的见闻，就像恢河的流水淌着作者的血脉，平静、深情而又顺畅地以散文的文字之美绣织出朔州大地的优雅身躯。这本身就很具体地反映出作家的创作实力和在大散文天地里挥笔自如的艺术功底。这书主体的选择与主题的确定之准确，体裁与架构运用之精妙，就是这部著作给我的第一印象，或说是第一感受。

我常常这样想，阅读一本书，随便翻开一页，阅读一段，能留住你的眼，感动你的心，引着你总想往下看，这应该就是称谓好书的第一条件。比如山西的两位作家，赵树理的小说和梁衡的散文，都不仅是通篇锦绣，而且每段都以情感人，让你能废寝忘食地往下看。读《恢河，淌过我的血脉》的时候，我似乎就产生了这种感觉，在年终岁尾杂事频频的情况下，硬是挤时间看完了这部长达25万字的长篇之作。本书共分为五辑：第一辑，恢河，淌过我的血脉，开始就介绍了在深秋里，月光下的恢河那清澈、安静、宽舒、温情而深奥多姿的体态。而后，领我们一起去神头泉，闻泉水清香，看花草月貌，赏虹鳟之游，听神女传说……接下来就去抚摸紫荆山、儿女山……当然也就踏进了沿岸的土地，观赏了当地的山林和古老与年轻的村庄，这第一辑的开篇，就很具体很生动很感人地将恢河之美艳、之渊源、之流向、之奇景、之典故以及它滋养大地润泽子民的恒久而沧桑的流程，在清粼粼的流水中显现在我们面前。第二辑，阁尔墩往事。第三辑，峙峪遗址，挺立起中华文明的高度。第四辑，大秧歌，那一声"嗨"。

第五辑，开在春天的玉兰花。这些章节中的每个村庄、每座院落、每块土地、每片山林，还有那些古庙、古迹、戏台、剧目以及坟冢和墓碑……都让我们目不暇接，驻足难移，使我们一次又一次地刨根问底，反复追寻，总想尽力打捞这里的那些历史故事和文化韵味，而且每走过一片热土，每看过一处景点，每叩访一个典故……都会得到有情有义深入浅出地答复，每每都让人产生心满意足的欣慰和温馨。

什么是散文，或者进一步问，什么是好散文？对这个问题，每位读者都有自己的理解。我在读散文的过程中，慢慢体会到，散文的核心应该是作者的自我心智能坦率而真诚地显现出来。说得明白一点儿，就是要有自己真实充沛的感情，而且能让读者受到感染和启发。这种感情不能是虚假的夸张的。诗歌中的那种提升和强化了的感情，在散文中似不太适宜。当然，这绝不是说散文不需要适当的修饰技巧。相反，散文很需要文字的优美和修饰的艺术。

文艺作品，是动情之作。任何文艺作品都得有真挚深沉的感情，散文作品的成败，作者的感情是关键。《恢河，淌过我的血脉》最突出的特色或说是最感人的地方，就是充分地表达了作者对恢河两岸和朔州大地的深沉、充沛、真挚的感情。从灵魂深处的心弦上，弹奏出情感的旋律来，让读者跟着作者的笔端在恢河的流水声中感受朔州大地之美和对故土之爱。翻开《恢河，淌过我的血脉》这部作品的每章每节几乎都会有这样的感觉。在第一辑和第五辑中，作者的深情和大爱表现得尤为充分。请看在第一辑中介绍恢河的两段叙写：

　　破山脉，跃山谷，钻砂石，隐地层，伏流出，现美景。一路崎岖一路隐忍，又一路欢歌，浪花拍打着浪花，云朵咬合着云朵，长天一色，月华飞霞，一条与生态有关的河流在朔州大地上作着诗意般的长篇叙写。

　　这条河流，诞生才子、佳人、英雄，也养育平凡如你我的普通人。每一个朔州人，内心都有一条河流。这条河流，是我们共同的衣食之源，礼乐之原，我们没有理由不知道它的魅力，也没有理由不为它发出一份虔敬的赞叹。

　　这两段文字，写河之景，景美如画；写人之情，情真意切。前一段的景，写的朴实、形象、鲜明、美意；后一段的情，写的逼真、深刻、舒缓、感人。情与景融于一体，就像恢河之水，悠悠荡荡又文雅平静地沁入读者的心田，淌过周身的血脉，感奋胸怀，意味悠长。于是，我们在阅读的美意中，便将真情和挚爱都无声地融在了朔州这片古老而又年轻的大地上。而读者对这片土地的浓意情感是随着作者的笔端对这片土地大爱深情的书写而产生和不断加深的。在本书的最后一个章节中有一段作者情感的自述，大概能帮我们体悟到感情在本书中的重要作用。"我匍匐在老城的每一块砖瓦的纹路中，脚底黏附每一座村庄的泥土，那些古庙、戏台、古桥、古树、古堡、墓冢、遗址、废墟，在我的叩访、凝目、研读中变得有神有声、有情有义、有故事有韵味起来，尘土飞扬的行走中，写满我的热血和信仰。"在这段自述中，我们清晰地看到了作者对这片故土的深情和热爱。也看清了恢河是如何淌过作者的血脉滚动在朔州大地的。

其实，阅读中，我们处处都能感悟到：充沛的感情，纯真的挚爱，洒脱的书写……就像那清粼粼的恢河水一样涤荡在作品的每一章节，让读者之情跟着作者之笔舒缓而温馨地在周身流淌，从而让朔州古往今来的文化根脉沁润在脑海，印记于心中，这种深切流畅的情诉，不仅达到了深化主题的目的，同时也体现了作家以情写事以情感人的创作风格。这让我们进一步认识到：充沛的感情，和扎实的生活一样，是文学创作中不可或缺的基本要素，更是散文创作的共同特点和特殊要求。

散文是最自由的文学形式，是很能及时反映生活的一块广袤的沃土。所以它也成了众多作者便于掌握的工具。生活中的所见所闻，所感所悟，只要作者自己动了心，有了情，都可以快速地写出散文作品来，而且还往往会有优秀的作品面世。作家边云芳说："河流滋养了我，我该用文字做一些有益的事情，我无数次地用文字赞美这片土地，我滚烫而澎湃的爱又无声地凝固在了这片土地。"这应该就是她能将一篇又一篇一部又一部的优秀散文不断地奉献给读者的缘由，《恢河，淌过我的血脉》是这样，《却把书卷留故园》也是这样。《却把书卷留故园》一书，是作者十几年前写的朔州35位文化人物的专访和19篇对艺术作品的阅读赏析，约18万字。此书着重展现的是现代与当代雁门关外这片沃土瑰丽多姿的文化图卷。读后，我很突出的感觉，这是《恢河，淌过我的血脉》的一部姐妹篇。因为本书的所有作品，都和《恢河，淌过我的血脉》一样，凝聚着一个真诚而厚重的情字，不用说写，单就对这 35 位受访者的采访，该付出多大的辛劳呀！为了表现这片地域的文化风貌和根脉，她满怀激情，不但夜以继日，见缝插针与朔州当地有关人物访谈交流，还跑大同，下太原，请教文化名人，寻阅有关名篇。这虽然只是创作的前奏，但确是作品的根基。至于在具体创作中付出的辛苦和汗水，就可想而知了。这里还应该说一句似乎是多余而又不能不说的话，这一切，她都是在做好本职工作的前提下，用业余时间去做的。试想一下：没有一股强烈的激情能做到吗？我也是一个业余作者，在这方面的苦辣酸甜，真的是体会多多。

这篇读书随感，原意是写读《恢河，淌过我的血脉》的感受，之所以还要将《却把书卷留故园》翻开来啰唆几句，是在读这两部书的过程中，慢慢产生了一个共同的感悟，作家边云芳，在她坚持不懈的文学创作历程中，已经形成了自己的风格和特色，这就是以自己的深情抒写内心的大爱，以文中的深情和大爱去沟通读者的心灵，从而比较好地发挥了文艺作品的正能量。在我看来，这就是《恢河，淌过我的血脉》这部新作的闪光点，也是能够受到读者好评和赞美的重要因素。

受到好评不是没有缺欠，有了赞美不是没有遗憾。我读《恢河，淌过我的血脉》这部作品时，真还有些地方觉得不够满足，或者说是有点儿不够满意，此书本意可能是想以恢河为主线，写朔州的古往今来，这个选题很好，总体上说，写得也不错。但读后总觉得"古往"写得具体、细腻、鲜活，也很生动感人。但是"今来"这部分着笔太少，有些该写的地方，没有写，或没放开写……当然，我们要理解作者对生养自己的故土之情和本书创作的意图，但《恢河，淌过我的血脉》毕竟写的是恢河，说的是朔州呀。这就多少也要提到朔州解放后的 70 多年和建市后的 30 多年，右玉人民在那片古老荒芜的土地上，建成国家级生态示范区和"联合国最佳宜居生态县"的这些留在世界史册的光辉篇章；成百套的世界当代最先进的大型开采设备浩浩荡荡开进朔州建设朔州的宏伟大业，也都是朔州历史上的光辉一页；还有市内那些各色各样现代化建筑和城乡的巨大变化。这些都使恢河的流水更清澈、更美艳、更动人……在《恢河，淌过我的血脉》这部写朔州的长达 25 万字的大散文中，如果能写上几笔，也许这部著作，就会更丰满更完美。可惜的是几乎都没能写到。所以读起来就有些不过瘾、不解渴、不满足……不管怎么说，这都是一个让读者有些费解的缺憾。

说这些，并不影响《恢河，淌过我的血脉》是一部好书，是一部可读和该读的书，也是作家近年来文学创作的一个新亮点、新收获。边云芳经过多年的辛勤劳动，已经探索到属于自己的文学创作之路，并取得了可喜的成绩。现在正是她迈开坚实的步子，继续大步前行的最佳时段，相信并预祝她伴随着那清粼粼的恢河流水，会不断为读者推出更多更好的作品来。

朋友之交书为媒

　　一说《朋友之交书为媒》这个故事的题目：不少人脑海里就会闪现出"君子之交淡如水"这个源自薛仁贵与一位普通百姓之间的交往故事和广为流传的古老名言"君子"这个词。"君子"，在儒家文化中，一般理解为最合格最理想的人，它含有正道之人的价值取向。考虑再三，本故事没有用"君子之交"这个词，那样恐会酿成抬高自己之嫌。再说"书为媒"：20世纪中期，著名剧作家、电影导演吴祖光先生，曾有一部大作，叫《花为媒》。此剧由他的夫人评剧皇后新凤霞和著名表演艺术家赵丽蓉搬上评剧舞台后，立刻引起轰动性效果，而且久演不衰。20世纪60年代初期，香港电影制片公司拍成电影后，更是引起中外广大观众叫好不绝。至今，央视戏曲频道还隔三岔五地播放此剧，以满足观众的需求。我对吴祖光的剧作和新凤霞的表演都崇敬备至，故对《花为媒》印象极深。因此就有了《朋友之交书为媒》这个题目。

　　话说20世纪80年代初，我调到平朔露天煤矿还没几天，居住在离平朔约十多里之遥的青年作家钟道新就来看我。平朔露天煤矿是和美国西方石油公司合资开办的，被称为改革开放的试验田。钟道新热情地握着我的手摇了又摇，他说："你调到平朔来，我很高兴。今天来看看你，表示欢迎。还给你带来一份不算重也不算轻的礼物。"说着，他从提包里取出来一本书递给我。这本书叫《超越生命》我听过，但没见过。便连声说："好，好，太好了，我正需要呀！谢谢。"他说："君子之交淡如水呀，不要说谢，这书只是我的一点心意。朋友之交以水相比，这个古传，很深刻很高雅也很生动。我送你这本书，谈不上什么君子之交，只是为祝贺你来平朔工作，尽我一点小小的心意吧。"

对钟道新的到来并赠此书，我很高兴，甚至有点儿激动。以前，虽然我们都彼此了解对方的一些情况，但只是几次会议上的交往，还说不上是什么感情至深的朋友。他今天的到来，特别是当我接过这本厚厚的"超越生命"时，真还好像有一股暖暖的甚至还带点儿甜丝丝的热流在全身滚动，暖了全身，热了肺腑，这时，真觉得还有好多心里话，该好好聊聊。可时间过得很快，转眼就 11 点多了。我看了看表，说："别的先不说了，今天中午，我专门请了一位有点儿酒量的朋友，一起吃个饭吧，吃着饭，慢慢聊，也可能会聊出'淡如水'的意味来。"我了解，道新嗜酒，喝酒会加深感情的。所以我们一边往饭厅走，也没让嘴闲着："等我看完了这本书，再找机会推心置腹地谈，今天只是先表达表达我的感激之情，也算是尽一点儿朋友的心意吧，你一定要喝好。"

道新说："有书在，就有朋友在。咋说，喝酒也数第二位。"

《超越生命》这本书，是（美）鲍勃·康西丹著，中国社会科学院美国研究所编译，由生活·读书·新知三联书店出版的"哈默博士传"。在该书勒口内容简介中说：本书用生动的文字，记述了这位已经85岁高龄的实业家哈默博士富有传奇性质的一生。

在我刚刚调到与哈默的西方石油公司合作开发建设的平朔露天煤矿的重要时刻，能得到这样一部著作，真如获至宝。我一边翻阅一边自语："及时雨呀，多好的及时雨呀！"翻开书的扉页，首先映入眼帘的是一枚四四方方端端正正的钟道新藏书印章，这印章庄重地在洁白的纸面上显现着此书的贵重分量和丰厚诱人的内涵。再翻一页，是道新的签名和八五年八月十四日的购书时间。

一边读书，一边琢磨，现在，我该说什么做什么？回答应该是八个字：以心换心，以诚回馈。这也算是与道新朋友之交淡如水的内涵吧。

在道新给我送《超越生命》以后的五六年间，因为我们所在的两个单位不算很远，彼此来往十分密切，一周不见，也必打电话联系。我们谈阅读、谈创作、谈国事、谈家事也谈社会杂事……道新很喜欢读书，而且读书范围很广，读得认真深刻。他的记忆力极强，对政治内幕、历史掌故、人间秘闻、学界时尚一类的事，兴趣很浓，和他聊天不仅能开阔眼界，增长知识，而且是件很快乐有趣的事。

20世纪90年代初，道新调山西省作家协会成为专业作家。不久，又连续当选省作协副主席和省政协委员。同时他的创作也进入鼎盛时期，大量文学作品不断被全国各刊物和出版社推出，并引起强烈反响。电视剧创作也连获成功，特别是《黑冰》《天骄》《苦菜花》《天之云，地之雾》《叶挺将军》等在全国各电视台连续播出后，不仅观众普遍叫好，就连文艺圈儿内也点赞不绝。著名作家、山西省作协原主席张平说："钟道新影视作品的最大特点，就是台词非常精彩，可谓字字珠玑，句句经典，以至于著名演员王志文曾感叹说，只有钟道新的作品，才能激发起他表演的欲望。钟道新的作品不仅使王志文的表演登峰造极，甚至能让人抄去当座右铭。"对此，我也颇有同感。在看电视剧《黑冰》最后一幕，听了王志文饰演的郭小鹏，戴着手铐在判决书上签字甩钢笔时说的那两句话，我拍着沙发的扶手边笑边自语说："这绝对是道新的语言。"

应该说，这时的钟道新到处都是叫好声。但是不管周围有多少粉丝为他鼓掌喝彩，摇旗呐喊，他的脑海一直很清醒，他的心地一直很平和。对所有朋友都照常如故，热情有加。正像毛阿敏在《永远是朋友》那首歌所唱："以心相许，心灵相通，结识新朋友，不忘老朋友，天高地也厚，山高水长流。"钟道新此时各行各业的朋友不仅遍及省城，而且在全国不少地方都有贴心之交。可他对我这个以书为媒结交的一直工作在基层煤矿的业余作者，不但没有丝毫疏远，而且联系越来越密切，感情越来越深厚，对我在阅读上的帮助乃至生活上的关照也越来越细腻，真可谓体贴入微。

道新一直很关心我的阅读，到省里后，除了一本又一本地将他的出版新作及时送我外，还不断将每个时期社会上的叫好作品及时买到捎来。对这些作品，我读得都比较认真。道新的作品，一般都是与时代相拥，取材高雅而独特，故事生动而深刻，叙述精彩而多姿，语言精练而幽默，总能给人以雄浑厚重的情感和急切向前的力量。他的中篇小说《超导》写的是科技界的顶尖体裁，据此拍摄的同名电影，曾获全国大学生电影节特别奖。长篇小说《股票大亨的儿子》发表在我国股市刚刚兴起的时候，这个题材显得非常新颖，当时很抢手。就连我这个对股市一窍不通的门外汉，也凑着热闹读了一遍。读后真还受益匪浅。

有一次，《黄河》原主编张发来朔州，受道新委托，给我带来十几本新书。他告诉我："道新每次来朔州前，总要到书店转一转，专门去买适合你阅读的书。"对此，我更是深有体会，著名作家刘庆邦描写煤矿生活的长篇小说《红煤》，出版后受到读者的普遍好评。道新第一时间就给我买到，还在电话上提示阅读重点以及评论界对此书看好的原因……我读后，又打电话和他交流阅读感受。就这样，我们不断在购书、赠书和读书中，密切认知上的联系和心灵上的沟通，从而也就不断加深了真情似水的友情。这期间，道新还把不少大部头的自己宝贵藏书割爱赠我。他说："这些书，你不一定能详细去读。一般说，人们也没时间读这么厚的书，但是这是宝贵的资料，说不定什么时候就有用，特别是在创作中，往往还离不了这些资料。"他说的这些书主要指：《中华文明大博览》《国史大辞典》《名人早逝之谜》等。这些书，在我的创作中，真的提供过不少资料，这也是道新对我的重要帮助。

在我发表过六部中篇小说以后，一次和道新聊天时，曾流露出想出版中篇小说集的意向。过了一个多月，钟道新就和百花文艺出版社的王俊石先生来到平朔，此人是百花出版社负责山西片儿的责编，还有党委书记和副社长的身份。他只看了我两个中篇就说："你这六个作品都发表过，定吧。"于是立刻就签了出版合同。王俊石和钟道新的关系很铁，因为道新不少叫好的作品都支持了"百花"和俊石负责的《小说月报》。我中篇小说集的出版，是道新对我的一次鼎力支持，也是朋友之交书为媒的一个重要内容。就这样由道新牵线儿，以书做媒，使我和王俊石也成了至交。自我们交往后的十多年间，每月他都将《小说月报》准时寄来。每年评选的"百花奖"作品汇集出版后，他也一一赠我。这些书收集的都是在全国各报刊精选出来又几经评议、众所公认的优秀作品。我在阅读这些作品时，嗅觉特敏感，翻开每一页都能闻到甜美的诱人之香。在这欣慰和幸福中，我会想到钟道新，想到王俊石……现在，王俊石也退休了，但我们的友谊没有退休。他赠我的那些书，特别是那些获奖小说集，我都还很好地保存着，有工夫，就想翻开看看。过去以书为媒的交友之情，也和书之长存一样，永久地保存到了心窝里。

　　钟道新调省作协离开朔州的时候，曾反复安顿他电厂的朋友，一定要照顾好老黄。一个叫王勇的年轻人，按着道新的意思，不仅逢年过节总来看我。而且平时也常打电话或直接来家问长问短，给予了不少关照。更重要的是，道新给我的好多书，都是他及时给我送来的。所以我们之间，也就建立了深厚的友谊。当他在北京出差的路上，出了车祸以后，我和道新都同时掉下了悲痛至极的眼泪。道新说："一个好人走了。"我说："他还年轻，太可惜了。他捎给我的那些书，我将永远保存好，这是我们三人的友谊象征。"

　　著名作家李锐曾在文章中写道："生活中的钟道新，抽烟，好酒，爱棋，喜欢交际各路朋友，喜欢在餐桌上谈天说地，对朋友古道热肠，颇有些仗义疏财的豪情。"这话说得很准确，我多次在餐桌旁，听他说古论今，跟着他的话语去漫游古今中外的景点盛世。后来我体会，这也是一种阅读内容，一种交流的形式。对他与朋友的古道热肠和豪情厚谊我更感悟至深：自他到省城以后，我每次到太原的吃喝住行，一切他都包揽下来。有一次正赶上他去阳泉看望《苦菜花》电视剧排练，便给我打电话："你到宾馆总台要上我订的房卡先住下，晚饭已有安排，我一定赶回去陪你。"

　　这就是钟道新的性格，这就是他对朋友的态度。他在大同电厂曾挂副厂长之职，那时，我曾问他："你分管什么？"他很幽默地说："我只管两样：一是吃饭，能招待朋友；二是汽车，能去看望朋友，别的我什么也不管。"可见朋友在他心中的地位。日常，我们的联系主要靠电话，每次电话他不但能传来文学界的动态，而且还往往聊起省内外乃至国内外的前沿信息，因此通话时间都得半个小时，有时还在一个小时以上，如果是我先打的电话，他一定是先把电话放了，再打过来。虽然电话费对我们都不算重要，但在这些小事上，他也先考虑的是朋友。道新为人有他的独特智慧和风格，我很敬重他的一点是无论何时何地都特别尊重对方，尽量不伤别人的面子。有一次，一个愣后生闯进屋对他说："你有没有病，我认识一个神医。"在场的人都觉得这话很不合适，也都愣了，道新却平静地说："你想不想进监狱，我认识一批劳改犯。"大家哈哈一笑，就过去了，谁也没伤面子。事后道新对我们说："农村一个烧砖窑的，挺实在，也是个朋友。他不爱看书，文化也不高，我经常给他找点儿通俗读物，慢慢地也能看下去了。"中国传统文化认为，天伦大道藏于每个人的心底。《论语》中所说"己所不欲，勿施于人"的道理，已经成了道新为人处事的内心依据。不管在什么情况下，他也不会伤朋友的面子，总要让人下得了台。

"君子"是孔夫子理想的人格标准。有人曾问孔子，什么样的人才能称为"君子？"孔子说："君子不忧不惧。"又解释说："反躬自省，无所愧疚，当然没有什么可忧可惧的。"

钟道新够不够这个理想的人格标准，我没资格下这个结论，但是从他的阅读、创作、社会活动，特别是从他与众多朋友相交相处中，我有理由相信他是按"君子"的理想人格，做人行事的。至少他对我是完全做到了"君子之交淡如水"。中国传统文化认为最高道德就像水。水，滋润万物而不与谁争，这是一种高标准人格的象征，我喜欢而且尊敬这样的人。

钟道新没有受过任何高等教育而成为著名作家，并能用君子的理想人格为人处事，一是家庭教育好，二是个人刻苦读书。胡适说过，凡能做成一点儿事的人，都是有天赋再加刻苦努力。钟道新的父亲钟士模先生是中国最早的自动控制方面的专家，系美国麻省理工博士。曾在清华大学任教多年，后任自动控制系主任，门生故旧遍天下，两个兄长都是成名教授。无论从哪方面说，道新都是高门望族。他虽然很少谈到他的家庭出身，但人们还是从各个渠道对他幼年在清华园的生活环境有所了解。钟家这个很有希望的老三，后来没有念成书，初二文化，下乡山西。有人说，不是知青下乡，他成不了著名作家；也有人说，不是知青下乡，他早就成了著名科学家。我则崇敬中国那句老话："最是书香能致远。"道新刻苦阅读的精神和他的超人的智慧都感人至深，我深信央视三频道经常喊的那句话：是金子总是要发光的！

在此文的结尾，我不得不提一下那个令人震惊而悲恸的时刻，2007 年 8 月 3 日中午，56 岁的钟道新，在山西省作协门口的小摊买东西时，突然说了一句"好难受"，然后摔倒在地，经紧急抢救，但已经没有了生命体征。50 分钟后，人们无奈地接受了钟道新去世的噩耗。

钟道新是新时期文坛的"晋军"重要代表之一，对山西乃至全国的文学事业都作出了重要贡献。他英年早逝，真可谓是"千古文章未尽才"。好在他为我们留下了大批中、短篇小说，还有十多部长篇小说以及许多散文、随笔和影视作品。我们相信，他的文字和名字，必将在中国文学史上占有一席之地。那个忠厚、智慧、儒雅对朋友真心似水的"君子"，在全民阅读中，会永远和读者以书为媒广交朋友，他的"君子之交淡如水"的朋友，也会越来越多。

大作家的小故事

记得那是一个礼拜日。作家朋友钟道新，拿了一本《托尔斯泰箴言录》来找我闲聊。他说，这是本小册子，不是巨著，但将托尔斯泰各方面的箴言都汇集到一起了，有空儿可以读一读，里边有些话说得还是很有味道的，对文学创作可能会有些帮助。

我清楚，有一个多月，我们没见面，都想在一块儿聊聊了。和这样的好友敞开心扉聊天，也是一种不可多得的幸运。这天，我让宾馆服务员泡我带去的西湖极品龙井茶，喝得有滋有味儿，聊得也就开心有劲儿。而且越聊越高兴，聊得范围也很广：文学创作、历史典故、读书感受、社会热传、民间风尚，还有名人评说等，闲聊，闲聊，越聊就觉得越应该聊，该多聊。在这些闲聊中，我已经多次感到，这不仅是开阔视觉、增长知识的好途径，而且还很有乐趣，有时还能记住一些故事，感到很开心，很舒畅，甚至很兴奋。

这天，我们聊来聊去，就聊到了一些大作家的故事：在谈到世界文坛巨匠时，钟道新简直是滔滔不绝：什么莎士比亚的那些喜剧和悲剧及其作者本身的成长故事，还谈到了恩格斯对他的评价；聊到其著作总集名为《人间喜剧》，却以人生悲剧收场的巴尔扎克的时候，我们对他又敬重又惋惜；对那个很有特殊性格，在俄国最受人们喜爱的小说家托尔斯泰，我们俩都觉得有说不完的话，托翁的故事也很生动，讲起来让人难以忘怀。钟道新对国际上的名人了解得比较多，包括政治、经济、文学乃至军事方面的人物他似乎都有兴趣。于是，我们还用了不少时间谈到英国曾两度当选首相的丘吉尔，聊到中国的作家，我最崇敬的是巴金，谈到巴金，我就和钟道新说我年轻时，一个挺要好的朋友，因为我爱读巴金的书，曾经不止一次地批评我是小资产阶级情感。我当时接受不了，他还挺有耐心，真的是怕我走错路。那时候文化战线的空气确实也有点儿紧张，批判王蒙的《组织部来了个年轻人》已经开始，我明白那个朋友是真心实意地在帮助我，最后我们就成了很知心的朋友。说到这里，道新哈哈大笑。他说，看来读书也有阶级性，还得注意时代背景，你遇上了一个好人哪，那时巴金的书在太多太多的青年中都有影响。我说，我就是其中一个，而且受的影响还比较深，所以啥时我都忘不了那个朋友，接着我们就聊起茅盾、郭沫若、冰心。当然，还谈到了赵树理和马烽，因为他们是山西人，聊起来就更觉得亲切，所以聊得兴趣也越来越浓。在谈到煤矿作家时，我们首先还是谈到他给我买的那本刘庆邦的长篇小说《红煤》。道新说刘庆邦的小说不管是长篇还是短篇，是写矿工还是农民，人物刻画都很成功。我说，那是我们煤矿作家的一面旗帜，我总想学人家，可这也不是那么容易的。道新给我鼓劲儿打气，各有各的情况，你这两年也写了不少东西嘛。我哈哈地笑了："道新，你用不着鼓励我。我还想聊聊夏衍，那也是我最敬佩的一位老作家。"这时候，一位服务员走来说："我们经理问你们要不要安排晚餐。"我说安排吧。道新说，不用了，我已经有约了。今天就到这儿吧，找机会再聊。

平常我睡觉还可以，可这天晚上却失眠了。翻来覆去，脑海里总是白天聊的那些大作家的形象和故事。吃了片安眠药，也没起作用。后来，干脆披上衣服，坐到电脑前，就将脑海里赶不走的那些个小故事，小段子，都嘚嘚嗒嗒地存到了电脑里，啥时候想用，还可以翻腾出来嘛。

托尔斯泰的几个小段

托尔斯泰的作品，由于其卓越的真实性和浓郁的现实主义色彩以及深刻的心理描写，赢得了众多理论家的好评和广大读者的齐声赞誉。他的巨著《战争与和平》《安娜·卡列尼娜》《复活》等都以宏大的结构和严谨的布局、丰富的人物以及那些哲理性的长篇大论，都成为19世纪世界文坛的标志性成果，使他成了世界文坛的巨人。

1901年，对世界文学影响巨大的诺贝尔文学奖开始颁发。当时人们都认为托尔斯泰是当之无愧的人选，因此提名和推荐的人络绎不绝。然而托尔斯泰并没有获奖。于是，引起世界一片哗然，这件事就成了文学界争论不休的一个重要议题。许多人士纷纷撰文或写信对此表示不满。1902年，瑞典42名作家和评论家联名写信表示抗议并表达对托尔斯泰的崇敬之情。在这种情况下，有关方面就不得不作出一个公开解释，说托尔斯泰之所以未能获奖，是这位杰出的作家，对社会道德所持的怀疑态度与诺贝尔所设此奖的初衷相违，所以不会颁奖给他。

其实，获奖不获奖，丝毫也不影响托尔斯泰对社会的思索和在文学创作中的追求，反而更加坚定了他对自己创作方向的信念。事情过了一个世纪以后，人们说到这个不大不小的故事，还是感想颇多。"尔曹身与名俱灭，不废江河万古流"，现在，人们越来越觉得，诺贝尔奖没发给托尔斯泰，这绝不是托翁的遗憾，反而让世人越发感到托尔斯泰是个真正值得尊敬的作家。

在一个谈笑风生的场合，有一个冒冒失失的后生，当众调侃托尔斯泰。他问：你这个世界有名的大作家，除了会写小说以外，还能干什么？

当时，在场的人都很吃惊，他这是开玩笑吗？这个玩笑开得太过分了！那时，托翁已是花甲之年，怎么能不给老汉留一点儿面子呀！

托尔斯泰当时却出奇的镇静。他不但没有对这样的嘲讽还嘴，而且还轻轻地笑了笑，就不吭一声地回家了。

回到家里，托尔斯泰立刻就忙活起来。他的"车间"就设在他的书房旁边，一张大木台子上，摆着榔头、钳子、锉刀、改锥等不少工具，旁边放了几块干干净净的皮子，墙上还挂着干活时围的围裙……他连续几天，就在这"车间"低头弯腰地忙活。开始，人们闹不清他这是要干什么，过了几天才恍然大悟，原来是那天他听了那位青年朋友的调侃，心里好像又进一步加深了对自己的认识，觉得人家说得有一定道理。于是，就下决心亲手制作了一双很漂亮且结实的高腰皮靴，郑重地送给了他的大女婿苏霍京。

大女婿苏霍京得到这双皮靴，如获至宝，这么贵重的礼物，怎么能舍得穿在脚上呢！左思右想，就将这双皮靴端端正正地摆在了书架上。当时，《托尔斯泰文集》已经出版了十二卷，他便给这皮靴粘上了标签儿："第十三卷。"此举，在文化圈乃至广大读者中立刻传为佳话，并为这位世界文豪点赞叫好。

托尔斯泰听闻后，哈哈大笑，连声说："那是我最喜欢的一卷。"

托尔斯泰的长兄尼古拉，从母亲那里记住了很多故事，他最爱给托尔斯泰讲的是一个"绿棍子"的故事。这个故事很令人神往，更使托尔斯泰着迷，说在这个世界的某个地方埋着一个很有魔力的绿色棍子，上面写着能让人们摆脱灾难、人人都能获得和平和幸福的"绝密"。如果谁能找到这个"绿棍子"，那他就可以实现这些人类许久以来的向往。托尔斯泰简直被这个故事迷住了，这不正是他所追求的目标吗？他的全部著作都可以看作是他追寻美好愿景的空谷足音。他的大女儿曾经说，他对这个故事一直都念念不忘。到了晚年，在一次散步的时候，还在讲这个故事。

托尔斯泰被人们誉为"全人类的骄傲"。他的全集出版了九十卷，人们称其为"百科全书"和"文学艺术中世界性学校"。这些作品的精神之丰富、深邃和博大，为世人所叹服。他又是货真价实的贵族出身，可以顺理成章地当一个被某些人羡慕的"精神贵族"，而最让托翁深恶痛绝的也正是这种"贵族意识"。他一生念念不忘那个绿棍子的故事，一直致力于他的"平民化"理想。据说他自己扶犁、耕地、种菜、做鞋。他到临死都信奉：劳动，只有在劳动中才包含着真正的幸福。而且他尽他的努力去实践他的向往。有一次，他路过一个码头，遇上一位贵妇人，就要雇他去当搬运工。他也就顺从地答应了，便立刻弯下腰，扛起箱子和别的工人一起干起来。贵妇人看他表现不错，便给了他五戈比的奖赏。托翁便高兴地收起来了。这时候，码头上有人认出了他就是大名鼎鼎的托尔斯泰。于是许多人围过去向他问好。那位贵夫人感到很不好意思，便想要回让她羞愧的那五戈比，可被托尔斯泰坚决地拒绝了。他说："这是我劳动所得，我很重视这个钱，不在乎有多少。"

由于家庭特别是妻子索菲雅的原因，1910年10月28日清晨，托尔斯泰从家里出走了，而且决心永远不再回来。他究竟要到哪里去，无人知晓。他只是想在远远的地方租一间农民茅屋住下来，从而摆脱贵族的生活，和千千万万的农民一起度过自己的晚年。不幸的是他在秋风中着了凉，82岁高龄的老人经不住旅途的颠簸和劳累，终于病倒了，只好在一个小小火车站住下来。经医生诊断，他患了肺炎。

托尔斯泰病倒的消息立刻传遍了全世界，小小的车站很快成了世人瞩目的中心。作家的家庭也收到了许多慰问电函。他的妻子索菲雅闻讯后也连夜赶到了那个小小火车站。但人们怕她的到来对托尔斯泰产生致命的后果，没让她马上见到作家。过了好几天，她才被允许同丈夫见面。她静静地走到他的床前，跪下来，轻轻地吻着他的手。遗憾的是，托尔斯泰那时已经不省人事了。医生紧张地为他做了人工呼吸，但他的呼吸越来越微弱，最后终于停止了。这时，正是 1910 年 11 月 7 日的清晨。

托尔斯泰的逝世震动了整个进步人类，反动沙皇不准人民举行悼念仪式。可是成千上万的人不顾警察的阻拦，护送着灵柩，离开了那个小小的火车站，一直将他护送到了一个美丽的峡谷边缘上，这里的白桦树和毛榉树的丛林中，是作家儿时细心寻找那根有魔力的"绿棍子"的地方，也是他开始探索使人摆脱灾难、消除罪恶、获得幸福"秘诀"的地方。就在这地方，人民群众为自己的伟大作家举行了隆重的葬礼，并将他的遗体安葬在这里。

作家墓前，没有墓志铭，没有十字架，但他用毕生精力，紧张探索和艰辛劳动所铸成的不朽的纪念碑却高高地耸立在欧洲 19 世纪文学的顶峰，并放射着闪亮的光辉。

巴金的两个小段

1936 年秋，某日，巴金收到了一封信，拆开一看，是个女高中生写来的。信中谈到了巴金作品给她的启发鼓励和教育。她说自己被小说中的故事、人物和流畅的文字吸引住了，在信的末尾写道："我很愿意知道你现在的情形，告诉我一些关于你的故事吧。"这个学生叫陈蕴珍，笔名萧珊。她是上海某女中高中毕业生，是个思想进步爱好文学的青年，也喜欢动笔，写过一些作品。三年前因为参加学生运动，曾被开除，不得不回到家乡宁波住了几个月，才再来上海考爱国女中。这个学校的教师很欣赏萧珊的才华，也鼓励她看各种课外书。因为她看巴金的书很多，很喜欢巴金的那些书和书中的故事与人物。就情不自禁地提起笔来给巴金写了一封信，诉说她对作品中人物的同情，也说了自己家庭和学校的情况以及自己思想的苦闷。同时还寄去了自己的一张照片。

巴金看信后，像平时对读者的复信一样，总是很坦率地讲出自己对某些问题的一些意见。他们通信后，联系也就逐步多起来了。第一次见面的地方，是在新雅饭店。巴金发现这是一个既诚恳又热情的姑娘，还长了一双美丽的大眼睛。第一次见面她就坦率热情地提出，请他到学校去演讲。因为她还是学生会的一个负责人。巴金深知自己不善于在许多人面前讲话，更不善于演讲，所以他就一再推辞，婉言谢绝了。但萧珊没有退却，又进一步提出请求：请巴金邀约别的朋友、作家一起到学校演讲。巴金无可奈何，就约来了李健吾同去。李健吾很会讲话，讲得很生动，果然受到学生们热烈欢迎。巴金只讲了几句，而且讲得不够流畅。但他的作品，学生们读得很多，作品中的人物，不少学生都很熟悉。巴金一上台，大家就像见了自己的亲人，立刻就响起了热烈掌声，而且经久不歇。他讲的第一句话也很朴实"我是四川人"，让人感觉特别真实特别恳切，也就给人留下了难忘的记忆。那天的会由萧珊主持，她非常兴奋，同学们也都很感谢她，能请这么一位能使人倾倒的作家来和大家见面。

在八年多的恋爱生活中，巴金和萧珊共同经历了艰苦动荡的生活。战争紧张时期，他们从广东到广西，从昆明到桂林，从金华到温州，时而上海，时而四川，分散了，又重见，相见后又离别，但他们的心总紧紧连在一起。每当落在困境，萧珊总是亲切地在巴金耳边说："不要难过，我不会离开你，我在你的身边。"

有时她还问他："你说我们应该做一个什么样的人？"巴金说："做一个战士——现在是战争年代，是抗日的年代，战士是最需要的，但这样的战士并不一定持枪上战场。他的武器也可能是知识、信仰和坚强的意志……"萧珊听了这话，总觉得心宽眼亮。

1944年5月，经过八年多恋爱生活的巴金和萧珊旅行结婚了。当时，巴金40岁，萧珊27岁。他们选择在贵阳郊区一个小小的宾馆为结婚地点，既不举办仪式，也不邀请客人，更不大办宴席，只是两个人到贵阳城里逛了逛，回来时在一家小饭店随便用了顿餐——这就是他们的结婚仪式。当时，巴金正在写小说"抗战三部曲"的第三部，学过历史和英语两个专业的萧珊，不仅在生活上是巴金的忠实伴侣和知心朋友，而且在文学事业上也成了他的一位配合默契的助手。

1945年，他们俩在重庆民国路145号文化生活出版社重庆办事处门市部楼梯下的一个小房间开始组织了"家庭"——这个"家庭"的房间只有七八米宽，而且只有一个小窗户，十分潮湿。他们除了一张床一个小条桌，几乎没有任何家具。巴金只是让萧珊买了四只玻璃杯。就这样组织起了她们的"家庭"。办事处的经理田一文一定要将自己楼上的房间让出来给他们住，但巴金说什么也不肯。他说："有这间小房子就不错了。"

巴金夫妇的家庭生活就在这间小屋子开始了。白天，朋友很多，来来往往，有时候人多了，就在出版社去聊，朋友们还都很开心。晚上，巴金就在他的小屋里，赶写他的小说。

后来，我们在巴金的《随想录》中相继看到了《怀念萧珊》和《再忆萧珊》两篇文章。"再忆"是写萧珊去世十二年时，巴金在病中对萧珊的思念。"我记得的只是孩子们捧着她的骨灰盒回家的情景，这骨灰盒就给放在楼下我的寝室内……每夜每夜，我都听见床前骨灰盒里她的小声呼唤，她的低声哭泣……我并不感到孤单，我还有勇气迈步走向我的最终目标……"他果然一直坚强地向前走着，年迈并患病以后，也没有放下手中的笔。最后，终于将四十八万多字的全套五册《随想录》献给了全国乃至全世界的广大读者，当然也献给了他的妻子萧珊。

夏衍那个"请"字，是一盏灯

在看《祥林嫂》《林家铺子》《在烈火中永生》等电影时，见编剧（改编）的名字都是夏衍。于是，对夏衍其人其文也就特别注意起来。1958 年，《电影艺术》杂志，连载了他在电影学院讲课的记录稿——《写电影剧本的几个问题》。我如获至宝，反复阅读，对一个初学写作的青年来说真的是很受用很解渴，这是我第一次体会到什么叫受益匪浅。他讲的虽然是电影剧本的写作，实际上也都是文学创作的基本知识。例如，他在介绍创作典型环境中的典型人物时提到典型环境要用很精炼很形象的手法来介绍。《祝福》开始，祥林嫂远远走来，人们看到她穿的是清末的衣服，背后是江南的风景，再加上旁白：对今天的青年人来说，这已经是很早很早以前的事了……就这么几笔，将这部电影的时间、地点、人物等都介绍清楚了。电影《巴甫洛夫》，开始是列宁格勒的涅夫斯基大街，天在下雪，没有行人，远处有一辆扫雪车在扫雪……这条大街相当于北京的长安街、上海的南京路，对列宁格勒是很有典型意义的，人们一看就知道这是列宁格勒；下雪，没有行人，有扫雪车，这说明是冬天的早晨。他还明确地讲：人们一看到天安门，就知道是北京。天安门就是北京一个很突出的典型，我们塑造的典型就是要达到这样的目的。在他这部13万多字的讲稿中，还讲了人物塑造、政治气氛和时代脉搏、作品结构等。这些，对我当时的文学创作真的就是及时雨和指路灯，这是一位文学大师赠给青年文学爱好者的启蒙读物，是名副其实、历久弥新的经典。从读这部著作开始，我对夏衍的崇敬就变成了崇拜。

我对夏衍的崇拜，是始于读《写电影剧本的几个问题》。后来，又慢慢晓得了他是中国著名的作家、剧作家，还有诸如原文化部副部长、中国文联副主席、电影家协会主席等众多的闪光头衔。但，我崇拜他的主要原因只是五个字：作品和人品。他创作的电影、戏剧以及许多著名的经典著作，都将永传于世。因为我曾写过一些不太像样子的报告文学，所以对他的报告文学《包身工》也读过不止一次。这篇发表于1936年的作品，不仅让我们了解到在那个人吃人的社会里，工人们的悲惨生活，也使我在创作上得到了不少启发和教育。正是这部《包身工》，成了我国报告文学的奠基之作、领先之作。应该说，报告文学这种文学体裁在我国的蓬勃发展，《包身工》功不可没。关于夏衍的人品，作家王蒙写过一篇随笔，叫做《夏衍的魅力》，很生动，也很感人。我今天要说的只是他几件感人的生活细节，可就是这几件日常小事，却给我留下了很深的甚至是终生难忘的印象。

夏衍生于1900年，1995年去世。在他95岁这一年，健康状态每况愈下，住进医院后，不见好转，还几度昏迷。一天，病情突然恶化，守在旁边的秘书（也有人说是护士）说："我马上去叫医生。"说着，就转身外走。这时，已经处在昏迷状态的夏衍，突然清醒过来，吃力地睁开了眼睛，用尽全身的力气说："不是叫，是请！"说完，就又闭上了眼睛，没有再说任何话，停止了呼吸，安详地离开了这个他生活和奋斗了95年的人间社会。

"不是叫，是请！"这是1919年就走上文学道路，1927年就加入中国共产党，1930年当选左联执委，1933年开始成为中国进步电影的开拓者、领导者，并创作了大量文学作品，为我们留下了《夏衍选集》《夏衍剧作选》《夏衍电影剧本选》等多部经典名著的文学大师夏衍的最后一句话。

"不是叫，是请！"这五个字，是这位受到全国各界尊崇并统称为"夏公"的老人，在弥留之际，为我们留下的最真实最深刻也是最经典的遗言。在这言简意赅的五字遗言中，我们看到了这位老人德高望重而又宽厚待人、位尊识广而又拳拳慈心的精神境界。这是一种美，一种最感人的心灵之美，最无瑕的人格之美。这美，不仅有温馨惬意，而且有与人为善、谦和待人的气质；这美，不仅让我们感到春风拂面，而且有明灯指航。人生于世，谁也不能离开四个字：待人，做事。怎么待人？如何做事？夏公这最后一句话，用他的精神之光，为我们留下了简明易懂而又意蕴深广的人生宝典。

"不是叫，是请！"这一字之差，体现的是待人做事的两种情怀、两种心态。中国传统文化博大精深，其中儒学被称为人学，这是一种重于道德修炼的学说。孔子所说的仁，就是社会道德的代名词。"人而不仁如礼何"。仁者爱人，这是做人的基本知识，更是一种礼仪。这种礼仪，在日常生活中的表现，往往是对别人的尊重、宽厚、和气……是让人感到友善和温馨。怎么做到这些？孔子说："修己以敬。"好好修炼自己，先做好自己，就是起点。这是一种修养，一种品格，一种情怀，一种闪烁着阳光般温暖的精神境界。我们可爱可敬的夏公老人，把这一切都已铸就于灵魂，融化于血液，成了他人生的本能。在生命最后时刻喊出的那句话，就是一种生命的光彩，灵魂的精华，也是留给我们如何待人，怎么做事的一盏灯。这盏灯，人人都可以镶在心窝，举在手上，它会照到我们生活中的任何一个细节。很简单：记住那个"请"字就行了。夏公在他的日常生活里，每每都生动具体地将那个"请"字的内涵溶解于一言一行之中。而且完全是自然而然的本能流露，很真实、很真诚、很真情，没有一点儿做作的影子。

中国现代著名女作家萧红，1942年1月22日在沦陷后的香港去世。这位才华横溢的多产作家，在滚滚的红尘中仅仅走过了31个春夏秋冬，可她不仅给人们留下来100多万字的作品，同时也留下了永久的思念。鲁迅曾在回答记者时说："萧军，是当今中国最有前途的女作家，很可能成为丁玲的后继者……"作为当时著名作家和文化界的组织者、领导者之一的夏衍，对萧红的早逝，也十分痛惜。四年后，他不顾别人的劝说，冒着战乱的危险，去香港为萧红扫墓，后又发表文章《访萧红墓》。在这里我们真切地看到了夏公宽厚平易、真情待人和念旧故人的高尚品德。

在夏公重病期间，王蒙最后一次去探望时，见老人已经病危，不敢过于打扰，稍事问候便起身告辞。这时，夏公却衰弱地说："我有一个担心……"王蒙赶紧凑过去细听。老人吃力地说："现在从计划经济转变成市场经济，而我们的青年作家太不熟悉市场经济了。他们懂得市场经济吗？如果不懂，怎么能写出反映现实的好作品呢？"夏公在卧床不起的情况下，心中仍然想的是别人，是青年作家，是国家的文学事业。这就是老人灵魂深处那种特殊的美，生命就要结束了，没有个人所求，关注的还是他人，考虑的仍是事业，这种充满着暖人心田的魅力，真让人赞叹不已。

在这些具体的生活细节中，在这些让人总也忘不了的小小故事中，我们不仅能真切地感悟到"不是叫，是请！"这句话，这句体现着夏公宽厚仁义的博大胸怀和待人处事的道德理念，以及对人对国的一片忠心，而且也看到了他含蕴在心灵深处的文化亮点。让我们记住那个"请"字，不忘那些故事。这些都会成为我们待人做事的闪光之灯，给我们光亮，给我们智慧，帮我们走好生活中的每一步。

还该写一段莎士比亚的故事

将巴金的这两个小段子存到电脑后，夜已经很深了，就想去休息，便站起身来活动了一下，可又舍不得离开电脑。被恩格斯称为欧洲文艺复兴时期英国剧坛上的"巨人"——莎士比亚的形象，总在眼前晃来晃去。在我和钟道新聊到这个人物的时候，道新有句话我记得很清楚，他说："这个人物不仅属于英国，也不仅属于欧洲，毫不含糊地说，他是属于全世界的艺术天才，而且他不仅属于他那个时代，同时也属于当代乃至以后的时代。"道新这些话给我印象很深，想了想，我就又坐到电脑前，怎么说也该写一段关于莎士比亚的故事呀。

莎士比亚，于 1564 年 4 月 23 日出生在英国中部斯特拉夫镇一个比较富裕的市民家庭。幼年在家乡的文法学校念书，学习拉丁文、希腊文、逻辑学、历史、圣经和古典文学等。他的父亲原是个小农场主，后还经商，据说曾当过这个有两千多居民的小镇镇长。他的母亲是社交界的上层妇女。这个家庭有 8 个孩子，存活了 5 个。莎士比亚 14 岁时，因父亲经商失利，便离开学校，给父亲当助手。18 岁时，他与大自己 8 岁的邻乡富裕农民的女儿安·哈琴维结婚。

莎士比亚的童年和少年是在他的故乡斯特拉夫那个小镇上度过的。那里带有原始的神秘色彩和中世纪的地方风光以及有趣的风俗习惯，这都给少年时代的莎士比亚留下了深刻的印象，也为他后来的文学创作打下了一定的生活基础。

莎士比亚年轻的时候，很活泼，但也有点儿放荡，传说他曾去偷猎园的鹿兔，并因此受到惩罚，他不但不服，还写了一首讽刺诗贴在院墙上骂猎园的主人。

后来，也就是 1586 年，他 22 岁的时候，跟着一个走江湖的戏班子到了伦敦。刚到伦敦，一切从头开始，他的生活和工作都很艰苦，甚至在当时看来有的人会觉得有些卑微，在一家剧院门口当马夫，侍候骑马前来看戏的富人，管马、遛马，还得扫地，帮贵人做些打杂劳忙的事儿。后来在舞台上做过一阵儿呼唤演员按时登场的工作。他头脑灵活，口齿伶俐，抓住机会就悄悄地看演员表演。当剧院需要临时演员时，他就去跑跑龙套，也给演员提提词儿啥的。其实，这样的一种环境，也正是有心有才的人走向成功的课堂。

莎士比亚就是这么一个有心有才的人。这期间，他坚持自学文学、历史、哲学等课程，又自修了希腊文和拉丁文。慢慢地人们发现他对舞台动作和台词方面往往还真有些见地。不久，就被吸收为正式演员。那时候，伦敦的剧团对剧本的需要非常迫切。莎士比亚在自学文学等多种知识的同时，就开始编写一些剧本。27岁那年，他写的历史剧《亨利六世》三部曲上演后，大受观众欢迎，莎士比亚就开始登上了伦敦的戏剧界舞台。

莎士比亚的道路也并不平坦。一个由乡下进城的青年，为了前途，为了能扎下根站得稳，他不像有的演艺人员那样放荡不羁，而是保持着良好的勤俭朴素的习惯，工作上兢兢业业，刻苦努力；生活上从不到处游荡，不酗酒闹事，也不寻花问柳。他将全部精力都用在了剧本和演出上。就这样他突破了不少障碍，一步一步地走向了成功。就在这时候，他遇到了麻烦，一个叫罗伯特·格林的职业剧作家，见莎士比亚的名字在演员中越来越喊得响亮，威望越来越高，很是震惊，便嫉恨他，甚至辱骂他，说他是"可以用百万后悔买到的只值一个小钱的才子"。格林死后，格林的一个伙计，还出版了一本攻击莎士比亚的小册子。后来此人看到莎士比亚的真才实学、为人正直和和睦可亲的风采，便慢慢认识到格林和自己的问题，也就主动地向莎士比亚道歉和好。

莎士比亚一生写下三十七个剧本，两首长诗、四首杂诗，还有一百五十四首十四行诗。这笔宝贵的财富成了世界性的一门科学——"莎学"，并称莎士比亚为"时代的灵魂"。

一般说来，人们不会想到，就是这么一位被恩格斯称之为欧洲文艺复兴时期的"巨人"，居然在他的行程中也引起了上述那样被小人嫉恨、否定和打击的故事。冷静地想一想，这个在大作家身上发生的小故事，和我们在日常生活中有时也看到的一些人际关系中的故事多么相似奈尔……

关于温斯顿·丘吉尔写作的故事

晚上写作本来是件很累很苦的营生，可是也挺怪，写起来特别是写进去，就不管什么腰痛腿酸了，总还是想往下写，现在我大概就是这种状态，写了莎士比亚那么一小段，总觉得还没写完，还有一个人得写一点儿，这个人就是我和钟道新都很感兴趣的温斯顿·丘吉尔。对这个人，钟道新聊得更多的是他在政治、军事和国务等方面引起世人瞩目的那些宏伟大业；我则对他的文化、历史和写作等方面的才华常插话赞扬。现在就想将自己最感兴趣的关于丘吉尔有关写作的故事整理整理。

英国首相丘吉尔是一位伟大的国务活动家，他勇敢、坚定、多才多艺，具有罕见的工作能力、出色的雄辩口才和评论家的才干……所有这些素质，使他在政治舞台上取得了显赫的成就。在第二次世界大战中，特别是英军孤军作战时期，可以说是丘吉尔历史上最光辉的时刻。每当人们谈起第二次世界大战反法西斯的胜利时，英国人民和世界人民就很自然地想到温斯顿·丘吉尔，想到这位叱咤叱风云的政治家，想到这位曾经率领英国陆海空三军同法西斯作战的著名统帅。

在我读过的一些写到丘吉尔的著作中，在我听到甚至参与的一些关于丘吉尔的议论中，其内容多是他政治上的辉煌、军事上的胜利，以及社交中的聪慧。当然也有不少地方提到他还是一位作家，有许多著作，而且有的著作影响很广，还得过诺贝尔文学奖……但这些都是在介绍他的全面履历中顺便提到或简单介绍一下而已。很少见到有全面介绍他的写作和对其作品的评论文章。其实，我作为一个普通的业余作者，虽然也很崇敬他这个在世界舞台上的传奇式英雄，但是我更看重更需要的是想了解一些他这一个在方方面面都称得上是时代巨人的人，怎么还有时间和精力写出许多有影响的优秀作品——这简直就是一个很有吸引力的谜！特别是对我这样一个天天在忙忙碌碌地工作中，又总还想写一点儿作品的人，更是有着强烈的吸引力。所以我挤时间看了美国前总统尼克松所著的《领袖们》中的第二篇《温斯顿·丘吉尔——我们时代最伟大的人物》和国际文化出版公司的《百年首脑风云录》中《伦敦上空的鹰——温斯顿·丘吉尔》，同时，也还随时查看了一些能找到的有关资料。也许真的就像我们常说的那样"功夫不负有心人"吧，后来我在阅读中，就对我在他身上的所需有了一些感悟，而且越咀嚼就越有味道。现在就将对我很有启发和帮助的两个小段子整理出来，以便随时学习。或许在以后的工作、学习和写作中能受到一些潜移默化的帮助和指导。

1945 年 7 月 25 日，丘吉尔在波茨坦公告会议中不得不告别斯大林和杜鲁门，飞回伦敦参加战后首次大选的揭晓仪式。那天夜里他醒来时胃如刀绞，自感这是一个揭晓前的不祥之兆。果真他所在的保守党失败了，这对丘吉尔是一个沉重打击。这时，丘吉尔已经71岁，但他自己感觉良好，他有决心，而且相信还会返回唐宁街10号。他说："我们应当回去，我们一定能回去，就像太阳明天必然会重新升起来一样。"为了这一切，丘吉尔在议会内外、国内国际、理论宣传乃至大学演讲等方面都进行了大量的工作。

但是，这些活动还没有用完丘吉尔的精力，他还抽时间画画，并将自己的画作送到皇家美术院展出。丘吉尔对农业的兴趣也丝毫不减，他买了500英亩土地建立了一个牧场。按中国说法他虽已是古稀之年，但他依然迷恋赛马，他养的赛马虽够不上是一流，但也相当出色。这使我们看到丘吉尔的生活不但是丰富多彩的，而且他的生活也过得有滋有味儿。

在丘吉尔这段极其紧张的工作和多彩的生活中，他最主要的任务还是要撰写他的六卷本长达数百万言的《第二次世界大战的回忆录》。丘吉尔曾经说过，他在当首相时，就已经开始准备创作这部书，他吸取了《世界危机》一书的全部经验。

丘吉尔以前做过张伯伦政府的大臣，以后又当首相，他搜集了他所经手的所有主要文件的抄本。他喜欢把自己喜欢的事情写成文字，对许多问题都写成便条、备忘录和手令。他和罗斯福、斯大林的来往信件，不是作为政府官方文件，而是作为私人信件，这些抄件都被他仔细地收藏起来。所有这些文献和其他补充材料都集中到丘吉尔手中，并成为他写作的基础。按着丘吉尔的传统习惯，他不是写，而是由他口述，别人记录。他每天分两班工作，大约每天口述 8000 字到 9000 字。读《第二次世界大战的回忆录》，读者会有一个突出的感觉：那就是事件的中心人物就是丘吉尔自己。在战争中，似乎一切正确的明智的决策都是他的功劳，尼克松也有这样的观点。他说："我几乎阅读了他所有的大量作品，我发现在不描写他自己直接参加的事件时，他是一位优秀的作者。他写的第一次世界大战史远远超过了他写的第二次世界大战史。"当然，哪个作者写什么，怎么写，这是作者的世界观决定的。丘吉尔写的《第一次世界大战回忆录》和《第二次世界大战回忆录》，这两部著作尽管在读者中的评议有所不同，但"二战"这部著作，仍因披露了大量的历史文件和事实，对研究第二次世界大战是很有帮助的。大概正是为此《第二次世界大战回忆录》还名正言顺地获得了诺贝尔文学奖。

丘吉尔有一句著名的格言："创造历史的最好方法是把它写出来。"丘吉尔不仅是一个非凡的历史创造者，而且是一个著名的历史学家。在他被派往印度工作期间，曾经多次写信要求他的母亲给他寄一些英国语言方面的散文著作，特别是一些历史学家的作品。在热得使人手脚起泡的午后，丘吉尔的同事们正在睡午觉时，他却全神贯注于这些书中的词语和韵律。

不久，他就着手向伦敦的一些报纸发回有关战争的报道。对一个年轻的军官来说，这是一个打破常规的做法。他的许多同事和大部分长官不赞成这件事。当他的关于西北边远邦战斗的报道出版成册时，有人用讥讽的口吻建议说，书的名字应该是"一个中尉给将军们的须知"，这种讥讽伴随了丘吉尔的一生，可是他从不介意。

　　丘吉尔作为一名战地记者曾经前往南部非洲报道布尔战争。到达两周后，在一次战斗中，他曾经被俘，后又逃走，对方曾出25英镑悬赏他。几年后，他在自己的书房里，将悬赏他的告示配上镜框挂起来，并对来访者讲述："这是我的全部价格——25英镑。哈，哈，一个生动的故事。"

　　当他还在非洲的时候，他以前写的一部冒险小说，在纽约和伦敦出版；三个月后，关于他在非洲这次战争中的功绩和故事出版。公众给予好评，销路很广。

　　一个意想不到的运气曾将丘吉尔抬得很高，过上一段时期，又会有几股不在他控制之下的势力把他再撺下来，使他又步入一个孤独的心灰意懒的政治上的在野时期。丘吉尔就这样在政治的滚滚波涛中，一个时期光辉耀眼，一个时期又坎坷无常。甚至还会有时暗淡无光。但往往就在这样的时候，他就会推出一部又一部闪耀着政治光芒的作品来，同时，他还会为杂志写出大量的文章发表。虽然有些文学评论家嘲笑他的文风过于华丽，但世界大多数读者特别是有不少政治家却往往给予很高的评价。尼克松曾说："我认为，除了他战时的领导能力外，他的书就是他的最大遗产。"不少城市还纷纷选他为名誉公民。法国总统戴高乐曾经授予他"解放奖章"。1963年4月，美国国会通过专门决议，庄严宣布温斯顿·丘吉尔为美国名誉公民。这项决议是由约翰·肯尼迪总统签署的。丘吉尔在肯尼迪眼里是一个非常高大的形象。肯尼迪从少年时代起就阅读丘吉尔的作品。那时，这位未来的美国总统特别爱读《马尔巴罗传》。他发现，写政治题材，没有哪一个人能够超过他所敬仰的这位政治家。

丘吉尔临退休的时候说，他退休后，有一项很有趣也很愉快的工作，就是写书。但是，实际上他没有做到，这大概是受到了年龄、身体、心情等多方面的限制。岁月不饶人呀，真是"金井梧桐一叶黄，珠帘不卷夜来霜。燕知社日辞巢去，雁折芦花过别乡"。丘吉尔到晚年后期，越来越感到力不从心，在他 90 岁生日的时候，没有举行什么隆重的仪式，但他收到了 6 万多封贺信、贺电，这里边肯定有不少政治要人，也会有各界著名人士，但最多的还是普通百姓和世界各地的热心读者……丘吉尔的一生经历了许多重大事件。他虽然在不少问题上是和广大群众的利益背道而驰的，但他不失为一位伟大的国务活动家，在政治舞台上取得了显赫的成就。同时我们也不能忘记他还是一位著名的作家，给世界留下了一大笔宝贵的文化财富，并为作家特别是业余作者们提供了许多可贵而难得的创作经验。

写完有关丘吉尔的这两个小段里的小故事，已是第二天 2 点多钟，奇怪的是不但不再疲乏，反而很爽快，甚至很振奋，还感觉收获不小，对像丘吉尔这样一个在国际舞台上能叱咤风云的政治家为什么还能写出一部又一部的在世界都很有影响的著作来？这个曾经在我心里总想了解的题目，在今晚整理的这些个故事中，总算找到了一些不同程度的提示和解答。顺着今天整理的这些内容，去思考去感悟吧，受到的启发，得到的帮助，或许会在以后的实践中逐步体现出来。

后 记

一、2020 年 7 月，我出版了散文集《书人书事》以后，本来想松口气缓一缓，但就在这时候，新冠感染疫情暴发了。而病毒侵袭的主要对象就是老年人——家里孩子们，严格管理——不让我和老伴儿随便出门，买东西由孩子们送到门口，打电话去取……严格地限制了我们的活动范围——受不了也得受，当时就是那个气氛。谁也说不清得这么憋多长时间。但人总没事做也很难受，还是得找点事儿做呀！原来是想写完《书人书事》休息几天，再考虑下一步的创作计划。现在憋在家里还休息什么？干脆就打开电脑写吧！写什么呀？这时脑子里积压的一些故事就不断地呈现在眼前……就整理整理这些故事吧。按说外边有疫情，自己憋在家里，没任何人干扰，这是多好的写作环境呀。其实却恰恰相反——媒体中不断宣传的疫情消息；门口接三岔五地有人通知：做核酸了，快去做核酸吧；更让人痛心的是常接到朋友的电话：谁谁"阳"了，谁谁"走"了……而这些"阳"了和"走"了的人又往往都是熟人甚至是朋友。听到这样的消息，又沉痛难过又惶惶不安，有时两三天都写不出几句话来……说起来，这些都成了历史，没有必要再提了。在这儿，只是想说说写这部书的环境和当时的心情，如果故事中有什么差错或不妥，敬请读者理解、谅解，并给予批评和帮助。

二、本书写的都是故事，故事中的人物很多。故事是用来叙述和表达事件与人物的，是一个艺术加工的过程，敬请读者不要对号入座。

三、本书仍让几个曾在书报刊物上与读者见过面的故事和人物再次出场，这是作品本身的需要，请读者理解。

四、在创作和出版这本故事集的过程中，得到了阎晶明、刘庆邦、苏华等文坛名家和不少文友的关心与帮助，这里表示衷心的感谢，并祝他们创作丰收，生活愉快。

五、过去听过一首歌，感觉不错，也将记住的几句歌词，凑在一起写在这儿，与读者共赏：

小城故事多，充满喜和乐。
看似一幅画，听像一首歌。
人生境界真善美，这里已包括。
若是你到小城来，收获特别多。
请你的朋友一起来，小城来做客。

舍他其谁

贾志清

　　近日欣闻在第八届全国煤矿文学乌金奖评奖活动中，黄树芳老师获得"中国煤矿文学终生成就奖"。这个奖项是专为那些长期在煤矿文学创作中取得突出成就而且影响广泛的老作家设立的，黄树芳老师是七个获奖者之一。这实在是众望所归，可喜可贺。作为一个对黄老无比敬仰崇拜的晚辈，我由衷地感到高兴。

　　我与黄老的渊源，应该追溯到 20 世纪 80 年代。

　　1989 年，我大学毕业，分配到平朔安太堡露天煤矿工作，这是中国第一家中外合作经营企业，后来被誉为"改革开放的试验田"。当时黄树芳担任平朔煤炭公司的干部处处长，是我们这批新分来学生的顶头上司。记得在为期三个月的入职培训班学习时，他给我们做过报告，那是一位沉稳儒雅、带有几分幽默风趣的长者，对一帮初出茅庐的年轻人的谆谆教诲和殷殷期望，他让我们这帮毛头青年对自己的未来充满了憧憬，也感觉到了沉甸甸的责任。培训班学习结束后，我被分配到安太堡矿生产一线工作，在这个改革开放的大熔炉中锻炼成长，而黄树芳处长也有他繁忙的工作事务，我们之间交往甚少。

因为喜欢文学的缘故，在工作之余，我偶尔写一些小文章，发表在当时的《平朔露矿报》上，慢慢结识了平朔圈里的一些文友，因而有机会得知，整天奔忙于工作的黄树芳竟然还是建树丰硕的煤矿作家和文学前辈，他从 20 世纪 50 年代就开始发表作品，还获得过不少奖励。尤其令人钦佩的是，多年来，他都是在圆满地完成本职工作的前提下见缝插针、抓紧一切业余时间从事创作，可以说他是工作与文学创作双丰收。与此同时我也有幸读到了黄树芳老师的许多脍炙人口的文学作品。对他的了解越深入，我对他由最先单纯的尊重，又增添了敬仰与崇拜。在一个文学新人的眼中，黄树芳老师像天边那颗璀璨耀眼的星星，可望而不可即，只能怀着敬仰远远地凝望。

斗转星移，世事变幻。平朔安太堡后来经历了外方撤资、重组等一系列变故考验，而我的人生轨迹也发生了变化，调离了安太堡，远离了故朋旧友，建立了新的生活中心。

然而对文学的热爱一直是我心中不灭的火焰，它指引着我在完成了职场生涯后，立马回归了心中所爱。我回到家乡朔州，加入了朔州作协，并成为山西省作家协会会员。此时，有关黄树芳老师的消息又频繁地出现在我的生活中。屈指一算，黄老已是耄耋之年了。作为上一任的朔州市作协主席，他在朔州乃至整个煤矿文坛的贡献，是文友们常提不衰的话题。他平易近人、乐观豁达的心态和品格，也是文友们的文章忆述中津津乐道的故事。他对后辈的提携、培养、帮助，更是文友们永远的怀想与感激。然而直到此时，我与黄老之间依然没有什么交往。

2022年，朔州文联、朔州文艺评论家协会组织撰写文学评论文章，我的任务是对表现改革开放精神的文学作品进行评论。虽然我曾在改革开放的最前沿——平朔安太堡工作生活过，但面对这样一个主题依然心中无底。朔州文艺评论家协会的边云芳主席建议我去拜访黄老，并说在他这里一定会获得我所需要的帮助。

这是我第一次走近黄老，也是第一次走进黄老的家门，心中不免忐忑。在电话中听到黄老热情爽朗的声音，一下子就打消了不少顾虑，及至在他的家门口看到迎出来的那个满脸笑容、慈祥平和的老人，我心中残存的一丝忐忑也彻底烟消云散了。

这是一次愉快而难忘的交谈。虽然我们隔着年龄的差异，但共同在平朔工作过的经历使我们之间有那么多共同的记忆和话题。我们一起回忆了平朔安太堡那些风云激荡的岁月，那些难忘的人和事。其中有一个细节让我印象特别深刻，当说起一位英年早逝的原安太堡女矿工时，黄老泪湿眼眶。他说："实在太可惜了，这是一位很有能力的女干部，为安太堡露天煤矿作出了自己的贡献。当年的安太堡有不少这样优秀的女干部，特别令人钦佩。我一直有一个想法，想把她们写出来，但是现在有点力不从心。"他语重心长地对我说："你也知道她们，以后如果有机会，你最好把她们写下来。"

这次的拜访，愉快的交谈，让我对黄老的为人为文都有了更深刻的理解与认识。文友们文章中、言谈中的众口夸赞，绝不是空穴来风或单纯的恭维之词，而是出自大家内心的认同与真实的情感。我也很遗憾后悔，年轻的时候我就曾离黄老那么近，而我却错失了那么宝贵的机会，如果能更早一点去拜访黄老，早一点结识这位亲切睿智的长辈，得到他更多的教诲，那么对我的文学之路甚至人生之路都将会有多么大的帮助和教益呀。

临走的时候，黄老赠送给我不少他的著作，有旧作，也有新书，可谓满载而归。尤其是他以平朔安太堡露天煤矿为背景为题材的一系列著作，其中包括小说、散文、报告文学等，让我异常喜欢。

解放思想，改革开放，催生了当年中外合作第一家大型企业——平朔安太堡露天煤矿。在这个改革开放的大熔炉中，波澜壮阔的变革进程、艰难激荡的开拓奋进、思想观念的差异与改变，时时都在撞击着人们的灵魂。这么一个神奇神秘神话般的地方，给黄老的文学耕耘提供了独特且更加丰厚肥沃的土壤，他没有愧对生活的赠与，用心感受、敏锐地去捕捉，用作家强烈的责任感和使命感去表现，创作了一系列表现改革开放进程的优秀作品。

特别是在改革开放三十周年时，黄老出版的长篇报告文学《大路朝天》，全景式地描写了平朔安太堡的立项、诞生、奋斗、成功的发展历程。黄老以满怀的深情、饱满的笔触将激情燃烧的岁月、如火如荼的画面、有血有肉的人物、可歌可泣的事件真实立体地呈现在人们的眼前。这部作品被当时山西省总工会的梁若洁先生高度评价为"歌颂工人阶级的史书画卷，见证时代风云的华彩乐章"，并在第六届煤矿系统文学评奖中一举获得"乌金奖"。

作为曾经在平朔安太堡露天煤矿工作生活过的一员，我读过《大路朝天》后，受到了极大的震撼，产生了强烈的共鸣，心潮澎湃。并有感而发，很顺利地写完了副标题为《从黄树芳报告文学集〈大路朝天〉读懂改革开放精神》的评论文章，比较圆满地完成了朔州文联、朔州文艺评论家协会交给我的任务。

黄老是令人敬仰的长辈，受人尊敬的领导，更是值得文友们永远学习的榜样。他在八十多岁的高龄，克服身体上的一些不便，依然笔耕不辍，始终以自己满腔的热情、激情的文字赞美生活，感恩生活。在2020年，他出版了散文随笔集《书人书事》，黄老通过多年的亲身经历，以具体的人和事，将日常书来书往中的所触、所感、所悟、所获，一一写来，抒发了自己以书怡情、以文养心的美好情怀，也启迪人们在读人读书读自己的浓浓书香中体味人生真谛。这部作品和《大路朝天》一样，受到了广大读者的喜爱和好评。山西省作家协会原副主席、评论家杨占平、《山西工人报》高级编辑一苇都发表了在全省有一定影响的文章，对这部书籍给予了高度评价。最近黄老的新作《故事中的你我他》又要付梓出版，真为他高兴。

对这样一个多年工作奋斗在煤炭战线、长期从事文学创作、把文学当生命的令人感动敬仰的长者，在我看来"煤矿文学终生成就奖"不颁给他又能颁给谁呢？舍他其谁！衷心祝福黄老健康长寿！也祝愿黄老的文学青春永远常驻！